A Faint Cold Fear Thrills Through My Veins
William Shakespeare

Zu diesem Buch

Gottfried und Joana sitzen ganz schön in der Tinte, denn sie hatten sich bei dem pensionierten Beamten Dolgenbrodt eingenistet und ihm bei seinen alltäglichen Beschäftigungen geholfen. Seine Rente reichte für drei Personen. Und nun liegt er tot am Fuße der Aluleiter. Das sieht sehr nach Mord aus. Natürlich wird der Verdacht sofort auf sie fallen. Aber was noch schlimmer ist: ihr Leben wie die Maden im Speck ist damit abrupt zu Ende. Also beschließen sie, den Tod zu vertuschen, um weiter die Pension kassieren zu können.
Aber einen Toten am Leben zu erhalten ist schwerer, als einen Lebenden zu töten. Besonders wenn sich eine ältere Dame in den Kopf gesetzt hat, ihn zu heiraten...

-ky, eigentlich Horst Bosetzky, ist Soziologe und Professor in Berlin. Ihm ist etwas Außergewöhnliches gelungen: Für seinen Roman «Kein Reihenhaus für Robin Hood» bekam er 1988 den französischen Kritikerpreis für den besten ausländischen Kriminalroman. Im Herbst 1989 machte sein Roman «Schau nicht hin, schau nicht her» (Nr. 2943) Furore, der erste deutsch-deutsche Kriminalroman, den er zusammen mit dem DDR-Autor Steffen Mohr geschrieben hat.

In dieser Reihe liegen bereits vor: Ein von uns beiden (Nr. 2244), Von Beileidsbesuchen bitten wir abzusehen (Nr. 2250), Stör die feinen Leute nicht (Nr. 2292), Ein Toter führt Regie (Nr. 2312), Es reicht doch, wenn nur einer stirbt (Nr. 2344), Einer will's gewesen sein (Nr. 2441), Kein Reihenhaus für Robin Hood (Nr. 2575), Feuer für den Großen Drachen (Nr. 2672), Friedrich der Große rettet Oberkommissar Mannhardt (Nr. 2725), Zu einem Mord gehören zwei (Nr. 2770), Älteres Ehepaar jagt Oberregierungsrat K. (Nr. 2801), Ich lege Rosen auf mein Grab (Nr. 2841), Da hilft nur noch beten (Nr. 2883) und Nieswand kennt Tag und Stunde (Nr. 2979). Außerdem drei Kurzgeschichtenbände: Mitunter mörderisch (Nr. 2383), Von Mördern und anderen Menschen (Nr. 2466), Mit einem Bein im Knast (Nr. 2565) und Catzoa-Stories um einen kriminellen Kriminalbeamten (Nr. 2919). Zusammen mit Peter Heinrich (-ky & Co.) erschien Die Klette (Nr. 2659).

-ky

Ich wollte, es wäre Nacht

rororo

Rowohlt

rororo thriller
Herausgegeben von Bernd Jost

Originalausgabe
Veröffentlicht im Rowohlt Taschenbuch Verlag GmbH,
Reinbek bei Hamburg, November 1991

Umschlagfoto Thomas Henning
Umschlagtypographie Peter Wippermann/Nina Rothfos
Gesamtherstellung Clausen & Bosse, Leck
Satz Sabon (Linotronic 500)
Printed in Germany
880-ISBN 3 499 42951 9

Personenverzeichnis

Herbert Dolgenbrodt	stirbt zum völlig falschen Zeitpunkt
Joana und Gottfried Mörz	graust vor nichts mehr als vor Arbeit
Gerda Großmann	möchte eine alte Liebe neu entfachen
Hagen Plottka	unterwandert die Bürokratie mit Menschlichkeit
Verena Zietz	hilft ihm dabei, so gut sie kann
Ulli Witt Waltraud Terletzki	leiden still vor sich hin
Krücken-kutte Zwiebel-Else Mi-mi-mi Trabbi Pizza Schulle mit der Ratte	kämpfen einfallsreich ums Überleben
Gisela Roggensack	ist die Schikane in Person
Thomas Hundt Petra Zechow	agieren als dynamisches Duo der Polizei

1.

Es war ein Mittwoch im September und noch immer Sommer in Berlin. Wer Zeit und Muße hatte, Wessis, Ossis, Rentner, Hedonisten, und einen Zwanzigmarkschein in der Tasche, konnte draußen auf den nachgemachten Bistrostühlen hocken und den Ku'damm pur genießen, brauchte nicht die infrarotbeheizten Schankveranden mit ihren Filtern aus Glas.

Gottfried ließ seinen Beaujolais, Saint-Étienne-de-la-Varenne, bonbonlange im Mund, ehe er den letzten Schluck runter in die Kehle rinnen ließ, hob das leere Glas gegen die Gedächtniskirche und sagte mit schönster Schaubühnenstimme: «Nun, o Unsterblichkeit, bist du ganz mein! / Du strahlst mir, durch die Binde meiner Augen, / Mir Glanz der tausendfachen Sonne zu! / Es wachsen Flügel mir an beiden Schultern, / Durch stille Ätherräume schwingt mein Geist; / Und wie ein Schiff, vom Hauch des Winds entführt, / Die muntre Hafenstadt versinken sieht, / So geht mir dämmernd alles Leben unter...»

«Na, hoffentlich nicht!» lachte Joana und prostete ihm mit ihrer eisgekühlten Coca-Cola zu. «Der Prinz von Homburg, na... Nieder mit dieser Dekadenz, es lebe die imperiale Kraft Amerikas. Coke – is it!»

Sie schwiegen, als ahnten sie, daß dies die Ouvertüre ihres nächsten Lebensabschnitts war und als solche schon die großen Themen offenbarte.

«Warum lieben wir es so, hier am Ufer des Kurfürstendamms zu hocken?» fragte Gottfried und versuchte, die angefeuchtete Kuppe seines rechten Zeigefingers so über den Rand des Rotweinglases streichen zu lassen, daß ein durchdringend hoher Ton entstand. «Alles strömt an uns vorbei, und wir verharren im wohligen Stillstand. Nicht ganz im Stillstand, nein, aber unsere Uhren gehen doch um ein Vielfaches langsamer als die der meisten anderen...»

Joana legte ihre Hände auf die seinen. «Muß ich nun über deine Reflexion reflektieren...?»

Er beugte sich über den kleinen Tisch hinüber, daß er mit der Brust die Karaffen und Gläser verschob, und küßte sie. «Mußt du.»

«Der Kurfürstendamm: Urbanität, New York, das sorgt ein jedes Mal für eine hübsche Endorphin-Ausschüttung.»

«Was ist das?»

Joana liebte das Dozieren. «Endorphin, das ist inneres, körpereigenes Morphium, das, was uns die großen Glücksgefühle schenkt: beim Orgasmus, beim Marathonlauf, beim Zocken, beim Bergsteigen – und beim Sterben...!»

«...was wir uns bitte bis zum Schluß aufheben wollen!» Gottfried schnipste mit den Fingern. «Frau Oberin, wir hätten gerne gezahlt.»

«So schnell schon...?» Joana sah auf die Uhr. «Ach Gott, ja: gleich fünf...!»

«Und wir müssen noch zum Heidelberger Platz, sehen ob wir die Zange für Onkel Herbert kriegen.»

Onkel Herbert war kein leiblicher Onkel, sondern ihr «Wohnungsgeber» Herbert Dolgenbrodt, und bei der besagten Zange handelte es sich auch um keine Kneif-, Flach- oder Rohrzange, ein Werkzeug also im engeren Sinne, sondern um ein wichtiges Requisit des Berliner S-Bahn-Betriebes früherer Jahre: die Knipserzange, an jedem Bahnhofzugang von blauberockten Beamten in ihren vieleckigen hölzernen Verschlägen, den sogenannten Wannen, in der Hand gehalten, um damit in die zugereichten gelben Pappfahrkarten zwecks Entwertung den Bahnhofsnamen zu stanzen; so zum Beispiel Ah für Anhalter Bahnhof, So für Sonnenallee oder Ni für Nikolassee. Wer über eine solche Zange verfügte, war insofern Herr über das Schicksal anderer Menschen, als er ihnen das Reisen gestatten oder aber auch schnauzend untersagen konnte. Bei vielen der Berliner Jungen hatte der majestätisch-hoheitsvolle Akt des Knipsens einen derart starken Eindruck hinterlassen, daß sie sich noch Jahrzehnte später den Besitz einer solchen Zange erträumten; so auch Herbert Dolgenbrodt, der sich anschickte, Anfang Oktober 63 zu werden.

«Dieser Automat hier ist doch lächerlich dagegen», sagte Joana, als sie auf dem U-Bahnhof unten ihre Sammelkarte in den Entwerterschlitz steckte und das grelle Plink vernahm. «Kein Kind wird das später mal nachspielen wollen.»

«Damit haben wir nicht nur Hunderte von Arbeitsplätzen verloren, sondern auch ein Stückchen Kultur.»

«Wenn Betriebswirte herrschen, kannst du halt nichts anderes erwarten!»

Sie fuhren S- und U-Bahn nicht nur, weil sie sich kein Auto leisten konnten oder wollten, sondern vor allem auch aus Überzeugung: da konnten sie in aller Ruhe sitzen und schauen, lesen oder schlafen.

Schon auf der nächsten Station, Spichernstraße, verließen sie die nüchtern-moderne Linie 9 und stiegen um zur Linie 2, dem Prunkstück des Berliner U-Bahn-Netzes, prunkvoll schon lange vor der Metro in Moskau, Grundsteinlegung 1909, als die damals noch selbständige Gemeinde Wilmersdorf mal so richtig protzen wollte und dem armen Berlin zeigen, was 'ne Harke ist, aber auch deswegen so ins Monumentale geriet, um gutbetuchte Bürger in die neu entstehenden Stadtviertel zu locken. Hohenzollern-, Fehrbelliner und Breitenbachplatz: teure Natursteine mußten es sein, Muschelkalk, Granit und Marmor sogar, Riesenportale mit Adlern darauf, Stuckdecken, kunstgeschmiedete Tore und Mosaik, wo immer es ging.

Heidelberger Platz. An der pompösesten aller Stationen stiegen sie aus, fühlten sich von der U-Bahn wie in einen Rats- oder Weinkeller versetzt, wenn nicht gar in einen Dom: so gewaltig wirkte hier das Kreuzgratgewölbe, doppelt noch, mit seinen gedrungen-massigen Pfeilern, und wie ein Spielzeug erschien in dieser Kulisse ihr dottergelber Zug.

«Wir hätten gleich bis Thielplatz weiterfahren sollen», sagte Joana. «Der von Struppe & Winkler hat vorhin angerufen, daß das Buch da ist.»

«Was'n für 'n Buch?» fragte Gottfried.

«Dittberner: FDP – Partei der zweiten Wahl...»

«Fährst du morgen hin. Ob du nun dein Referat in diesem Semester nicht hältst oder im nächsten, kommt doch aufs selbe raus...» Dies sagte er ohne jeden Spott und ohne jede Schärfe so nebenher, denn schon längst stand er fasziniert vor der museumsalten «Personenwaage», die hier auf dem Bahnhof Heidelberger Platz zwei Weltkriege, eine Art Revolution, die Weltwirtschaftskrise, die Nazis, die Nachkriegsnot, die Berliner Blockade und die Beutezüge der Nostalgie-Sammler unbeschadet überstanden hatte. «Auf der wollt ich mich schon lange mal wiegen...»

«Mit Sachen an bringt das doch nichts...»

«Wenn's weiter nichts ist...»

Und Gottfried zögerte keine Sekunde, sich sämtliche Kleidungsstücke vom Körper zu reißen und die hingestreckten Arme seiner Frau als Kleiderständer zu verwenden. Splitterfasernackt stand er dann auf dem geriffelten Tritt, steckte seine zwanzig Pfennig in den Schlitz, vernahm voller Entzücken das Rattern, Dröhnen und Rauschen im Innern des Monstrums, sah, wie sich das blitzende Gestänge hob und senkte, in Zahnräder griff, Gewichte in Bewegung setzte und zuletzt zornig rumpelnd in einen Blechkasten fuhr, den Drucker, nur damit der dann ein kleines Pappkärtchen ausspucken konnte. «77 Kilo...»

Joana schüttelte den Kopf. «Du bist und bleibst ein Kind...!»

«Na, Gott sei Dank», erwiderte Gottfried. «Laß mich der neuen Freiheit genießen, / Laß mich ein Kind sein, sei es mit!» Während er noch darauf hinwies, daß das aus Schillers «Maria Stuart» sei, beeilte er sich schon, wieder in Slip sowie Hemd und Hose zu schlüpfen, denn nun kam der Stationsvorsteher angestürmt, von einer Wilmersdorfer Witwe mit dem Schreckensruf in Bewegung gesetzt, daß da in seinem Revier ein Exhibitionist sein Unwesen triebe.

«Ich soll Sie wohl zur Anzeige bringen!» schnauzte der Beamte.

Gottfried breitete die Arme aus. «Bruder, laß uns lernen, einander so anzunehmen, wie wir sind. Versuche nicht, uns Fahrgäste nach deinem Bilde umzuformen! Denn siehe: Wer die Nase hart schneuzt, zwingt Blut heraus; und wer den Zorn reizt, zwingt Hader heraus! Salomo 30, 33...»

Der Mann murmelte: «...wieder 'n Irrer...!» und floh in sein Häuschen zurück.

«Nun aber los!» mahnte Joana, und sie liefen zum Ausgang.

Oben in der Mecklenburgischen Straße wohnte Speiche, ein spindeldürrer Eisenbahnfreak, an die Fünfzig schon, der Gefühlsorgasmen bekam, wenn er die 01 1100, eine der wenigen betriebsfähigen Lokomotiven der Deutschen Bundesbahn, einmal streicheln durfte. Bei dem nun hatte sich Herbert Dolgenbrodt schon vor langem eine alte Knipserzange bestellt, wenn irgend möglich sogar noch mit der Kennung Fh (Frohnau), seinem «Heimatbahnhof». Nun endlich hatte Speiche sie im «Fahrgastforum Beusselstraße» einem anderen Fan abtauschen können, und da die veranschlagten 570 DM schon auf sein Konto überwiesen worden waren, stand der feierlichen Übergabe nichts mehr im Wege.

«Da kommta ja endlich anjedampft!» rief Speiche, im Hauptberuf Vervielfältiger beim Senator für Inneres. «Ewije Studenten und nie Zeit ham...! Wie jet det'en Herberten nach seine Pensionierung? Kanna wieda bessa loofen...?»

«Nein, eigentlich nicht. Er geht selten raus, und wenn er das Haus verläßt, dann nur mit einer Gehstütze aus Stahl.»

«Na, zum Jlück hatta euch beede ja. Ihr habt euch ja ooch jesucht und jefunden!» Speiche schlug Gottfried so gewaltig auf die Schulter, daß der eine halbe Stunde lang Rückenschmerzen hatte. «Könnta ja noch 'n Weilchen studieren... Langer Rede, kurza Sinn: Hier habta die Zange, und im Winta, wenn ick mein Boot einjemottet habe, komm ick ma selba raus.»

Damit waren sie entlassen und machten sich mit dem inzwischen gut eingewickelten Geburtstagsgeschenk auf den Weg zur nahebei gelegenen Haltestelle des 65ers, um mit dem Bus schnell zum Bahnhof Schöneberg zu fahren, von wo die S-Bahnlinie 1, der pinkfarbene Strich im Streckennetz, nach Norden führte, in 40 Minuten hinauf nach Frohnau.

19 Uhr 13. Von Friedenau her schob der Zug, inzwischen über fünfzig Jahre alt, aber im vorletzten Jahre noch einmal kräftig geliftet, mit abschwellendem Fahrgeräusch sein kantiges Nietengesicht dicht an der Bahnsteigkante entlang, das trübe Khaki zum Sandgelb aufgehellt und rot wie ein Rubin nun das alte Ochsenblut, und sie ließen sich auf die angenehm geschwungenen Holzbänke fallen.

Als sie anfuhren, machte Gottfried nach, wie die Motoren aufbrummten, erst dumpf, dann immer heller wurden. «Ööööhhh...»

Keiner drehte sich um. Das war das Schöne an Berlin, wie beide fanden.

«Mythos S-Bahn», sagte Joana. «Hat denn der RIAS schon was verlauten lassen...? Von deinem Hörspiel, mein ich...»

Gottfried kratzte am Schildchen *Nicht hinauslehnen* herum. «Sie haben es weder gut noch schlecht gefunden. Keine Zeile von ihnen...»

«Das ist doch aber 'ne Unverschämtheit!» erregte sich Joana.

«Wieso...?»

«Daß man 'nem jungen Autor nicht mal 'n paar Zeilen schreibt.»

«Konnten sie doch gar nicht», wandte Gottfried ein.

«Wieso konnten sie nicht?»

«Weil ich's noch gar nicht abgeschickt habe, Feigling ich...» Er verbarg sein Gesicht hinter dem Kragen seiner Jeansjacke. «Solange ich ein Manuskript noch zu Hause liegen habe, bin ich der Größte, voller Hoffnung, voller Zuversicht... Und das ist doch ein herrlicher Zustand, oder? Schick ich's aber weg, kommt es zurück, und ich stürze in ein Schwarzes Loch hinab.» Dieses Bild kam ihm wohl, weil sie gerade in den legendären Nord-Süd-Tunnel hinunterglitten. «Was ist nun klüger? Liegenlassen natürlich, denn: Schön ist die Welt doch immer nur als Vorstellung... Aua, aua – Schopenhauer!»

«S-Bahn ist doch immer wieder 'n schönes Thema, und die Idee, daß sich einer den berühmten S-Bahn-Mörder von damals zum Vorbild nimmt, die ist doch prima, das Nebeneinander der beiden Ebenen...»

Igluweiß und in gletscherschimmerndem Türkis die Pfeiler, so hatten sie den Anhalter Bahnhof, das heißt: die unterirdische S-Bahn-Anlage, wieder instandzusetzen gewußt, einschließlich des Stationsnamens an den Wänden in schwarzer Nazi-Fraktur; eröffnet worden war ja nun mal im Jahre 1939.

Gottfried lenkte vom Thema ab, indem er ihr erklärte, daß sie gerade eben die am Ende des Kriegswahnsinns gesprengte Unterführung des Landwehrkanals passiert hätten («Der ganze Tunnel voller Wasser, viele ertrunken; siehe Wolfgang Staudtes *Rotation*...»), kehrte aber im selben Atemzug auch wieder zum Thema seiner Schreibsucht zurück: «Hier oben hab ich mal bei Siemens angefangen. Und nur davon geträumt, den Schreibtisch mal mit 'ner Schreibmaschine zu vertauschen...»

«Du bist doch auch 'n großes Talent, und solange die Symbiose mit Onkel Herbert noch hält, hast du ja Zeit für deinen großen Roman...» Joana, die neben ihm saß, rückte ihm die Nickelbrille gerade und küßte ihn zärtlich. «Ein bißchen siehst du aus wie Dschingis-Khan und ein bißchen wie Rilke – das muß doch was geben!»

«Na, du erst: halb Rita Süssmuth, halb Sophia Loren!» Er küßte zurück.

«Warte mal ab!»

«Sag ich ja immer: Warten ist alles, am Ziel sein ist nichts!»

Das Vier-Wagen-Züglein mühte sich weiter, stieß furchtlos in den ungepflegten Stollen hinab, um – bis auf den Potsdamer Platz – alle diejenigen Stationen in der Ehemals-DDR anzufahren, die vor kurzem noch als sogenannte Geisterbahnhöfe gottverlassen dagelegen hatten, von Friedrichstraße abgesehen, dem Grenzübergang, um sich dann am unsprengbaren Bunker im Humboldthain mit lautem Hupton am Tageslicht zurückzumelden.

«Schön gruselig ist es hier...» Joana schüttelte sich. «Und das erst im Kriege, als sie alles total verdunkelt hatten. So der richtige Tatort für den S-Bahn-Mörder: mit 'nem Bleikabel auf die Frauen los und sie dann aus'm Zug gestoßen...»

«Das war nicht hier», belehrte Gottfried sie. «Das war doch auf der Strecke nach Erkner, so zwischen Karlshorst und Köpenick. Hier aber, nächste Station, Gesundbrunnen, wäre unser lieber Onkel Herbert beinahe Opfer geworden...»

«Des S-Bahn-Mörders doch nicht...?»

«Nein, der schnellschließenden Tür. Vor vierzig Jahren, 'n junger Spund ist er noch gewesen, kommt er mit seinem Verein vom Fußballspiel zurück, ziemlich besoffen, weil sie wieder mal gesiegt hatten... Hat er dir die Geschichte nie erzählt?»

«Nein.»

«Na, kein Wunder. Muß er dringend pinkeln, das viele Bier, will aber nicht aussteigen und die Mannschaft verlassen, reißt er also die Tür auf der vom Bahnsteig abgewandten Seite auf... Ein wahrer

Wasserfall, es nimmt kein Ende mehr. Da knallen die Türen plötzlich zu. Abfahren! Und er wird eingeklemmt: rechte Hand und Pimmel.»

«Gott, darum hat er also keine Kinder!»

«Weiß ich nicht. Lag wohl eher an seiner Frau, der lieben, die partout keine wollte.»

«Die hat dann '71 das Zeitliche gesegnet...?»

«Ja. ‹Heißa, rief da Sauerbrod, heißa, meine Frau ist tot!› Aber statt nun auf lustigen Witwer zu machen, ist er eher 'n Sonderling geworden, 'n Einzelgänger. Kam das mit der steifen Hüfte dazu.»

«Wär's nicht so gekommen, hätten wir uns kaum bei ihm einnisten können», hob Joana hervor.

Gottfried wurde plakativ. «Mit null Bock und hohen Mieten wirste schnell zum Parasiten!»

Joana hatte in der *BZ* ihres Gegenübers mitgelesen. «Heute abend gibt's 'n Film mit Bud Spencer...»

«Bad Segeberg wäre mir lieber: Karl May mit Winnetou, Winnethree, Winnefour und den andern Apalachen...»

19 Uhr 55 war es geworden, und sie hatten nicht mehr als zwei Minuten Verspätung.

«Sei froh now», sagte Gottfried. «Laufen wir nach Hause.»

Trotz des lieblichen Herbstabends war es in der Gartenstadt, zu Beginn des Jahrhunderts vom Fürsten Donnersmarck als Reißbrettarbeit in Auftrag gegeben, so still und einsam, daß Joana erschrak. «...als hätten sie gerade 'ne Neutronenbombe...»

«Der Eremit gern hierherzieht...» sagte Gottfried.

Inzwischen wurden sie aber auch schon von etlichen Hunden verbellt, und aus einer Ballettschule drang ein monotones Plimmplimm auf die Straße hinaus.

Zum Franziskanerweg waren es knappe zehn Minuten, vorbei an stattlichen Landhäusern und Villen, schließlich war man von Senatens Seite gerade mit dem Prädikat gesegnet worden, als bevorzugte Wohnlage zu gelten, aber auch übler Pappkartonschrott dabei, auf kleinen Hammergrundstücken, und steingewordener Kuharschgeschmack von Architekten, die ohne jedes Gefühl für die alte Mark

Brandenburg waren und das, was in ihren Orten möglich war, dies hier für Los Angeles oder Hamburg-Wellingsbüttel hielten.

Herbert Dolgenbrodts Haus dagegen, aus handgeformten Ziegelsteinen in einen Sandhügel gebaut und weiß gestrichen, paßte zu den Kiefern und den Birken, die es reichlich rahmten, stand im hinteren Teil eines langgestreckten Grundstücks von zwölfhundert Quadratmetern Größe, das weithin naturbelassen war, Park und Wald, Dschungel fast, etwas für Dornröschen.

Vom schwarzen Eisenzaun an der Straße hatten sie über einen ziemlich zugewachsenen Weg an die vierzig Meter zu laufen, ehe sie die Haustür erreichten, aufgehalten noch von einer Grube und aufgeworfenem Sand; der Hinterlassenschaft ihres Klempnermeisters.

Man betrat das Haus quasi durch den Keller, denn den eigentlichen Eingang, auf der straßenabgewandten Seite gelegen, konnte man nicht mehr benutzen, seit Dolgenbrodt dort einen Anbau hatte hochmauern lassen.

Gottfried schloß auf und sagte, daß man die Knipserzange erst einmal verstecken sollte. «... wir sagen, wir hätten sie noch nicht gekriegt, dann ist am Geburtstag wenigstens noch 'ne gewisse Überraschung da ...» Sodann, kaum in den Vorraum eingetreten, schrie er ein so kräftiges «Hal-loooo!» nach oben, als gelte es, einen mehrere hundert Meter höher gekletterten Bergsteigerkollegen zu grüßen.

Doch das Echo blieb aus.

«Wird er wieder vorm Fernseher hocken und eingeschlafen sein», meinte Joana und versteckte die Knipserzange unter alten Schals im Kleiderschrank.

Gottfried stieg die schmale Treppe hinauf, die viel zu steil war für Dolgenbrodt und seine steife Hüfte, doch er hatte Jahr für Jahr den Umbau gescheut: zuviel Lärm und zuviel Dreck. Und außerdem erinnert mich das immer an Holland; da bin ich doch als junger Mensch so gerne gewesen.

«Herr Dolgenbrodt, hallo ...!» Nur intern war er ihr Onkel Herbert, dies auch seiner Ähnlichkeit mit dem barschen Grunzer Herbert Wehner wegen, offiziell aber war es stets beim Sie geblieben. «Wir sind wieder da.»

Wieder keine Antwort.

«Er scheint doch weggegangen zu sein», rief Gottfried nach unten.

Joana kam nun ebenfalls nach oben in die Diele. «Ach, war er doch schon seit Wochen nicht mehr. Das ist ja 'ne richtige Phobie bei ihm geworden, vor Straßen und Plätzen...»

Sie machten sich daran, in Bad, Küche und Eßzimmer nach ihm zu suchen.

«Nichts...»

«Sitzt er sicher wieder ganz versunken bei sich im Museum drin...» So Gottfrieds Vermutung.

Als Museum bezeichneten sie vom Tage ihres Einzugs an, fünf Jahre waren es nun bald, Dolgenbrodts Anbau, an der Rückfront des alten und ererbten Hauses, Baujahr 1938, auf die Kuppe des Hügels gesetzt und von ihm anfangs auch durchaus, wie dem Finanzamt annonciert, als Arbeitszimmer genutzt, nach und nach aber immer mehr zur Sammelstelle seines Altberliner Trödelkrams geworden, von zerschlissenen Straßenbahnsitzen bis hin zum echten Leierkasten. Von diesem Raum, immerhin an die 32 Quadratmeter groß, konnte man mit Hilfe einer zumeist eingezogenen Aluminiumleiter ins «Archiv» hochklettern, in die geräumige Dachschräge, wo ein Besucherbett stand und sich neben alten Zeitungen, Magazinen, Speisekarten, Programmheften und dergleichen in langen Regalen alles an Briefen und Postkarten fand, die die Dolgenbrodts seit der Inbesitznahme dieses Hauses je erhalten hatten.

Die Tür zu Museum und Archiv war eingeklinkt, und Joana klopfte leise an, denn Onkel Herbert, immer cholerischer, je älter er wurde, konnte furchtbar lostoben, wenn man ihn durch unverhofftes Eintreten erschreckte und zusammenfahren ließ.

Erst als sich auch jetzt nichts rührte, zog sie die Tür, als ehemaliger Eingang richtig schwere Eiche, vorsichtig auf und fragte noch einmal tastend: «Herr Dolgenbrodt...»

Wieder nichts, so daß Gottfried, der kurz hinter ihr war, nun draußen auf der Diele einen uralten elektrischen Schalter herumdrehte und damit die Neonleuchte im Türrahmen oben, die beide Räume ausreichend erhellte, zum Aufflammen brachte.

Sie fuhren zurück, denn Herbert Dolgenbrodt lag gleichermaßen zusammengekrümmt wie hingestreckt am Fuße seiner Aluleiter, und man brauchte nicht studierter Mediziner zu sein, um zu erkennen, daß hier nichts mehr zu machen war.

«...ermordet...!» stieß Joana hervor.

2.

Hagen Plottka wälzte sich grunzend herum und ging mit einem kleinen Aufschrei über Bord, fiel aber nicht, wie in Traum und Halbschlaf erhofft, in champagnergleich aufspritzendes Mittelmeerwasser, sondern knallte mit Kopf und Becken auf harten Beton, fuhr hoch und erschrak nun erst recht, denn der gespenstergrün strahlende Radiowecker auf einem Schränkchen hoch über ihm zeigte statt der Zeit ein Datum an: 7.5.55

Das war genau ein Jahr vor seiner Geburt, und sein Organismus reagierte auf diese Nachricht mit Herzrasen, Schweißausbruch und Atemnot.

7.5.56

Einleitung der Geburt, Abgang des Fruchtwassers. Er flutschte ins Leben hinaus und schrie aus Leibeskräften, als man ihn abzunabeln begann.

Er sprang auf, stieß sich den Kopf an einer tiefhängenden Lampe, sah, wie durch ein schwervergittertes Fenster, hinten, oben, an der Decke, verstaubte Sonnenstrahlen nach ihm suchten, und glaubte plötzlich ganz genau zu wissen, wo er war: in einer Zelle!

Justizvollzugsanstalt Moabit, U-Haft.

«Wie auch anders...»

Draußen kicherten mehrere Frauen. Wie das, im Männerknast? Er stürzte zum Fenster, blinzelte nach oben und konnte zwei mallorcabraune Beine hochverfolgen bis zum schön geblümten Slip. Fast hätte er an ein Arbeitstreffen von Psychologinnen mit Sozialarbeitern und weiblichen Anstaltsbeiräten geglaubt, wenn da nicht auch... Ein gelber Doppeldeckerbus der Linie 22 dröhnte schwer wie eine Diesellok vorbei, ließ alles vibrieren. Vorschulkinder spielten Einkriegezeck. Zwei kloßdicke Rentnerinnen ließen ihre Dackel gesetzwidrig auf den Bürgersteig kacken.

Da machte es bei Hagen Plottka endlich klick. Nicht in einer Zelle war er hier, sondern im Keller seiner Lieblingskneipe, *Gerhard's Gruft*. War er also wieder voll gewesen, total, und der liebe Gerhard hatte ihn bei Ladenschluß hier unten abgelegt, war dann mit seiner neuen Tussi nach Hause abgebraust.

Der Wecker zeigte nun 7.59, und als er in der nächsten Sekunde auf 8.00 sprang, hatte Plottka auch begriffen, daß er eben mit seinen verquollenen Augen und seinem verkaterten Hirn bei 7.55 und 7.56 die eine Fünf doppelt wahrgenommen haben mußte. Daher also das Datum seiner Geburt.

Schrecklich! Er machte Licht und besah sich in einem Sperrmüllspiegel.

Wie der Kohlenklau auf den alten Zweite-Weltkrieg-Plakaten. Stoppelhaar und unrasiert, ein Pflaster am Kinn, eine Gaunervisage.

«Ein Schwein bist du...!» Er klopfte sich auf seinen Wahnsinnsbauch und fand, daß er langsam alle Chancen hatte, bei den *Fatboys* mitzumachen. «...der letzte Arsch!»

Es stank furchtbar nach ausgeschwitztem Bier.

«Plottka, du Penner!»

Ohne sich irgendwie zu waschen («Fällt ja doch nicht auf...!») oder nach einer Rasiergelegenheit zu suchen, zog er Jeanshose und -jacke über seine schmuddligweiße Unterwäsche, hievte sich stöhnend am Treppengeländer zur Schankstube hinauf und zapfte sich ein Bier. Zigaretten hatte er selber, zwei Buletten lagen auch noch herum; welch ein Frühstück wieder einmal!

Gerhard, der Engel der, hatte auf einen Bierdeckel «Vergiß nicht abzuschließen!» geschrieben und den Schlüssel durch den Filz gepiekt. Plottka suchte nach einem Kugelschreiber, quittierte das mit einem dicken «Danke!» und verließ dann *Gerhard's Gruft* in Richtung S-Bahn, schnürte immer am Rande des Märkischen Viertels entlang, bis er vor einem Imbißstand, die Bierpullen zur Begrüßung geschwenkt, Krücken-Kutte neben Zwiebel-Else entdeckte. Umarmungen, Wange an Wange gepreßt.

«Schlürfste ooch noch eene mit?»

«Aba nur weil ihr't seid...» Plottka machte Frieda drinnen ein Zeichen, indem er drei Finger hob, ließ zugleich Münzen in ausreichender Menge auf dem abgegriffenen Zahlteller tanzen, nahm die eine Krücke seines Freundes Kurt und zielte damit auf die Elster dichtebei im Baum, die nach irgendeiner Beute gierte. «Peng!»

Frieda mußte, ehe sie das Bier herausreichen konnte, erst einige Kästen umstapeln, und Zwiebel-Else nutzte die Chance, ihr einen Riegel *Lila Pause* zu klauen, ließ ihn schnell in einer ihrer aufgebauschten Plastiktüten verschwinden.

«Wohin willste'n umziehen?» fragte Plottka mit Blick auf ihr gesamtes Hab und Gut.

«Heut abend nach Lodz, bis zum letzten Zug lassen sie einen da ja sitzen. Dann weeß ick nich... Irgendwo Platte machen.»

«Ick jeh arbeeten jetze», erklärte Krücken-Kutte. «Mal sehn, wat abfällt dabei...» Wollte sich zum Betteln vor der *Deutschen Bank* am Ku'damm niederlassen.

Das Bier kam, und sie stießen an. Gleich gegenüber befand sich eine Bushaltestelle, und Plottka verfolgte mit Spannung die Versuche einiger jüngerer Leute, die vorbeihuschenden Autofahrer derart anzumachen, daß sie anhielten und sie einsteigen ließen. Die Mädchen zumeist in Sexy-Pose, wenn auch leicht ins Lächerliche gewendet, die Knaben, indem sie auf lieb und harmlos machten und sich als Partner für intelligente Gespräche anboten, beispielsweise Computerhefte schwenkten. Offenbar waren ein, zwei Busse ausgefallen.

Plottka setzte seine leergezischte Flasche ab und lachte. «Mal testen, wat ick für Chancen habe... Tschüs!» Schon hatte er sich unter die Schar der Anhalter gemischt.

Und siehe da, nach knappen fünf Minuten hielt der Lieferwagen eines Baustoffhändlers neben ihm, und der Fahrer beugte sich nach draußen. «Wo willste'n hin?»

«Zum Sozialamt, Farchanter Straße...»

«Dacht ick mir doch!» Der Mann, stellte sich heraus, kam aus einer WG, Kreuzberg, Skalitzer Straße, klärte Plottka über die schändliche Politik von IWF und Weltbank auf, daß die das Elend in der dritten Welt verursachen täten, und auch er die verdammte

Pflicht und Schuldigkeit hätte, bei den Demos dagegen wirksam mitzumachen.

«Da trägste bei mir offne Türen nach Athen», lachte Plottka und zeigte sich an Ort und Stunde äußerst interessiert.

Es war 9 Uhr 11, als der nette Agitator ihn direkt vorm Sozialamt aussteigen ließ, einem zur Abrißreife gealterten Backsteinbau aus Kaiser-Wilhelm-Zeiten, Gesindehaus eines verlorengegangenen Gutes, zur Außenstelle geworden, als in der zweiten Hälfte der achtziger Jahre die Zahl der Berliner Sozialhilfeempfänger auf 170000 angestiegen war, die neue Armut jeden zwanzigsten Bürger der sogenannten freien Welt zum «Klienten» werden ließ.

Plottka stieg ein paar Stufen hinauf, drückte die schlichte Holztür nach innen und kam in einen schlecht beleuchteten Flur, auf dessen Holzbänken schon so viele Leute hockten, daß er unwillkürlich stehenblieb. Auf dem Boden standen leere Coca-Dosen, die als Aschenbecher dienten und aus denen der Rauch herausquoll wie aus kleinen Vulkanen, hochzog zu den handgemalten Schildern «Rauchen nicht gestattet!». Schlecht gezielte Kippen hatten schwarzumrandete Löcher in den flaschengrünen Linoleumboden gebrannt, der an einigen Stellen so aufgeworfen war, daß er Plottka des öfteren an Landschaftsformen denken ließ, zum Beispiel an die Holsteinische Schweiz. Die durchgetretenen Stellen hatten zufälligerweise auch Form und Größe des Plöner und Eutiner Sees, nur der Dieksee war zu klein geraten. Er sah in den eigentlichen Warteraum hinein, aber da lehnten sie schon an den Wänden. Mi-mi-mi, der Stotterer, tigerte wie ein eingesperrtes Tier zwischen Kellertreppe und Warteraum umher und machte auch den Ruhigsten nervös. Ein türkisches Baby protestierte gegen diese Welt bis fast hin zum pseudokruppschen Husten. Auf der Treppe zur oberen Etage hockten junge Türken und redeten ganz offensichtlich über den Fußball in Berlin, denn öfter hörte er das Wort «Türkiyemspor», den Namen des Vereins, der ihre ganze Hoffnung war. Nichts dagegen verstand er von dem, was die Deutschen polnischer Zunge an der Tür zum Chefzimmer hinten zu schimpfen hatten. Trabbi, klein wie Norbert Blüm und zumindest ebenso umtriebig, saß lauernd hinter seiner *Morgenpost* getarnt. Auch Pizza war schon da, kein

Italiener, sondern nur so genannt wegen der teils aufgeplatzten Eiterpickel im Gesicht, und schlug sich mit geballten Fäusten immer wieder rhythmisch auf die Oberschenkel.

Plottka nickte ihnen zu, zählte insgesamt 26 wartende Bürger, davon mindestens 10 Ausländer und gut die Hälfte unter 30 Jahre alt.

Nachdem er das erledigt hatte, riß er an der ersten Tür, drückte die Klinke mit Karacho nach unten, warf sich schließlich mit all seiner Masse gegen das Holz.

«Mann, mach keenen Terror hier!» rief eine Frau mittleren Alters, die sich bislang ganz ruhig auf ihren Strickstrumpf konzentriert hatte. «Zieh dir ooch 'ne Nummer!»

«Die zieh ick mir nie, die mach ick!» sagte Plottka und löste damit Lachstürme aus, zumal er nun ins Zimmer der bekanntermaßen sehr attraktiven Gruppenleiterin stürmte.

«StOI Plottka meldet sich zur Stelle und bedauert seine geringfügige Verspätung zutiefst: Dringender Fall von Selbstverwirklichung hat wieder einmal angelegen.»

Verena Zietz lehnte sich zurück und musterte ihn. «STOI heißt ja wohl nicht nur Stadt-Oberinspektor, sondern – auf russisch – meines Wissens auch soviel wie: halt, stop! Wenn ich dich so sehe, dann möchte ich dir das doch schon mal ganz leise zurufen, lieber Hagen... Deine Anpassung an unsere Klienten ist vielleicht doch schon ein wenig zu weitgehend...»

«Du, so kann ich wirklich am besten mit ihnen!» rief Plottka mit aller Emphase, die er aufbringen konnte. «Ich hab nur leider heute morgen nicht mehr gewußt, wo ich gestern abend meinen Wagen abgestellt hatte...»

Verena, vom geradezu idyllischen Amt für Bürgersorgen vor nicht allzulanger Zeit hierher befördert worden, verhinderte Verhaltensforscherin, Zoologin und so weiter, sah auf ihr mitgebrachtes Aquarium hinüber. «Wenn's mir um meine Fische nicht zu leid täte, würd ich dich mit dem Kopf da reinstecken und...»

«Gerne, solange du keine Piranhas drin hast. Aber gib mir vorher bitte noch den Ersatzschlüssel fürs Zimmer nebenan; meinen hab ich irgendwie zu Hause liegenlassen...»

Plottka machte eine artige Verbeugung in Richtung Vorgesetzte, bat noch einmal darum, daß ihm die kleine Kernzeitverletzung doch bitte gütigst vergeben werde, und trat dann wieder auf den Flur hinaus, konnte aber vor Aufnahme seiner Dienstgeschäfte nicht umhin, noch den beiden Kollegen im Zimmer 2 ein fröhlich-rituelles «Guten Morgen!» zuzurufen: Ulli Witt und Waltraud Terletzki.

Als er Witt erblickte, verspürte er sofort wieder die anfallartige Angst vor gewissen Formen des Delirium tremens: Das konnte doch nicht sein, daß der...! Ein Traumgespinst, eine Halluzination, die kleinen grauen Zellen aufgefressen... Denn da, wo der jetzt saß, auf dem schönen Platz am Fenster, hatte jahrelang die Roggensack gehockt, die Gisela. Zuletzt ein mehr als problematischer Fall. Von einer faszinierenden Frau zur wahren Furie geworden. Hatte nun gekündigt, alles hingeschmissen. Gestern war ihr letzter Tag gewesen, und er hatte noch immer das Bild vor Augen, wie sie dabei war, dem armen Ulli Witt zu zeigen, was hier Sache war, einen schon ganz klein gewordenen Punker fürchterlich zusammenschiß, weil der nicht ordnungsgemäß auf dem angesagten Friedhof angetreten war, um seinem Staate beim Gräberschaufeln und anderen gemeinnützigen Arbeiten zu helfen. Sie war fürchterlich im Brast gewesen, hatte den Kollegen genauso angefaucht wie den buntgefärbten Antragsteller. «Natürlich gibt es bei der ‹Pflicht zur Arbeit› 'ne Rechtsgrundlage, und zwar ist das der § 25 des BSHG: ‹Wer sich weigert, zumutbare Arbeit zu leisten, hat keinen Anspruch auf Hilfe zum Lebensunterhalt...›» Am liebsten, so war es Plottka vorgekommen, hätte sie dem anderen auch noch eine runtergehauen. Er hatte noch immer ihre Stimme im Ohr, vorgestern beim total mißlungenen Ausstand in *Gerhard's Gruft*: «Ich hasse dieses Scheißsozialamt, ich hasse euch alle! Jahrelang mein Leben vergeudet mit euch.»

Plottka riß sich wieder ins Hier und Heute zurück.

Die verbliebene Kollegin im Zimmer, die Waltraud Terletzki, wie der Ulli Witt um die Vierzig herum, pfannikloßdick und immer wieder mit dem Titel «Miß Phlegma» ausgezeichnet, hatte bei den Ausbrüchen der Roggensack nur still vor sich hin leiden können, war im Augenblick gerade damit beschäftigt, einer jungen Türkin das Prinzip «Erst fragen, dann kaufen» mit Gestenhilfe zu erklären. «Schulden übernehmen wir grundsätzlich nicht!»

Derart eingestimmt, konnte er nun selber mit der Arbeit beginnen, natürlich nicht, ohne seine Klienten vorher noch ein wenig um Geduld und Verständnis gebeten zu haben. «Kinder, ich muß mir erst mal aus'm Keller Wasser holen und meine Kaffemaschine anwerfen.»

Nur Trabbi protestierte. «Über fünfzehn Minuten schon von der Kernzeit vergangen, und noch immer keinen Handschlag getan...! Ich sage nur eins: Dienstaufsichtsbeschwerde!»

Pizza trat ihm so heftig gegen die Kniescheibe, daß der Reflex seine helle Freude daran hatte. «Weeßte nich, det det Selbstmord is, äih...!?»

Plottka grinste und wollte seinen Weg fortsetzen, ebenso un- wie doch gerührt, Mi-mi-mi kam aber, Michael Minzel, um ihm die Plastikkanne abzunehmen. «La-la-lassen Sie mi-mi-mich das mama-machen.»

«Schleimer!» sagte Pizza, da ganz der große Autonome, ließ den andern aber ziehen.

So konnte sich Hagen Plottka nun endlich hinter seinen Schreibtisch zwängen und die erste Nummer in Flur und Warteraum rufen.

Eine Neu-Berlinerin mit schwäbischem Akzent, geboren in, wie sich später herausstellen sollte, Fellbach bei Stuttgart, erschien, ihr fünf Monate altes Büble frisch gewickelt im Arm, und sagte, daß sie nicht mehr aus und ein wisse, seit ihr Mann an Krebs gestorben sei, denn a) habe sie das Kind und b) sei sie zu 60 Prozent körperbehindert, könne also keinesfalls einer geregelten Tätigkeit nachgehen. Plottka griff zum ersten Formular und nahm die Daten auf, überschlug dann alles und sagte ihr, daß sie, da die Rente mit der Sozialhilfe verrechnet werde, mit etwa 640 Mark rechnen könne. «Regelsatz für den Haushaltungsvorstand und Regelsatz für das Kind, plus Mehrbedarf, den Sie als Alleinerziehende mit einem Kind unter sieben Jahren bekommen... Ihre Miete übernehmen wir natürlich auch, 300 Mark, zuzüglich der Heizkosten...»

«Danke...» sagte die junge Frau und: «Ich könnte Sie umarmen!»

Die laufende Nummer 2 hingegen, ein arbeitsloser Trucker, dem der Führerschein entzogen worden war, hätte ihm am liebsten in den Arsch getreten, als er Bargeld für einen neuen Wintermantel haben wollte, statt dessen aber nur einen Wertgutschein bekam. «Ich weiß doch, daß du säufst wie 'n Loch. Eh du bei C & A angekommen wärst, hättste doch schon die ersten hundert Mark versoffen und die zweiten in'n Puff getragen, Mann!»

Die Nummer 3, Schulabgänger ohne Chance und Bock auf eine Lehre, war Legastheniker, und Plottka brauchte eine gute Viertelstunde, um mit ihm zusammen das Formular Soz 3016/10.85 mit Kreuzchen und Daten zu füllen, den Antrag zur Weiterzahlung der HL (Hilfe zum Lebensunterhalt).

Dann kam Schulle mit der Ratte, in seiner Lederrüstung ganz Ivanhoe der Schwarze Ritter, und ließ das liebe Tierchen zu Plottkas Ekel und Entsetzen an seinem blonden Pferdeschwanz schaukeln. Ging dabei leicht in die Hocke, und Plottka hatte schon Angst, daß er ihm nun aus lauter Protest ins Zimmer kacken würde, doch es folgte nur ein Sprung, ein Abheben direkt in die Höhe, um wirksamer auf den hölzernen Besucherstuhl herunterkrachen zu können; wohl in der Absicht, den in vier bis fünf Einzelteile zu zerlegen. Doch das Sperrmüllmöbel hielt.

Plottkas Warnlämpchen aber blieben eingeschaltet, denn Schulles rechte Hand war in die Hosentasche gefahren. Kam sie gleich mit einem Schlagring hervor, ließ sie ein Messer aufschnappen? Roheitsdelikte waren schließlich sein Hobby, und erst am Dienstag hatte er hier furchtbar rumgetobt und Rache geschworen.

Klar zum Gefecht! Plottka zog seine eine Schublade auf, die rechts in der Mitte, wo Gummiknüppel und Tränengassprüher griffbereit lagen, setzte auch die Spitze seines linken Fußes auf den Bodenschalter, der nur so aussah, als könnte man mit ihm die zusätzliche Tischlampe anknipsen, in Wahrheit aber ein Alarmknopf war.

Überraschenderweise aber gab sich Schulle mit der Ratte diesmal sehr bürgerlich und demütig. «Ich bin allhier erst kurze Zeit, / Und komme voll Ergebenheit, / Einen Mann zu sprechen und zu kennen, / Den alle mir mit Ehrfurcht nennen.» Um dann, als Plottkas Staunen gar kein Ende nehmen wollte, noch hinzuzufügen: «*Faust* im Mund ist besser als Faust auf'm Tisch!»

Plottka blätterte in der schnell gezogenen Akte und stellte fest, daß sein Klient 1981 das Abitur mit einem Schnitt von 1,9 gemacht hatte, um dann nacheinander als Designer, Schauspieler, Rockmusiker, Fischwarenhändler, Fahrradverleiher und Steinsetzer zu scheitern. Ganz der Typ des neuen Klienten, der ihnen schwer zu schaffen machte. Kein pflegeleichter Rentner, sondern einer, der seine Rechte kannte, viel Beratung brauchte und Ablehnungen nicht mehr klaglos akzeptierte, sondern lieber mal Rabatz machte.

«...also Ärger mit der Roggensack gehabt...?» Ganz vorsichtig begann Plottka die Partie zu eröffnen. Sehr untertrieben war das natürlich, denn Schulle hatte ihr gedroht, sie zu ermorden, wenn sie ihm weiter Schwierigkeiten machen würde. Dies nicht laut gebrüllt, sondern Stunden nach seinem Besuch am Telefon verkündet. Die Roggensack hatte es jedenfalls ihm und der Terletzki so berichtet.

«Es geht um meinen neuen Wintermantel. Ich hab doch selbst Ihre Verwaltungsvorschriften in der Hand gehabt und weiß, was Sache ist: Nach fünf Jahren haben Männer Anspruch auf 'nen neuen! Und was macht die Roggensack, anstatt mir einen zu bewilligen? Sie schickt mir den Prüfdienst nach Hause und läßt den bei mir im Schrank rumwühlen...! Warum denn das?»

«...kann ich sie leider nicht mehr fragen, weil sie weg ist: Erst noch 'n paar Tage Resturlaub, dann geht sie als Reiseleiterin nach Kenia. Vielleicht findet sie da irgendeinen TUI-Macker zum Vögeln. Eine neue Liebe ist ja wie ein neues Leben...»

«Krieg ich nun den Mantel – oder krieg ich ihn nicht...!?»

Das klang schon wieder ganz nach Drohung, aber so versteckt, daß bei Plottka nicht die Alarmglocken schrillten, sondern ein viel subtileres Gefühl Besitz von ihm ergriff: *A faint cold fear thrills trough my veins*. Und so suchte er zunächst Zeit zu gewinnen. «In der Anlage Soz 3019/11.82 ist aber nur von einer durchschnittlichen Gebrauchsdauer die Rede, das heißt, daß ein Mantel auch sechs, sieben oder acht Jahre halten kann. Da muß ich erst mal mit

Ihrer Sozialarbeiterin sprechen. Wenn Sie bitte draußen Platz nehmen würden...»

Schulle mit der Ratte strich zwar wortlos ab, grinste aber derart maliziös, daß Plottka ganz genau wußte: Da ist doch noch was.

Dennoch griff er sofort zum Telefon, fand aber die Dame besetzt, ging auf den Flur hinaus, um Herrn Schulz das anzuzeigen, stieß dabei auf einen gehbehinderten Veteranen und trug den halb ins erste Stockwerk hinauf, wo die Kollegen Niedergesäß und Klinke ihren Dienst am Volk versahen.

Andreas Niedergesäß, teils in Verfremdung seines Namens, teils wegen seiner hinten/unten stets sehr beutelnden Hose im Amtsbereich nur als Tiefarsch bekannt, war gerade dabei, kräftig über die Sozialhilfeempfänger zu schimpfen. «Was die von uns an Geldern und sonstigen Zuschüssen bekommen – Kleidung, Hausrat und so weiter –, kann sich ein schwer arbeitender Familienvater heute kaum noch leisten! Und unsere lieben Sozialarbeiter unterstützen sie in ihren überzogenen Forderungen auch noch!» Dabei knetete er mit den Fingern seiner rechten Hand jene Fettpartie, die bei ihm das Kinn ersetzte.

Da war sein Gegenüber schon von ganz anderem Format, im American Football aktiv, den *Berlin Rambos* als Gründungsmitglied zugehörig und in der Berliner Verwaltung als «der Pionier» bekannt. Dies nun weniger deswegen, weil er am liebsten als Pionier des Wilden Westens am Sacramento eine Ranch gegründet hätte, sondern seines Namensvetters Klinke wegen, jenes preußischen Soldaten, der sich 1864 im deutsch-dänischen Krieg auf den Düppeler Schanzen selbst in die Luft gesprengt hatte, damit seine Kameraden durch die so geschaffene Bresche voran zum Siege stürmen konnten.

Nach kurzem Gruß eilte Plottka wieder nach unten, stieß dabei mit Pizza zusammen, dessen Nummer gerade aufgerufen worden war.

Langsam bekam er Hunger nach etwas Süßem, Schokolade oder Kuchen, hatte aber noch keinen Vorwand gefunden, um bei Verena anzuklopfen und etwas zu schnorren, mußte erst noch in den sauren Trabbi beißen. «Bitte sehr, Herr Hahn...»

Trabbi, ihr Diplom-Querulant, mit 55 Jahren und ohne jede

Liebe zum Computer als Bilanzbuchhalter dauerarbeitslos, hatte über all die Jahre hinweg mit seinen Widersprüchen schon neun Aktenbände gefüllt, zwei Pappkartons voll, die bei Plottka an der Heizung standen.

Am schönsten waren immer seine einleitenden Sätze. «Im Normalfalle sollte die Bearbeitung eines Antrages drei Arbeitstage dauern, bei Ihnen aber kann man von drei Wochen ausgehen. Ich sage Ihnen das nur in Ihrer Funktion als Erster Sachbearbeiter hier.»

«Wir sind nun mal das Stiefkind der Verwaltung oder ihre Prügelknaben, ganz wie Sie wollen, zweihundertfünfzig neue Stellen fehlen uns, fünfzig Prozent Personal mehr müßten wir haben...» Plottka versuchte es erst einmal auf die sachliche Tour. «Was ist denn Ihr konkretes Anliegen heute...?»

«Ich habe von Frau Roggensack kein Kohlegeld bekommen, sondern nur jeden Monat Gutscheine...»

«Ist doch schön, kühl genug war der Sommer ja...»

«Ja, aber die Kohlenhändler lösen diese Gutscheine inzwischen nicht mehr ein, weil sie vom Amt erst ein halbes Jahr später abgerechnet werden.»

Plottka sah aus dem Fenster. «Ich sagte doch, daß uns die Leute dazu fehlen: Gehen Sie zum Stadtrat, gehen Sie zum Bürgermeister...»

«Das werde ich auch machen!» Trabbi sprang auf. «Und unsere Selbsthilfeorganisation werde ich Ihnen auf den Hals hetzen! Das ist doch alles Taktik hier, um uns aus'm Bezirk rauszugraulen!» Die Tür so zugeknallt, daß Plottka glaubte, das alte Gebäude würde wie ein Glibberpudding wackeln.

Nun konnte er wirklich nicht anders, als eine seiner kleinen Schreibtischschubladen aufzuziehen und nach seinem Flachmann zu greifen. Ein Schluck *Gorbatschow* ließ ihn alles wieder nüchterner sehen. Er gähnte anhaltend, streckte sich und ging dann auf den Flur hinaus, sich den nächsten Klienten, die nächste Klientin zu krallen.

«Mann, det stinkt ja wie im...!» Das «Affenkäfig» ließ er weg, das hätte am nächsten Morgen wieder, je nachdem, in der *taz* oder der *BZ* gestanden, aber Zigaretten und Schweiß, Knoblauch und

Bier, Urin und Erbrochenes, Fürze und Parfüm, das gab in der Tat eine Duftnote, die es in sich hatte. Er stürzte zur Eingangstür und riß sie auf.

«Füllt den Mief lieber in Flaschen und schickt ihn nach Bonn», riet ihm Schulle mit der Ratte. «Aufschrift *Die neue Armut*, Kohls Création für die neunziger Jahre.»

«Kann ick nich drüber lachen!» lachte Plottka. «Ick muß ausjewogen sein!»

«Bitte sehr...»

Eine junge Frau, so ansehnlich, daß er sich automatisch seine schwarzen Strubbelhaare glattstrich und mit einer schnellen Handbewegung den bauchbedingt immer etwas offenen Reißverschluß nach oben zog, trat ein, besetzte den Besucherstuhl und offenbarte derart viel an Bein und Oberschenkel, daß er gar nicht anders konnte, als ganz intensiv an das eine zu denken.

Sie hieß Heide Soundso und begann mit einer Suada auf die Roggensack. «...die hat mich Dienstag mit der Bemerkung weggeschickt, ich sollte doch lieber auf'n Strich gehen, so wie ich aussehen, anstatt sie dauernd zu nerven...»

«Tut mir leid», sagte Plottka. «Die ist ab nach Kenia, und es sieht so aus, als ob sie sich hier mit 'nem fürchterlichen Rundumschlag von all ihren Lieben verabschiedet hat. Worum ging's denn in Ihrem Falle...?»

«Ich bin Studentin, Chemie, achtes Semester, alleinstehend, ein Kind, und habe eine Zweizimmerwohnung, deren Miete das Sozialamt hier bezahlt. Nun hat mir Ihre Kollegin gesagt, daß ich untervermieten muß, sonst würde sie die Mietkosten nicht mehr übernehmen.»

Plottka nickte. «Das soll es laut Senat nicht geben, Ausnahmefälle aber seien möglich, wobei es dann auf die Wohnungsgröße ankäme...» Er staunte über sich selber, zu welch schönem Deutsch er fähig war. «Gehn wir mal zur Chefin, die soll das mal selber wieder aus der Welt schaffen.»

Doch der Weg zu Verena war ihm zunächst versperrt, denn ihr jugoslawisches Reinemache-Ehepaar war mit einer großen Tasche gekommen, um die Räucheraale zu bringen, die die Soz-III-Besatzung letzte Woche bei ihnen bestellt hatte. Ein Schwager von ihnen war am Steinhuder Meer seßhaft geworden, und über ihn konnten sie die Tierchen weit unter Marktpreis beziehen.

Er-Saftic hatte sich, um seine Identifikation mit Berlin und den Deutschen voll unter Beweis zu stellen, ein rot-weißes Jersey des hiesigen Eishockey-Bundesligaclubs übergestreift: riesig die Rükkennummer *18 Schwindt.* Kein Spiel ließen sie aus, und Sie-Saftic bat alle ständig, das Konfetti aus ihren Lochern für sie zu sammeln: Man brauche es, um es bei Berliner Torerfolgen in die Halle zu werfen.

Aber nicht nur mit der Aalverteilung trugen sie zur Verzögerung der Dienstgeschäfte bei, sondern auch noch mit einem Schal, einem Tuch aus buntem Chiffon, das sie gestern abend im Flur gefunden hatten.

«... das gehört der Gisela!» rief Verena, der Roggensack also. «Das schicken wir ihr nach Mombasa nach, ich hab die Adresse zu Hause...»

«Quatsch!» Plottka riß es ihr aus der Hand und schenkte es der jungen Frau, die von der Roggensack am Dienstag so schikaniert worden war. «Eine kleine Entschuldigung von uns allen...»

Damit zog er sich für einige Minuten in sein Kabuff zurück, um sich voller Heißhunger über seinen Aal herzumachen. Als das Telefon jetzt klingelte, konnte er sich die Fettfinger gar nicht so schnell abwischen. «Ja...?»

Tiefarsch war's. «Du, ich hab den Zembrowski zu dir runtergeschickt, halt den doch mal so lange mit was auf, bis die Polizei da ist. Die fahnden nach dem, und bei mir hier wittert er nur was, wenn's so ewig dauert...»

«Ja, okay...» Plottka legte auf. Zembrowski, er mußte einen Moment lang überlegen... Ah, ja, Pizza war das. Da stand er auch schon in der Tür bei ihm.

«Ich soll mich bei Ihnen noch mal melden...»

Plottka fuhr ihn an: «Nehmen Sie sich 'ne Nummer, und warten Sie wie alle anderen...!» Dabei fiel ihm sein Kugelschreiber aus der Hand, und als er sich bückte, um ihn wieder aufzuheben, flüsterte er Pizza, der sich ebenfalls niedergebeugt hatte, für die anderen unhörbar ins Ohr. «Hau ab, der hat die Bullen alarmiert...!»

Pizza nahm sich, um nicht aufzufallen, kommentarlos eine Pappnummer vom Haken, sagte zu den Umstehenden, daß er die Wartezeit noch nutzen wolle, um sich eine *BZ* zu kaufen, und ging dann lässig-cool zum Ausgang hin. Doch als er die Tür aufgezogen hatte, sah er draußen den grün-weißen Streifenwagen schon angerollt kommen.

«Weg da!» Er warf sich nach hinten, wühlte sich wie ein Stürmer beim Rugby durch den Wall der Wartenden hindurch, hatte auch insofern Glück, als Verena in eben dieser Sekunde aus ihrem Chefkäfig kam, um zur Toilette zu eilen, stieß sie noch ein Stückchen zur Seite und jagte auf ihr Fenster zu, das zwar zur Hälfte offenstand, aber weithin von ihrem Aquarium verstellt wurde. Doch schon hatte er das Hindernis zu Boden gerissen und sich hinaus in Hof und Garten geschwungen.

«Meine Fische, mein Gott!»

Die Polizisten stürmten herein, die Leute grapschten nach den wegflutschenden Tieren, viele Füße wurden naß, und die beiden anwesenden Babys schrien so, daß keiner mehr ein Wort verstand.

Plottka hatte sich hinter seinen Schreibtisch geflüchtet und kaute ungerührt an seinem Räucheraal herum.

Da kam, ohne daß er aufgerufen worden war, Schulle mit der Ratte herein, um erst dicht vor seinem Drehsessel stehenzubleiben.

«Inzwischen weiß ich alles, mein lieber Hagen... Und wenn du nicht gehörig Kohle abdrückst, dann...!»

3.

Gottfried stieß den blank gewordenen Spaten mit archaischer Lust in den Berlin-Frohnauer Boden, baute Burgen an Nord- und Ostseestrand, Langeoog und List, Hohwacht und Heiligenhafen, fünfzehn, zwanzig Jahre war es her, grub lange Tunnelröhren durch die Buddelkistenberge auf dem Hinterhof. Komm zum Mittagessen rauf! Du bist Erde und sollst zu Erde werden... Mörz, wo finden wir diese Textstelle? Im 1. Buch Mose. Richtig, setzen, Eins! Arbeiter der Stirn und der Faust... Wir sind die Moorsoldaten und ziehen mit dem Spaten... Jetzt ein kühles *Spaten-Bräu*...! Die Assoziationen befielen, überfielen ihn, waren ungewiß wie Traumbilder und zugleich auch derart real, daß er sich ständig neu besinnen mußte, immer wieder vergewissern, wer er war, das Kind, der Junge, der Mann, und wo er war.

Weiß-gelb-bräunlich war die nächste Ladung, die nach oben flog, aus der mittlerweile metertiefen Grube auf den lockeren Kraterhügel hinauf, von der Färbung seines Stuhlgangs, wenn er Gallenschmerzen hatte, wie der Backstein aufgefrischter Stadtbahnbögen oder des Bethanienhauses, Kreuzberg/SO 36. Wer anderen eine Grube gräbt... Bornim-Grube... Golm, Bornim-Grube, Marquardt, Satzkorn; S-Bahn – nicht elektrisch – zwischen Wildpark im Süden, Wustermark im Norden. Das ganze Haus hing voller S-Bahn-Pläne, und es war unvermeidlich, nach so vielen Jahren die Stationen auf allen Strecken in der richtigen Reihenfolge hersagen zu können.

Grube, Grübeln. Das Grübeln ist der Tod der frischen Tat. Aber: Erst wägen, dann wagen. Vergleichen Sie diese beiden Sinnsprüche. Deutschaufsatz, 12. Klasse. Mörz, wieder nur Vier minus. Sie sollten es doch lieber lassen, Journalist zu werden, und sich statt dessen einen Beruf auswählen, bei dem es mehr auf Zahlen ankommt, Prozente, vielleicht doch Kaufmann werden; Siemens wäre da nicht schlecht. Wer noch nicht war bei Siemens, AEG und Borsig, der hat das ganze Elend noch vor sich. Die treuesten Mitarbeiter des Hauses sind von jeher in unserer Angestelltenschaft zu finden... Haben wir es mit Menschen zu tun, die sich voll mit ihrem Unternehmen, in das sie eingebettet sind, identifizieren... Auswendig gelernt zur Kaufmannsgehilfenprüfung. Gottfried, der Siemensianer, der Siemens-Indianer...

Gottfried, der in Gottes Schutz und Frieden Stehende (mittelhochdeutsch); Kurzform: Götz.

Götz George, Schimanski, Tatort Frohe Aue gleich Frohnau.

Trink nie wieder einen doppelten Whisky auf nüchternen Magen!

Die nächste Schaufel ausgehoben. Leben als der heroische Versuch, mit seiner Unlust fertig zu werden.

«Hallo, Herr Mörz...!»

Gottfrieds Erinnerungsketten rissen augenblicklich, seine Zeitmaschine zerschellte, löste sich auf in silberne Perlen, in fortschießende Feuerwerksgarben, in ein bläuliches Nichts, als hätte jemand beim Computerspiel den falschen Knopf gedrückt.

Der Postbote vorne am Zaun.

Er warf den Spaten hin, schwang sich mit einer ungelenken Flanke auf den Weg und lief zum Tor, von guter Figur, Basketballermaßen fast, doch schlaksig, untrainiert, konnte einen Cineasten schon ein wenig an den jungen Tati in den *Ferien des Monsieur Hulot* erinnern.

«Ein Einschreiben für Herrn Dolgenbrodt!»

«Der schläft...» Gottfried drehte den schwarzen Knauf herum und zog das Gartentor nach innen. «Ich kann doch auch...?»

«Na, aber immer! Wenn Sie können, dann dürfen Sie auch!»

Ihr Landbriefträger, wie sie ihn nannten, war ihnen immer als einer der fröhlichsten aller Menschen erschienen, *der* Stimmungsaufheller für depressive grüne Witwen und alterskranke Eremiten, wie sie hier versammelt waren.

Gottfried schielte nach dem Absender auf der DIN-A4-großen Papptasche. «Was Amtliches?»

«Aus 2142 Gnarrenburg...»

«Ah, ja, das ist sein Eisenbahnfreund Schorse...! Der hat wieder 'n einmalig historischen Fahrplan aufgetrieben... 1913 oder so. Von der Bahnlinie Bremervörde–Worpswede–Osterholz, vom geliebten *Moorexpreß*... Da wird er wieder happy sein...!»

«Muß ja auch schön sein, die Gegend da oben...»

Gottfried malte seinen Namen auf den roten Quittungsbeleg. «Hängt bei uns auf'm Klo... 'n Foto vom Triebwagen und das Gedicht von Tetjus Tügel dazu: ‹Du brust mank Elw un Weser hin un her, van Stoa na Bremen dör us Heid und Moor...›»

«...Stoa – was is'n das...?»

«...a) 'ne griechische Säulenhalle und b) 'ne Philosophenschule: Immer cool bleiben, stoisch... Aber was das nu mit der Eisenbahn zu tun hat...?»

«Wird 'n Ort bei Bremen sein. Frag ich mal bei uns im Amt.»

«Stade wahrscheinlich...» Gottfried nahm das Päckchen und machte Anstalten, sich wieder zurückzuziehen.

«Oh, Sie sind fleißig beim Schippen...?» Der Blick des Postboten war trotz der dichten Büsche und Hecken zum Mittelteil des langgestreckten Gartens gedrungen. «Lohnt sich doch gar nicht, nach Erdöl zu bohren, wo das Heizöl jetzt so billig ist...»

«Ach, wir haben ja so 'n Ärger mit unserer Sickergrube gehabt...!» Gottfried setzte nun zu einem langen Vortrag an. «Das Grundstück hat doch schon Onkel Herberts Schwiegervater gehört... '38 hat der gebaut hier, und dabei auch 'ne große Sickergrube anlegen lassen. Alles immer rein in die, bis dann in den fünfziger Jahren die städtische Kanalisation... Da mußten sie natürlich alle ran, ob sie wollten oder nicht. Aber der alte Herr muß sich damals fürchterlich über die Anschlußkosten geärgert haben, das viele Geld, wo's doch auch so gegangen ist. Also hat er, um zu sparen, nur 'ne Leitung für die Fäkalien legen lassen, bis zum Hauskasten hier vorn. Der Rest aber, Badewasser, Waschwasser, der ist weiterhin in unsere Sickergrube geflossen...!»

«...und da hat nun die Umweltbehörde...?»

«Ja, als wir uns 'ne Geschirrspülmaschine gekauft hatten und plötzlich der halbe Garten vollgelaufen war mit Lauge. Ausgerechnet an dem Tag muß der Mann von den Wasserwerken zum Ablesen kommen und das sehen, die ganze Bescherung...! Aber es war ja auch besser so, wegen der Bäume, wegen der Pflanzen...»

«Klar, die ganze Chemie...» Der Postbote gab sich den Befehl, das rechte Bein leicht anzuwinkeln, zu heben und sich wieder aufs Dienstrad zu schwingen. «Hat der Klempner neue Rohre gelegt...?»

«Ja, das, was früher in die Sickergrube reingeflossen ist, das geht nun auch...»

«...und wenn Sie's selber wieder zuschippen, sparen Sie ja 'ne Menge Geld. Viel Spaß dabei!» Klingelnd ging es weiter Richtung Sigismundkorso. «Und schönen Gruß noch an Herrn Dolgenbrodt...!»

«Danke, mach ich...!»

Gottfried ging wieder nach hinten, warf das Einschreiben auf die nahebei aufgebaute Tischtennisplatte, sprang in seine Grube hinunter, rettete einen Marienkäfer, der zu stark eingesandet war, um noch vom ziegelbraunen Abflußrohr abheben zu können, und schwang dann mit neuer Kraft den Spaten.

Herr Pukas, ihr Nachbar zur Rechten, ließ ihn stutzen, denn als der eben, 91 Jahre alt, durch seinen noch immer tipp-topp gepflegten Garten trippelte, das Tannengehölz, klein und nobel, schien es Gottfried, als hätte er, und das am Sommerende, verwehten Schnee im Haar, und er brauchte Sekunden, bis er begriff, daß es der Schopf des alten Mannes war. Er kam aus dem Walde, das Mützchen voll Schnee... Sofort wieder begann es in Gottfried zu wispern.

«Guten Morgen, Herr Pukas!» rief er überlaut hinüber, doch der Nachbar reagierte nicht, hatte offenbar sein Hörgerät, um die Batterie zu schonen, abgestellt. Möglich aber auch, daß er im Glauben war, Dolgenbrodt selber würde da buddeln, und den grüßte er nie, den mied und haßte er, seit ihm Anfang der achtziger Jahre Macbeth, der damalige Dolgenbrodtsche Dobermann, beim bösen Rütteln am Zaun («Wann reparieren Sie den denn endlich mal!») fast die Nase abgebissen hätte.

Gottfried war inzwischen an der alten Sickergrube angekommen, vor fünfzig Jahren nicht mit einigen vorgefertigten Betonringen nach unten gebracht, sondern Stein für Stein gemauert, dachte an geheimnisvolle Gänge, wie sie in den alten Büchern... Und schrie auf, als ihm Schwärme brauner Mäuslein um die Beine spritzten, hatte Angst um seine Hosenbeine, sprang ans Ende der Grube zurück, zerknickte fast das neue Abflußrohr.

Joana erschien oben auf der Terrasse. «Is was...?»

«Hier ist 'n Mäusenest gewesen, 'n Hohlraum an'er Sickergrube...» Gottfried schlug mit dem Spaten auf einen durchgerosteten Emailleeimer. «Die scheinen hier früher ihren ganzen Müll vergraben zu haben...»

«Vielleicht 'n Schatz aus'er Germanenzeit...? Die Semnonen sollen ja hier, die Sueben...»

«Höchstens '45...» Gottfried stocherte mit einigem Eifer in den vergrabenen Scherben herum, Tellern, Tassen, Einweckgläsern und dergleichen, zerbeulten Milchkannen und Schüsseln, sämtlich mit runden Topfflickern versehen, deutsche Nachkriegskultur.

«Nichts...! Aber...» Er stutzte, fühlte jäh den Schweiß ausbrechen. «Knochen...!»

Joana kam die schmale Treppe von der Terrasse heruntergesprungen. «Zeig mal...»

«Hier, 'n Stückchen neben dem Müll...» Gottfried hielt ihr einen länglichen Knochen entgegen, konnte ein Wadenbein sein, nein, ein Unterarmknochen, Speiche, Elle.

«Gib mal her...!» Joana war in die Grube hinuntergesprungen und hatte ihm den Spaten aus der Hand gerissen, hob nun weiteren Sand vom Knochenhaufen, schaufelte den Rest mit den Händen beiseite. «Hier is'n Schädel...!» Sie riß ihn hoch. «...'n bißchen flache Stirn...?»

Gottfried nahm ihn und lachte: «Heil Dir, o König! Denn das bist Du. Schau – hier des Tyrannen Haupt; die Welt ist frei.»

Joana sah ihn zweifelnd an.

«Guck nicht so, ich hab noch alle! Shakespeare, O-Ton: Macduff ruft das, wenn er am Schluß auf die Bühne kommt, den Kopf des erschlagenen Macbeth in der Hand. Und der Schädel hier, das ist doch der von Macbeth... Vom Dobermann, Mensch! Den Hund, den treuen Freund des Menschen, den haben sie nicht in die Tierkadaveranstalt gekarrt, sondern hier verbuddelt...!»

«O Gott!» Joana zog wieder von dannen, klopfte sich den Sand von Jeans und Shirt.

Gottfried schippte weiter, durchstieß das Wurzelnetz der Haselnußbüsche, die Weg und Sickergrube säumten, mit ihren Früchten ganze Mäuseheere nährten, Eichhörnchen auch, schuf einen immer größeren Hohlraum unter dem Rohr.

Ein Türenknallen nebenan ließ ihn zusammenfahren. Frau Dr. Füllmich, Studienrätin, Englisch und Französisch, geschieden, menschenfeindlich und verbittert, strebte mit Koffern und Taschen einer draußen wartenden Taxe entgegen. Wohin es ging, wußte er nicht, denn sie hatte die diplomatischen Beziehungen zu Dolgenbrodt schon seit ewig abgebrochen, seit wohl ihr Mann, ein Architekt, einen Swimmingpool gebaut und zünftig eingeweiht hatte. Jedes Wochenende nun gewaltiger Lärm, den ganzen Sommer über, bis Dolgenbrodt – der die Stille liebte, das Vogelgezwitscher und das

Rauschen der Blätter im Wind – die Contenance verloren hatte. Eines Morgens waren etliche Kotsäulen seines Hundes übers meerblaue Planschewasser getrieben...

Der Höllenlärm eines Schredders, eines Gartenhäckslers, ließ Gottfried aufhorchen. Wenn das Ding innerhalb von zehn Sekunden stehenblieb, sich festgefressen hatte an einem wieder mal zu dicken Ast, dann war es Pyromanski, eigentlich Roman Pyrokowski, aber von Dolgenbrodt so genannt, weil er pausenlos allen Abfall, Blätter und Äste, aber auch Pappen, Plastiktüten, Farben und dergleichen bei sich verbrannt hatte, auf dem Grundstück hinter ihnen fast ständig irgendein Feuerchen am Lodern war. Gewesen war, da Dolgenbrodt mit einer Reihe von Anzeigen schließlich doch Erfolg gehabt hatte. Pyrokowski, Rechtsanwalt und Berufspolitiker, mit Sprüchen wie «Auf meinem Grundstück kann ich schließlich machen, was ich will!» oder «Das bißchen Rauch, das ist doch hysterisch!» bekannt geworden, hatte der häuslichen Müllverbrennung abschwören müssen und sich für seinen Gartenabfall diesen entsetzlichen Schredder gekauft. Den lautesten, um Dolgenbrodt zu ärgern.

Und das Ding blieb wirklich stehen, hielt sich an das Urteil «Mangelhaft» der Stiftung Warentest.

«Gottfried – Essen! Und bring noch Selters aus dem Keller mit!»

«Was gibt's denn heute?»

«Pochierten Lachs.»

«Der Hedonist nichts andres ißt!» Gottfried setzte den linken Fuß auf das frisch verlegte Abflußrohr, katapultierte sich gleichsam aufs Nullniveau zurück und stieg die gewundene Natursteintreppe rechts vom Haus zur Terrasse hinauf, wo Joana den Mittagstisch gedeckt hatte.

«Solltest du nicht durchs Haus kommen und Selters mitbringen!?»

«Ich komm doch durch die Eingangstür nicht richtig rein, weil da der Schrank vorliegt...»

«Ah, ja... Dennoch: Guten Appetit...!»

«Gleichfalls... Mir jedenfalls wird es trefflich munden.»

Während des Mahles hatten sie, was Dolgenbrodts Tod betraf,

genügend Zeit, die einzelnen Möglichkeiten noch einmal in aller Ruhe auszudiskutieren: a) Mord, b) Selbstmord, c) Unfall.

«...einiges spricht ja doch dafür, daß er ermordet worden ist», sagte Joana, an einer Gräte lutschend. «Der Schreibtisch und ein Teil seiner Schränke durchwühlt...»

«Was er durchaus auch selbst gewesen sein kann», hielt Gottfried dagegen.

«Die Terrassentür stand offen», trug Joana weiter vor.

«Wer wagt sich denn zu uns schon rein, wo doch überall sozusagen unsichtbare Schilder hängen: Vorsicht, bissiger Mensch! Und das Motiv...? Sicherlich war er spinnefeind mit allen hier, furchtbar zerstritten, mit Pukas, mit der Füllmich und mit Pyromanski vor allem, aber die haben das doch alle jahrelang geübt, ihm aus dem Wege zu gehen, da ist doch 'ne Affekttat völlig ausgeschlossen.»

«Dann eben 'n Einbrecher, der...»

«...auf seine Eisenbahnermützen, seine abgeschraubten Stationsschilder und seine Loklaternen scharf gewesen ist!» lachte Gottfried dazwischen. «Frohnauer Pensionär mit Gepäcknetz totgeschlagen!»

«War es aber ein Mord, dann gibt es einen Mörder!» Joana blieb beharrlich. «Und wenn es einen gibt, kann der irgendwie gefaßt werden oder von sich aus Reue zeigen und zur Polizei laufen und alles erzählen.»

«Das ist eben das berühmte Restrisiko!» gab ihr Gottfried Bescheid. «Aber da es ganz sicher Selbstmord war, brauchen wir uns über das Verhalten des Mörders wohl keine großen Gedanken zu machen.»

Joana ließ ihr Fischmesser fallen, um sich eindrucksvoller an die Stirn tippen zu können. «Grantig war er, verbittert über die Menschheit als solche, aber doch nicht depressiv, und nie hat er uns gegenüber einen Suizid auch nur andeutungsweise erwähnt.»

«Aber hat er nicht seine Aluminiumleiter nach unten geklappt und Anstalten gemacht, trotz seines Hüftleidens nach oben zu klettern...? Warum wohl? Weil dort oben Stricke liegen, weil es dort auf dem Dachboden, und nur dort, die geeigneten Balken in jeder

Menge gibt...» Gottfried verschluckte sich an der Sauce hollandaise.

Joana klopfte ihm kräftig auf den Rücken, um dann mit ihrem stärksten Trumpf zu kommen. «Und wo, bitte schön, ist denn da der Abschiedsbrief...!?»

Gottfried spülte seine Speiseröhre mit einem Schluck Württemberger Weißherbst frei. «Mit dem ist er nicht mehr fertig geworden... Oder wollte er nicht mehr... Tatsache ist, daß er noch am Schreibtisch war und da mit seinem roten Filzer was auf'n *Tagesspiegel* raufgekritzelt hat, was nun wirklich nicht sehr optimistisch klingt, weißt du ja: *Ich wollte, es wäre Nacht...*»

Nun höhnte Joana so überzogen, daß er loszischte, sie möge bitte leiser sein. «Ja, und dann hat er seine eiserne Krücke genommen und sich selber totgeschlagen...!»

Gottfried gab sich alle Mühe, ruhig-überlegt zu bleiben. «Nein, er ist nach oben geklettert, um sich zu erhängen, aber auf halbem Wege von der steilen Leiter gestürzt und mit dem Hinterkopf auf seine S-Bahn-Schienen geschlagen, auf das Stück an der Wand hinten, das wir im Frühjahr auf'm stillgelegten Bahndamm oben abgesägt haben...»

«Dann ist es strenggenommen 'n Unfall gewesen!»

«...'n Unfall in deinem Sinne nur, wenn er aus einem anderen Grund als dem, Selbstmord zu begehen, hochgeklettert wäre. Aber was sollte er für einen Grund dazu gehabt haben...?» Gottfried sah sie triumphierend an.

Joana dachte nach. «Oben ist doch sein Archiv, da lagern seine Eisenbahnmaterialien alle... Und hat er nicht gesagt, daß er für das *Eisenbahn-Journal* einen Artikel über die *Nordbahn* und den Bau des Bahnhofs Frohnau schreiben wollte...?»

«Schon, aber da hätte er mich doch raufgeschickt und suchen lassen», gab Gottfried zu bedenken. «Ich wüßte nicht, was ihm so wichtig gewesen sein könnte, daß er selber da rauf ist... Es gibt wirklich nur den einen Grund: die Balken und der Strick...»

«Aggressiv und bissig war er, ich kann's nur wiederholen, hätte mit Freude ganze Städte auslöschen können, aber sein Haß hat sich immer nur gegen die anderen gerichtet, nie gegen sich selbst...»

Joana gab sich nicht geschlagen. «Selbstmord, nein! Und damit kann's für mich nur ein Unfall sein, wenn er wirklich nach oben wollte, um in seinem Eisenbahnarchiv zu wühlen. Es muß halt über ihn gekommen sein: das Schreiben, die Lust, was aufs Papier zu bringen. Das müßtest du ja selbst am besten kennen...!»

«Bei aller Bahn-Besessenheit bei ihm: nein!» Gottfried wischte sich den Mund ab und trank genüßlich seinen letzten Schluck Weißherbst.

«Mir wäre wohler, wenn in dieser Hinsicht alles klarer wäre», sagte Joana.

«Was macht's...? Wir können ja so oder so nicht mehr zurück. Und es erhöht den Reiz des Spiels.»

«Spiel...? Nein! Um unsere Existenz geht's! Wenn sein Tod aktenkundig wird, dann heißt doch das für uns: Sozialamt, Abstieg, aus! Schluß mit unserm schönen Leben.»

«Inszenieren wir den Ernst unseres Lebens als amüsantes Spiel! Onkel Herbert macht's möglich...» Gottfried stand auf. «Gehen wir in den Keller runter, seinen Sarg weiter zunageln. Du kommst doch mit...?»

«Irgendwie scheint's mir noch immer pietätlos zu sein...»

«Gott, wenn du daran denkst, wie andere – und viel bessere Menschen als er! – unter die Erde gebracht worden sind... Oder auch nicht... Tieffliegerabstürze, vom Kerosin zu Staub verbrannt... Im Jumbo überm Meer zerfetzt... In Hiroshima von der Atombombe... Der Holocaust, Katyn, die Massengräber auf all den Schlachtfeldern der Erde...»

«Hör auf!»

«Ich will ja nur sagen, daß wir mit ihm, daran gemessen, noch außerordentlich christlich verfahren...»

Sie stiegen die Treppe zum Keller beziehungsweise zum ebenerdigen Eingang des kleinen Landhauses hinunter.

Dort schien es, als hätte jemand des besseren Transports wegen einen ungewöhnlich hohen und schmalen Bauernschrank auf den Rücken gelegt. Bauernmalerei war geradezu eine Obsession der verstorbenen Eva-Maria Dolgenbrodt gewesen, und beinahe jeden normal gebeizten Schrank in ihrer Umgebung hatte sie abschleifen und rosabeige bis lachsfarben grundieren müssen, so im Ton der Büstenhalter und Korsagen ihrer Zeit. Grüne Ranken waren dann hinaufgekommen, Rosenblütenblätter, Enzian, Vergißmeinnicht, Herzchen und dergleichen. Eines dieser Kunstwerke hatte Gottfried nun zersägt und mit Joanas Haltehilfe einen Sarg daraus gebastelt. Den Deckel hatte die Tür eines weiteren Schranks geliefert, der oben im Eßzimmer stand und seinen Inhalt, Teller, Tassen, Gläser, nun ungeschützt zeigte.

«Wollen wir noch mal reinsehen...?» Gottfried sah sie an.

«Danke...»

«Dann gib mir mal die Nägel rüber...!»

Er machte sich ans Werk, schlug sich dabei immer wieder auf den Daumen.

«Wenn er wenigstens 'n Testament gemacht hätte... Zu unseren Gunsten...» Joana besah sich im Spiegel. «Ich komm mir wie 'ne Erbschleicherin vor, 'ne Mörderin...»

«... betonte er immer wieder: Ihr seid wie meine Kinder, ihr sollt mal alles haben – und dann: nichts... Aua!» Wieder hatte Gottfried mehr den Daumen als den Nagelkopf getroffen.

«Und eh das nun alles seine Leipziger Cousine...! a) hat sie sich nie um ihn gekümmert, während wir ihn Tag für Tag ertragen haben, versorgt mit allem, gepflegt... Und b) hat er sie doch fürchterlich gehaßt...!» Sie imitierte Dolgenbrodt. «Margot, da müßt ihr euch 'ne dicke fette Ratte vorstellen, furchtbar geschminkt und mit Goldklunkern behangen, DDR-High-Society, den edlen und einfachen Sozialismus im Mund, aber so leben wie Sue Ellen auf der *Southfork Ranch* in *Dallas*...!»

Gottfried jagte den letzten Nagel ins altersharte Holz. «Onkel Herbert, selber schuld, daß du nicht auf'm ehrlichen Friedhof, sondern heute nacht bei dir im Garten... Hättest du 'n Testament gemacht und uns als deine Erben eingesetzt, dann hätten wir's nicht tun müssen. Aber so? Willst du uns ins Elend stoßen? Nein, sagst du. Na bitte! Dann nimm es klaglos hin. Was, du freust dich sogar, daß du unter deinen geliebten Haselbüschen...!? Wunderbar, dann ist ja alles geritzt!»

Joana nahm den Hammer und die restlichen Nägel, trug alles in den Werkzeugkeller zurück. «Fragt sich nur, wie lange wir das Spiel auch spielen können...? Ist doch schließlich 'n durchbürokratisiertes Land hier, und irgendwann muß doch irgendwem mal auffallen, daß da einer...?»

Gottfried setzte sich auf die Treppe. «Den Nachbarn nicht, da wird ihn keiner vermissen, ganz im Gegenteil... Außerdem war er ja zuletzt kaum noch im Garten, auf der Straße schon gar nicht. Da müssen wir nur überall rumerzählen, daß er sich noch stärker eingegraben hat. Das glaubt uns jeder. Von daher droht uns keine Gefahr, kann das bis zum Jahre 2000 so gehen. Und Freunde von früher her hat er ja meines Wissens keine mehr.»

«Aber die Behörden...?»

«Volkszählung ist vorbei, wählen muß er nicht müssen, alles an Steuern und Gebühren wird per Dauerauftrag... Mit seinen Ärzten hat er sich eh verkracht, und auch sonst käme da keiner und fragte nach ihm...» Gottfried war in dieser Hinsicht nicht bange.

«Und wenn nun doch was unterschrieben werden muß?» Joana hatte es übernommen, die Gegenargumente vorzutragen, ohne diese Befürchtungen nun auch tatsächlich alle zu hegen.

«Seine Unterschrift ist einfach genug, die kann ich schon nachmachen, wenn ich 'n bißchen übe...»

Joana lachte. «Und wenn er nun neunzig wird und der Bezirksbürgermeister zum Gratulieren kommt...?»

«Diese und ähnliche Fragen sind doch müßig, gnädige Frau! Vielleicht fällt uns schon morgen ein Flugzeug auf'n Kopf, in der Anflugschneise Tegel sind wir ja. Vielleicht fliegt das Kernkraftwerk in Greifswald in die Luft oder eins bei den Tschechen nebenan. Vielleicht hast du morgen Krebs, ich Aids. Und wenn dreist alles auffliegen sollte: Das Spiel alleine zählt, die Inszenierung, der Tanz auf dem Vulkan. Was soll uns groß passieren, wenn...? Und eine passende Geschichte läßt sich immer konstruieren: Daß er uns beim Baden ertrinkt, daß er nach Garmisch-Partenkirchen verreist, aber nie dort angekommen ist, daß er... Und so weiter, und so weiter...!»

«Trotzdem: Wahnsinn bleibt es!»

«Das ist es ja gerade, was reizvoll ist. Aber davon abgesehen:

Eine andere Wahl haben wir doch gar nicht. Entweder wir machen das hier – oder wir melden uns beim Sozialamt und ziehen ins Obdachlosenasyl...»

Joana lachte. «Ich bin doch ganz deiner Meinung, aber als Advocatus Diaboli, da...»

Gottfried stand auf und nahm sie in die Arme. «Trautes Heim... Wir schaffen es schon! Auch wenn alles jeden Augenblick so platzen kann wie 'n Luftballon.»

Sie gingen wieder nach oben, ein Täßchen Kaffee zu trinken, konnten sich aber, da es zu tröpfeln begann, nicht mehr draußen niederlassen.

«Irgendwo hat's mal so 'nen Fall in Südfrankreich gegeben», sagte Gottfried. «Ich hatt's mir aus der Zeitung ausgeschnitten, kann's aber nicht mehr finden. Da hat einer fast zehn Jahre lang den Nachbarn vorgetäuscht, sein Vater würde noch leben. Und ist immer mit 'ner täuschend echten Puppe im Haus umhergefahren, im Rollstuhl drin.»

«Gute Idee», sagte Joana. «Und hat die Pension vom Alten kassiert...?»

«Na sicher.» Den traurigen Schluß allerdings, den verschwieg er ihr, daß sich der Sohn erschossen hatte, als der Bürgermeister des kleinen Städtchens eines Tages, doch stutzig geworden, zur Polizei gegangen war, kam ihr statt dessen mit seiner veröffentlichungsreifen, wie er immer wieder betonte, BEXI-Philosophie. «Die *B*efolgung *EX*terner *I*mpulse ist das einzig wahre Prinzip. Versteh die Zeichen, die die Himmel dir geben! Und diesmal war ja alles eindeutig genug...»

Er brach ab, und sie schraken furchtbar zusammen, denn in diesem Augenblick wurde unten überaus heftig ans Drahtglas ihrer Eingangstür geklopft und gebummert.

«Aufmachen! Der Kesselreiniger ist da!»

Gottfried war kaum noch imstande, einen Satz herauszubringen. «Den muß er noch bestellt haben, bevor er...»

«Ist denn abgeschlossen...?» fragte Joana, die Hand auf den Magen gepreßt.

«Nein, ich wollte doch gleich noch mal nachmessen, den Sarg, und dann mit dem Zollstock draußen nachsehen, ob die Grube... Hat der vorne wieder übers Gartentor gegriffen und den Knauf...»

Joana faßte sich als erste, stürzte hin zur Treppe und schrie nach unten. «Warten Sie, ’s geht heute nicht, wir...!» Wollte wenigstens noch eine Plane...

Doch da stand der Mann auch schon im Eingangsraum, seine Gerätschaften hinter sich im Schlepp, sah den Bauernschrank, den Gottfried in der Nacht zum Sarg umgebaut hatte, und erwies sich auch sofort als der Choleriker, als den sie ihn seit Jahren fürchteten.

«Herrschaften, ihr habt ja wohl ’ne Macke, wat...!?» Und kam dann, nachdem er Joana erblickt hatte, erst richtig in Fahrt. «Wie soll ick’n hier durch mit meinem Sauger und meine Bürsten... mit die Kiste im Wege...!?» Wütend trat er mit dem Fuß dagegen, wollte sie zur Seite schieben, und das Ganze bog sich durch wie ein Faltboot, das in eine Dampferwelle kam.

4.

Gerhard’s Gruft war im Souterrain einer achtzig Jahre alten Villa untergebracht, wilhelminischer Backstein, treudeutsch, hier ein Erker, dort ein Türmchen, trutzig und verspielt zugleich, nicht weit entfernt von der landesweit bekannten Nervenklinik, die offiziell den Namen Karl Bonhoeffers trug, den jüngeren Berlinern aber in Zusammenhang mit Fixern und Drogenentzug eher als *Bonnies Ranch* geläufig war, früher bloße Irrenanstalt und in Dalldorf gelegen. Bis sich dessen ehrbare Bürger 1905 entschlossen hatten, den Ortsnamen vom Kaiser per Kabinettsorder in Wittenau umändern zu lassen, auf daß Handel und Wandel nicht länger stockten und die Berliner aufhörten, über sie zu spotten, sie nicht mehr ihre Billetts bis Hermsdorf hin lösen mußten, der damals nächstgelegenen Station.

Die Kneipe, Pinte und Kaschemme, die Hagen Plottka seine eigentliche Wohnung nannte, wenn nicht gar den postnatalen Uterus, paßte also prima ins Gelände, war eine düstere Mischung aus Katakombe, Höhle und Verlies, gänzlich schwarz gestrichen und mit mancherlei Memento-mori-Utensilien geschmückt, zwei Särgen beispielsweise, einem Naturknochengerippe und diversen Totenschädeln aus täuschend echtem Plastik. Dazu noch Leichenhemden, dicke weiße Kerzen, Kränze, Schleifen und zehn friedhofsoriginale Grabsteine, die den Gästen als Tische dienten. Und über allem in sakralen Lettern, Gold mit Schwarz, die allein seligmachende Devise: *Besauf dich und vergiß es!*

An diesem Abend war Hagen Plottkas Runde nahezu vollständig beisammen, hatte sich den Stammtisch hinten in der Ecke gegen konkurrierende Gäste erobert. Vier von ihnen waren echte Berber, Stadtstreicher, Penner, wie immer man sie nennen mochte: Krücken-Kutte, Zwiebel-Else, Mi-mi-mi und Suppenhuhn, während die anderen beiden derzeit durchaus so etwas wie einen festen Wohnsitz hatten: Blaubacke hauste am Bahnhof Wilhelmsruh in einem zur Laube umgebauten S-Bahn-Wagen; Pizza hatte sich, obwohl von ordnungsliebenden Nachbarn ständig gejagt, im Keller einer jenen Frohnauer Altzeit-Villen eingenistet, die auf die CDU-geliebten Abrißtruppen warteten. Alle schaufelten sie, von Plottka dazu eingeladen, ihre inhaltsreiche Gulaschsuppe mit soviel Gier und Tempo in sich hinein, daß man unschwer Schlüsse ziehen konnte auf die Häufigkeit und Güte ihrer sonstigen Mahlzeiten.

«Laßt es euch schmecken!» sagte Plottka. «...und, Gerhard, noch 'ne Karaffe *Blut der Erde* für uns...!» Gemeint war, in Anlehnung an ein Udo-Jürgens-Lied, griechischer Wein.

Blaubacke, auf den eigenen Visitenkarten, Fetzen von Toilettenpapier, ausgewiesen als «promovierter Germanist und diplomierter Alkoholiker», verhinderter Lehrer, dozierte über die «etymophthongologische Systematik der deutschen Wörter», war bei seinem Lieblingsthema. «Suppe... Kommt vom frühneu- und mittelhochdeutschen ‹suppen› beziehungsweise ‹supfen›, also schlürfen und trinken, und gehört als Intensivbildung zum schönen Verb saufen, althochdeutsch ‹sufan›. Prost!» Und weiter, nachdem er sein Glas wieder abgesetzt hatte. «Hängt inhaltlich alles zusammen: Suppe und Schule, Schlürfen und Saugen, Säugling, Suff und Sucht.»

«Du bist ja gut drauf heute», stellte Plottka fest.

«Ja, weil ich jetzt endlich in der Lage bin, mein Leben lang auf der BVG zum Nulltarif zu fahren!»

«Wie das...?»

«Na, Pizza hat mir jetzt endlich vom Krempelmarkt einen geklauten Stempel besorgt, also so einen verstellbaren, wie ihn die Busfahrer vorne haben. Und den habe ich nun immer bei mir in meiner alten Aktentasche, vor Antritt der Fahrt auf die richtige Linie gestellt, plus Uhrzeit und Woche. Dazu eine Sammelkarte für elf Mark und fünfzig; eine einmalige Investition und unvermeidlich. Sehe ich nun einen der blauen Kontrolleure nahen, greife ich schnell in die Tasche und stempele mir die Karte...!»

«Wenn nun aber 'n Zivilfahnder kommt?»

Blaubacke lachte. «Gott, die erkennt man doch sofort! Biedermänner und -frauen, Miefbürger und Miefbürgerinnen, eben noch in adretten Kleidchen und *Adler*-Einheitsanzug, schlüpfen sie nun in Windjacke, Kutte und Jeans und ziehen sich statt ihrer Pumps und *Sioux*-Latscher Turnschuhe an, damit sie so aussehen wie wir. Aber alles proper und neu, nicht secondhand und keine Spur zerrissen und verdreckt. Unheimlich witzig! Wie ich diese Schnüffler hasse!»

«Vertrauen ist gut, Kontrolle ist besser», sagte Plottka. «Ist zwar von Lenin, aber dennoch Grundlage unserer aller Ordnung. Und ich als Beamter muß dich eindringlich bitten...»

«Die ganze BVG hat doch nur den einen Zweck, die Leute von Bahnen und Bus weg- und zum eigenen Wagen hinzubringen. Das sichert dicke Gewinne für die Autofirmen und Banken, vor allem aber für die Beton-Mafia Berlin e. V. und also auch die entsprechenden Parteikassen, denn neue Straßen und Autobahnen müssen nun her, im Tunnel unter dem Tiergarten durch, Parkhäuser et cetera. S-Bahn-Strecken bleiben stillgelegt, Fahrpläne werden ausgedünnt, du stehst ewig da und wartest oder wirst zusammengequetscht, wenn du mal wo mitgekommen bist. In den rollenden Sozialstationen...»

«Die Herren, die das alles ausbrüten, fahren schließlich im teuren oder Dienstwagen umher», warf Plottka ein. «Dafür verdienen sie ja auch so viel Geld, daß sie 'ne positivere Weltsicht haben als ihr!»

Gerhard kam, der Wirt, um abzuräumen. «Na, die Speisung der Armen beendet...?»

«So ist es, Meister aller Gruftieklassen! Bring mal 'ne Lage Magenbitter oder Klaren, jeder wie er will...!»

Gerhard, der sich bei seinem letzten Job auf dem städtischen Friedhof zu Berlin-Hermsdorf eine Leichenträgeruniform widerrechtlich angeeignet hatte und nun auch immer trug, lüftete seinen Zylinder und zeigte auf ein handgemaltes Schild, das knapp über Plottka hing:

Wir teilen unseren
wohlgeehrten Kunden mit,
daß die Herren
LEIHMANN, ANSCHREIBEMEIER
und GRATISHEIMER
von hier unbekannt verzogen sind!

Mit großer Magiergeste hatte Plottka im Nu drei nagelneue Hunderter fächerförmig zwischen seine Finger gezaubert. «Bitte sehr! Wollen wir alles noch verfressen und versaufen heute.»

«Freut mich», sagte Gerhard und kraulte sich den Fidel-Castro-Bart, während er Zembrowski, der links von Plottka saß, so eingehend musterte, als wäre er bei einem Vopo in die Lehre gegangen.

«Zählste meine Eiterpickel...?»

«Nee... Aber, Pizza, wenn du mir die Bullen hier anlockst, dann...!»

«Das war doch 'n Irrtum gestern!» beteuerte der derart Angesprochene. «Mach mich nich an, äih! Die haben mich mit'm Bankräuber verwechselt, den se am Bundesplatz unten fotografiert hatten. Tolle Ähnlichkeit, echt, aber ick hatte ja mein Alibi: Bodybuilding! Zur Tatzeit in'er Sportschule jewesen...»

«Dann hättste doch nicht abhauen brauchen bei uns im Amt!» hielt ihm Plottka vor.

«Da wußt ick ja noch nich, ob det mit mein Alibi auch klappen tut!» grinste Pizza. «Freundschaftsmäßig, wenn du verstehst, was ich meine...»

«Haste wieder geklaute Sachen verscherbeln helfen?» wollte Gerhard wissen.

«Angebot und Nachfrage», erwiderte Pizza. «Wat meinste, wie die Leute uff'm Krempelmarkt scharf sind auf billige Sachen...»

Plottka wußte das auch definitorisch zu klären. «Sagt da neulich ein Klient zu mir: ‹Ich klaue nicht, ich finde nur Sachen, bevor andere sie verloren haben!›»

Suppenhuhn begann unvermittelt zu schluchzen und steigerte sich immer mehr in ihr Elend hinein. «Früher, als ick noch reiche Freier hatte, da...!» Plottkas Bemerkung hatte sie an ihre Glanztage erinnert, auch an die einen oder anderen sogenannten Beischlafdiebstähle. «Jetze aber, wo ick wie 'ne Hexe aussehe...!» Bleich war sie, ausgemergelt, wies mehr Lücken als einsetzbare Zähne auf. «Und HIV positiv bin ick nu ooch noch...!» Sie sprang auf und rannte zur Tür. «Vor die S-Bahn werf ick mir jetzt...!»

Gerhard fing sie ab, und Plottka nahm sie in die Arme. «Mit deinen harten Knochen geht det doch nicht! Die entgleist doch bloß, und dein Kopp behältste weiterhin uff'm Hals!»

«Ick bin am Ende!»

«Sind wa doch alle! Wat solln denn Krücken-Kutte und Zwiebel-Else ohne dich anfangen? Ohne deine Talente...!»

Da strahlte Suppenhuhn wieder, kam zum Tisch zurück und erzählte, wie sie jetzt immer zu ihrem Frühstück kam. «Mit null Mark in'er Kralle, echt! Ick jeh also in'n Supermarkt rin und nehm mir 'n Wagen. Da pack ich 'n bißchen Wurst rin und Käse, allet, wat sich schnell uffmachen läßt. Und irjendwo findste imma 'ne Ecke, wo de det schnell runtaschlingen kannst. Dazu hol ick mir zwee Flaschen Bier und trink se aus. Und die leeren Pullen jeb ick denn zurück und sacke sechzig Pfennig ein. Pfand, vastehste. Sicha, 'n bißchen koofen mußte nachher ooch, wat abdrücken aus der eijenen Schatulle, aba...»

Mi-mi-mi hob Murkel vom Boden, seinen Mischlingswelpen, irgendwie Collie, Schäferhund und Beagle, und streichelte ihn. «Hab ick von Det-det-det-lef... Der is wie-wie-der im Knast... Den-den kenn ick vom-vom-vom Ju-ju...» Er schaffte es nicht.

«... vom Jugendhof her», half ihm Plottka weiter. «Vom

Heim...» Und leise zu Blaubacke, während sich Mi-mi-mi von seinem Hund das rechte Ohr abschlecken ließ. «Beide neurotische Fehlentwicklungen mit depressiven Rückzügen und aggressiven Durchbrüchen. Diebstähle, Vandalismus, Widerstand gegen die Staatsgewalt, Körperverletzung... Neurotische Dissozialität...»

Mi-mi-mi setzte seinen Hund wieder auf den Boden. «Wat sagste...? Neu-neu-neu...?»

«Nichts!»

«Der Det-det-det-lef und ich... Beide warn wa im-im-im, wie heißt'n dette...? Nich, wat du...»

«Jugendnotdienst dann?»

«Jenau! Mann, äih, wie der da eenen von die Erzieher inne Kü-kü-kü-che jesperrt hat und dann-dann-dann...»

«Hat er Benzin gegen die Tür gekippt und angezündet, ich weiß...» Plottka bestellte eine Runde Klaren. «Aber so was lassen wir schön bleiben!»

«Vasprochen is-is-is vasprochen!» sagte Minzel feierlich. «Jetze, wo ick Murkel habe!»

Wenn er sich mit dem in der Wilmersdorfer Straße zum Betteln niedersetzte, brächte das gut und gerne das Doppelte wie ohne Hund. «Be-be-besonders die-die-die...»

«...Omas und Opas», half ihm Krücken-Kutte weiter. «Und die Ausländer, die jeben wat. Tiere bei der Sitzung sind sowieso det Beste. Als ick meinen kleenen Rhesusaffen hatte, da war so ville drin in meiner Mütze, det mir die Roggensack, det Flintenweib det, det die mir keen Sozi-Geld mehr geben wollte. Sagt die: ‹Mann, Kutte, mit einer Sitzung von 'ner Stunde machst du mehr Kohle als ick 'n janzen Tag im Amt!› Da hab ick ihn wieda abschaffen müssen, klaro...!»

Zwiebel-Else beschwerte sich, daß sie immer viel weniger Geld in ihrer Blechbüchse habe als Krücken-Kutte. «Unjerecht ist det, det se Frauen weniger...!»

Suppenhuhn stimmte ihr zu. «Weil se uns für Nutten halten und dann denken: igittigitt, wenn se uns sehen, wie wa dreckig sind, bloß nich mit der...»

«Komm ins Amt, denn kriegste neue Sachen», sagte Plottka.

«Und Zwiebel-Else wird ab morgen auf Entzug geschickt: Bis zum Jahresende keine Zwiebel mehr gekaut... Vor allem keine Knoblauchzehe mehr...»

«Det wir Penner sind, liegt an die Erdstrahlen», erklärte Krücken-Kutte. «Nur an die Erdstrahlen. Ick hab von alle von uns viere geprüft – ick betone: wissenschaftlich jeprüft –, det wa alle jeboren worden sind üba Stellen, wo bestimmte Erdspalten sind und Wasseradern. Und Erdstrahlen, meine Damen und Herren...!» Er erhob sich, um nun auch zu den anderen Gästen zu sprechen. «...Erdstrahlen machen Menschen arbeitsunfähig und krank. Wir hier sind alle die Opfer verderblicher Erdstrahlen. Und geheilt werden können wir nur, wenn uns das Sozialamt endlich magnetisierte Alufolien bezahlt, zum Abschirmen! Von Entstrahlungsgeräten gar nicht mal zu reden...»

Plottka zog ihn auf den Stuhl zurück. «Nu setz dir ma wieda, Kutte, und halt 'n Sabbel...!» Mit diesen Worten warf er ein abgegriffenes Skatspiel auf den Tisch. «Jetzt wird *Schwimmen* gespielt!»

Das taten sie dann auch über die nächsten anderthalb Stunden hinweg, von Plottka mit einer Lage Buletten und reichlich Bier bei guter Laune gehalten. Dieses *Schwimmen* galt zu Recht als sogenanntes Kneipenspiel, konnte also von Leuten mit vergleichsweise niedrigem IQ auch dann noch ausreichend gut ausgeübt werden, wenn sie schon ziemlich blau waren und sich außerdem noch intensiv unterhielten, stritten und gegenseitig verscheißerten. Drei Karten bekam jeder und konnte, falls sie ihm nicht paßten, pro Runde eine von ihnen gegen eine aus einem Dreierhaufen tauschen oder aber, dies jeweils einmal, alle drei auf einmal weiterschieben beziehungsweise «Passe!» sagen. Eine Runde war zu Ende, wenn ein Spieler «Knack!» sagen konnte, das heißt, von einer Farbe Dame/König/As hatte, oder aber «Blitz!» (drei Asse in der Hand). Verlierer war der mit den wenigsten bis dahin gesammelten Punkten, und er hatte einen seiner drei auf den Tisch gelegten Groschen in den Aschenbecher zu werfen. Wobei alles so war wie beim Skat, mit der Ausnahme, daß drei Sieben, Achten und so weiter 30 ½ Punkte zählten. Wer seine drei Groschen losgeworden war, der schwamm – und hatte auszuscheiden, wenn er noch einmal verlor. Der Match-winner bekam den groschenvollen Aschenbecher, gewann also bei sieben Spielern immerhin 1,80 Mark.

Blaubacke war der erste Glückliche, sagte zwar: «Der Spieler wird von Gott verachtet, weil er andern nach dem Gelde trachtet», sackte aber alles ein, dann folgten Mi-mi-mi und Suppenhuhn.

«Hier sind ebenfalls Erdstrahlen!» rief Krücken-Kutte und tastete mit seiner stählernen Gehstütze den Fußboden ab. «Sieh mal, wie die ausschlägt!»

«Paß mal auf, det ick nich ausschlage!» Gerhard, der Wirt, nahm ihm die Krücke ab und trug sie zur Theke. «Mir die Jäste vagraulen!»

«Brechen wir jetzt», sagte Plottka, «aber auf! Obergruftie, die Rechnung!»

«Getrennt?»

«Haha!» Plottka fischte die vorhin vorgewiesenen Geldscheine aus der aufgenähten Tasche seines schmuddligen Oberhemdes («...so läßt der Staat seine Diener verkommen!») und ging zur Theke.

«Heißen Dung!» sagte Blaubacke. «Hat ausgebrochen... äh, ausgesprochen gut geschmeckt!»

«Ja», rief Pizza, «unser Dank wird dir ewig nachschleichen!»

Zwiebel-Else hörte nur noch was von schleichen und öffnete ihren Schließmuskel so sukzessive, daß keiner einen Ton vernahm, sich aber alle die Nasen zuhielten und zu schimpfen anfingen.

«Schnauze! Sonst nehm ick euch nich mit!» Das wirkte, denn Zwiebel-Else hatte, wenn es darum ging, «Platte zu machen», wirklich einen extra Sinn, fand immer einen Platz zum Schlafen. «U-Bahn-Baustelle vorm Rathaus Reinickendorf, da hab ick wat.»

So zogen sie, es war kurz vor Mitternacht, alle sieben los. Suppenhuhn, Krücken-Kutte und Mi-mi-mi folgten Zwiebel-Else, Pizza wollte noch bei einer Freundin klingeln und sehen, ob sie ihn reinließ, und Plottka und Blaubacke machten sich auf den Weg zum S-Bahnhof Wilhelmsruh. Der eine wollte den Zug 0 Uhr 40 nach Hermsdorf nehmen, der andere hatte dort zwischen Böschung und Mauer seinen ausrangierten S-Bahn-Wagen stehen.

Sie kamen durch eine ausgedehnte Laubenkolonie und pinkelten mit Genuß gegen die Laternenpfähle.

«Sag mal...» Blaubacke rülpste und sah zu Plottka hinüber, der sich noch hinter einen Mörtelhaufen hockte, um zu kacken. «Warum machste'n das eigentlich alles...?»

«Weil ick Durchfall habe nach der Scheißgulaschsuppe. Kocht der die mit Sauerkraut!»

«Ich meine das andere...!»

Plottka stöhnte. «Mann, det nimmt ja gar keen Ende mehr!»

«Schließlich bist du Beamter...!» Blaubacke ließ nicht locker, hätte einen guten Oberlehrer abgegeben.

«Darum ja gerade...» Plottka war nun fertig und suchte nach Abwischpapier. «Haste mal 'n paar Tempotaschentücher...?»

«Ja...» Blaubacke warf sie ihm zu. «Weil du Beamter bist...?»

«Wiedergutmachung oder: Schuld und Sühne. Ich war grad z. A.-Inspektor geworden, da kommt so 'n Junge zu mir, so 'n Typ wie Minzel einer ist, Mi-mi-mi-Michael, und erzählt mir, daß er 'ne chronische Darmkrankheit hätte...»

«Paßt ja prima...!»

«Ja...!» Plottka stieß vor Schmerz die Luft aus den Lungen. «Der Nachschiß ...schuß! Na, bitte! Also: 'ne Darmkrankheit, und durch die hat er seinen Job verloren, Verkaufsfahrer ist er gewesen bei 'ner Delikatessengroßhandlung... Denn wenn's bei ihm mit Macht gekommen ist, dann hat er's nicht mehr halten können. Immer rein in die Hosen, und aus!» Plottka stand wieder auf und brachte seine Kleidung in Ordnung. «Steht der also bei mir vorm Schreibtisch und sagt: ‹Ich-ich brauche eine Ho-ho-se mehr, weil ich mir-mir immer reinma-ma-mache...!› Da hab ich 'n Lachanfall gekriegt, hab das natürlich gar nicht geschnallt, daß das 'n armes Würstchen war. Das hat mir die Roggensack nachher erst gesagt. Der jedenfalls rausgestürzt aus'm Büro... Und 'ne Stunde später hat er sich dann Zoo vor die S-Bahn geworfen. Meine Schuld! Da hab ich dann beschlossen...»

Blaubacke sah beim Weitergehen zu ihm hin, suchte, so schlecht das Licht auch war, an seinem Gesichtsausdruck zu erkennen, inwieweit er wieder einmal flunkerte. «Ehrlich...?»

«Ich schwöre es! Wieso, glaubst du mir nicht?»

«Die Geschichte schon, doch ansonsten nicht ganz...»

Plottka stieß eine leere Coca-Dose den Schotterweg entlang. «Ich geb ja zu, daß ich mich noch immer weigere, erwachsen zu werden. Erwachsen ist für mich, wenn man geheiratet hat, Anzug, Schlips und Kragen trägt, die Haare kurz geschnitten, den *Tagesspiegel* liest, über Autos spricht und Urlaubsreisen, immer sauber ist und ordentlich. Mamas Liebling eben, Junge Union...»

«Noch immer Aufstand gegen deine Mutter...?»

«Gegen das ganze bürgerliche Heldenleben!»

«Angst hast du, vorm Älterwerden, vorm Leben: immer das kleine Schmuddelkind bleiben. Die orale Phase beibehalten bis zum Altersheim...» Blaubacke hatte heute seine psychoanalytische Nacht. «Plus einen nekrophilen Zug, siehe Erich Fromm...»

«Fromms haben wir uns schon mit vierzehn aus'm Automaten geholt!» fiel ihm Plottka ins Wort.

«Nekrophilie ist das Hingezogensein zu allem, was verwest... Siehe Suppenhuhn und Zwiebel-Else...»

«Quatsch! Leute will ich um mich haben, die anders sind als all die braven Menschen. Was soll ich'n mit Verena anfangen oder dem Niedergesäß, die langweilen mich doch bis zum absoluten Tiefschlaf hin. Oder soll ich's Fernsehen anmachen, die ganze Serienscheiße? Da seid doch ihr von ganz anderem Karat!»

«Danke!» Blaubacke blieb stehen, um sich angemessen zu verneigen. «Und der King biste auch noch bei uns, der absolut Größte. Hilfeleistung, mein Lieber, das ist immer auch 'ne Machtausübung...!»

«Was auch immer – das Licht wird dunkler mit 'nem Dimmer!» reimte Plottka und furzte so laut, daß nebenan die Hunde losbellten. «Hör auf! Wenn schon, dann lieber Anneliese statt Analyse!»

Sie kamen zum S-Bahnhof Wilhelmsruh, menschenleer, und nahmen mit kurzer Umarmung Abschied voneinander, denn von Schönholz her war schon der Zug zu hören. Blaubacke winkte noch, als Plottka die Treppe hinaufhastete.

«Uff!» Keuchend kam der SozAmtsMann oben an und konnte gerade noch die Tür zum letzten Wagen aufreißen, ehe der Stationsvorsteher ansetzte, den Abfahrtsauftrag in sein umgehängtes Mikrofon zu flüstern.

Plottka fiel auf eine der hölzernen Längssitze und sah sich suchend um. Alles leer. Ein bißchen mulmig war das irgendwie. Sosehr die S-Bahn in Berlin ein Mythos war, sosehr wirkte auch der legendäre S-Bahn-Mörder nach, und so kam es, daß sich nach zwanzig Uhr die Fahrgäste auf den Außenstrecken fast alle im ersten der vier Wagen sammelten, da, wo der Fahrer ihnen, obwohl hinter einer Tür verborgen, Sicherheit versprach.

Nun, schwächlich sah er nicht aus, im Gegenteil: mit seinen Körpermassen, auch weiblich nicht. Also schloß er die Augen, um die drei Stationen lang zu dösen: Wittenau (Nordbahn), Waidmannslust, dann kam schon Hermsdorf, wo er gleich am Bahnhof im Obergeschoß eines umgebauten Pferdestalls Quartier genommen hatte.

Der erste Halt, die Tür ging auf, er blinzelte...

...und schnellte hoch.

Schulle mit der Ratte, in dieser Nacht noch mehr der Skinhead als sonst.

«...so 'n Zufall...» quetschte Plottka heraus, aber sonderlich cool klang es nicht.

«Nein, ich hab in *Gerhard's Gruft* angerufen, wann ihr gegangen seid...» Schulle ließ eine schwere Kette wie einen Rosenkranz, wie ein Jo-Jo kreisen, mal um die rechte, mal um die linke Hand. «Du hast mal wieder nicht gezahlt, mein Lieber...!»

Plottka sah zur Notbremse hin, doch die war zu weit entfernt. «Geh doch zur Polizei...»

Schulle mit der Ratte lachte. «Ich schlag doch keinen Spielautomaten zu Klump, bis der nicht den letzten Groschen ausgespuckt hat...!»

«Erpresser!»

«Und was bist du?»

Plottka, mit all dem Alkohol im Blut, wußte nicht mehr, wo er war. Das Rauschen im Schädel verschmolz mit dem Rauschen des Zuges, der nun, als der Wagenführer den Fahrstrom weggenommen hatte, durch die Nacht trieb wie ein Düsenclipper.

Die Ratte... Das weizenblonde Jungvolkhaar, der Hitlerjungenblick... Auch der Mann hatte jetzt ein Rattengesicht. Er haßte den anderen, und er hatte Angst vor ihm. Arsch, du! Der Aggressionsschub mischte sich mit seiner Angstbeißerhaltung.

Plottka riß an der Tür. Die war zwar verriegelt, doch der Mechanismus war alt, und er bekam sie körperbreit auf.

«Willste dich rausstürzen!?» höhnte Schulle mit der Ratte.

«Nein, dich will ich...» schon hatte er den anderen gepackt «...rausschmeißen jetzt...!»

«Paß mal auf, daß du nich selber...!»

Sie kämpften wie zwei Tiere, während die weiße Ratte verstört unter die runden Heizkörper sprang.

Es war 0 Uhr 46.

Um 0 Uhr 49 meldete der Führer des um ein paar Minuten verspäteten Gegenzuges, daß etwa hundert Meter hinter dem Bahnhof Waidmannslust eine leblose Person liege.

5.

«Wir müssen heute unbedingt Geld abheben», sagte Joana. «Nachmittags kommt der Fernseher... *Quelle*...»

«Hat er sich den doch noch bestellt gehabt?» Gottfried strich sich seine Lieblingskonfitüre auf die Frühstücksschrippe, die *Himmlischen Früchte*, zog den Duft von Zimt und Nelken schnuppernd in die Nase, ließ Joana auflachen, daß er sie an einen Kater vorm Baldrian erinnere.

«Ja, dürfte er wohl, sonst hätten die nicht angerufen gestern...»

«Mit 'nem Scheck wollen wir nicht...?»

«Die Unterschrift nachmachen, wenn da die *Quelle*-Leute nebenstehen, das ist doch viel schwieriger, als wenn du jetzt in aller Ruhe...»

«Laß die in der Bank mißtrauisch werden, und alles ist vorbei. Ich komm mir vor wie immer beim Fliegen: Angst, daß jeden Augenblick 'ne Bombe... Der große Crash!»

«Typisch Herzneurotiker», konstatierte sie.

«Ist doch Wahnsinn alles!»

«Kannste immerhin 'n Buch drüber schreiben», war Joanas Trost. «Oder 'n Drehbuch... Such dir was aus.»

«Ein Buch zu schreiben ist so schwer, wie Chinesisch zu lernen; ein Drehbuch wie Englisch... Dafür gibt es für letzteres auch ein Mehrfaches an Geld...»

Joana goß sich *Jacobs Krönung* nach. «Mach beides. Ich sorg dann für die Bühnenfassung. Fehlt bloß noch der richtige Schluß, der große Gag...»

«Das neue Abflußrohr platzt, Onkel Herbert wird nach oben gespült!» lachte Gottfried.

Joana hatte nebenbei im *Faust* geblättert. «Wenn Phantasie sich sonst mit kühnem Flug / Und hoffnungsvoll zum Ewigen erweitert, / So ist ein kleiner Raum ihr nun genug, / Wenn Glück auf Glück im Zeitenstrudel scheitert.»

«Unsers scheitert nicht!» rief Gottfried aus.

«Wenn du inzwischen geübt hast, seine Unterschrift gut genug nachzumachen.»

«Hab ich. Und außerdem tauch ich schon jahrelang jeden Monat am Bankschalter auf und reich der Kassiererin das Auszahlungsformular mit seiner Scheckkarte rüber... *The same procedure as every year*... Meinst du, die läßt da von der Unterschrift erst 'n graphologisches Gutachten anfertigen...!?»

«Manche von den Bankleuten haben so was im Gefühl, daß da was...»

«Im Urin, ja!» höhnte Gottfried. «Auf, auf zum fröhlichen Jagen! Die Anna ist undicht, die Nacht zu erhellen... Äh, Diana ist kundig... Was bin ich wieder zerstreut heute; wie ein Professor nach 'ner Seebestattung: in alle Winde, die Asche...! Na, besser als hier bei uns zwischen Abflußrohr und Sickergrube. Wer andere in die Sickergrube steckt, ist selbst ein Schwein...!»

«Hast du morgens schon getrunken...?»

«Betrunkene Menschen fliegen mit unsichtbaren Schwingen...!»

«Los, Geld abholen!»

Zu ihrer Bank, oder besser gesagt: zu der, die Herbert Dolgenbrodts Girokonto führte, waren es in gerader Linie keine zehn Minuten, doch sie machten noch einen Umweg von einer knappen Stunde, angeblich, um «sich die Beine zu vertreten und etwas frische Luft zu schnappen», in Wahrheit aber aus der Furcht heraus, im entscheidenden Augenblick nicht die Nerven zu haben, dies alles durchzustehen, cool zu bleiben.

Erst oben am Hubertussee kehrten sie um, wieder einmal mit der für sie existentiellen Frage beschäftigt, wie sie denn in Zukunft möglichst risikolos an Dolgenbrodts Geld gelangen konnten. Seine Scheckkarte hatten sie, doch leider wurde die ja mit Ende des Jahres für ungültig erklärt. Eine Geheimnummer für den Automaten hatte er nie haben wollen.

«... bleibt uns ja nur, das Geld wie bisher am Schalter abzuholen», sagte Gottfried. «Die Kosten fürs Haus, Strom, Wasser und so, werden ja alle per Dauerauftrag...»

«Und wenn wir nun 'ne neue Scheckkarte wollen...?»

Gottfried zog Joana den Bahndamm hinauf, wo sie für die neuen S-Bahn-Gleise Richtung Hohen Neuendorf/Oranienburg schon alles abgeholzt hatten. «Weiß ich nicht... Ich hab jetzt erst einmal 'n Formular für 'n Dauerauftrag ausgefüllt... Daß wir jeden Monat achthundert Mark von seinem auf unser Konto überwiesen kriegen. Verwendungszweck: Hilfe in Haus und Garten. Dazu hab ich seinen Ausweis mit und 'ne gefälschte Vollmacht, falls das nötig sein sollte.»

«Ob wir nicht doch 'n bißchen mehr...?»

«Das fällt sonst auf.»

«Und ohne neue Scheckkarte können wir dann nichts mehr abheben?»

«Nein, weil die Kassiererin die immer in ihren Computer reinsteckt... Scheiße, ja!» Gottfried stieß ein paar Schottersteine den Bahndamm hinunter, traf dabei eine bizarr verbogene ehemalige Stromschiene, die auf halber Höhe an einigen Baumstümpfen hing.

«Da muß schon mal einer 'n kräftigen Wutanfall gehabt haben», lachte Joana.

«Nee, das war Ende Mai '45, als hier 'n Munitionszug in die Luft geflogen ist. Nicht mal Tiefflieger, sondern Funken einer vorbeifahrenden Lok. Räder und Schienenstücke sind bis zur Oranienburger Chaussee rübergeflogen. Im Umkreis von einem halben Kilometer alles kaputt, auch die Gebäude am Poloplatz hinten...»

«Schön, aber unser Scheckkartenproblem, das...»

«Bis dahin hab ich seine Stimme drauf, hundertprozentig, und ruf dann an bei der Bank: ‹Ja, hier Herbert Dolgenbrodt. Mein Neffe kommt gleich zu Ihnen, um meine neue Scheckkarte zu holen. Ich sitze hier im Rollstuhl und... Sie kennen mich ja... Danke. Wiederhören!›»

«Nicht schlecht, aber doch noch ein bißchen zu sehr wie 'n degenerierter preußischer Oberst», kam Joanas Bewertung. «Nicht so sehr an Hubert von Meyerinck denken.»

«Okay, okay. Ich werde mir ohnehin alle Mühe geben, im Laufe der Zeit immer mehr zu werden wie er. Bis ich wirklich Herbert Dolgenbrodt bin. Dann müssen wir nur noch *mich* verschwinden lassen...»

«Wenn du aber denkst, daß ich dann noch mit dir ins Bett...»

Damit stiegen sie zum Poloplatz hinunter («1913 das erste Turnier, heute wieder jeden Sommer...») und kamen wenig später zum Zeltinger Platz, wo ihre Bank trotz Glas und Chrom neben der Backsteinwucht der märkischen Johannes-Kirche nur ärmlich und bescheiden wirkte.

Gottfried, tief durchatmend, fand es besser, allein hineinzugehen. «Sonst denken sie noch, wir seien Bonnie and Clyde...»

Eine andächtige Stille umfing ihn, als er die langgestreckte Schalterhalle betrat. Ein Kunde saß beim Filialleiter hinten, flehte offensichtlich um Kreditverlängerung, eine Oberschichtenlady, sichtbar einem Topmanager- oder Zahnarztharem entstiegen, plauderte mit einer ebenso gelangweilten Sachbearbeiterin über die Vor- und Nachteile einer Kenia-Safari im Sommer, und eine Normalhausfrau und Mutter mühte sich am Stehpult mit dem Ausfüllen eines Antrags auf Eröffnung eines Girokontos herum.

Gottfried hielt nun auf die Kasse zu, objektiv gesehen auch in gerader Linie, hatte aber das Gefühl, wie ein Betrunkener zu laufen, in Schlangenlinien immer. Eine steile Rampe schien es hochzugehen, die Knie wurden immer weicher, und er schwitzte wie am Ende eines Tausendmeterlaufs. Kam dazu, daß im Panzerglashäuschen eine Dame hockte, die er schon von jeher gefürchtet hatte: wie die Hexe Kaukau in der ersten Fibel seines Lebens, wie die Spinne Thekla in der *Biene Maja*, wie seine Klassenlehrerin, Mathe und Physik, im Weddinger Gymnasium. «Mörz: Wie kommt es, daß, wenn von fünf Menschen in einem Raum sieben diesen Raum verlassen, zwei zurückkommen müssen, damit dieser Raum wirklich leer ist?» Gott, war das eine blöde Ziege, diese Kassiererin, ein Alptraum, ein altes Schrapnell!

«Ich hätte gerne das Geld für Herrn Dolgenbrodt abgeholt...» hörte er sich piepsen, plötzlich mit der Stimme eines fünfjährigen Knaben.

Die Kassendomina strafte ihn sofort mit absoluter Nichtbeachtung, zählte seelenruhig ihre Scheine weiter. Obwohl ja wirklich dasselbe Ritual wie immer, schnellte seine Pulsfrequenz diesmal erheblich nach oben, und seine Galle begann gefährlich zu puckern. Hinter der Schaufensterscheibe sah er Joana ungeduldig schmulen.

Gottfried hustete anhaltend. «Das Geld für Herrn Dolgenbrodt bitte...!» Und schob die weiße Auszahlquittung (2000 DM) mit der gefälschten Unterschrift noch weiter die grau-weiß gemuschelte Marmorfläche entlang.

Doch noch immer keine Reaktion. Ob sie schon etwas geahnt hatte und die Polizei...? Psi-Phänomen, magische Fähigkeiten? Eine Gabe, die von ihm ausgehenden Wellen aufzufangen und zu deuten...? Quatsch, die war doch immer so bekotzt! Und warum sollte sie was ahnen: Es war doch alles wie immer. Dolgenbrodt hatte im März dieses Jahres mit dem Leiter gesprochen und eine Vollmacht hinterlegt: Einmal im Monat wird Herr Mörz hier erscheinen und das Bargeld abheben, das ich benötige. Geht in Ordnung. Die beiden kannten sich seit Ewigkeiten, und mochte das auch nicht so ganz strengen Bankkriterien genügen, es klappte halt. In Frohnau war eben vieles anders.

Gottfried machte sich Mut, indem er sich diesen Tatbestand immer wieder selbst erzählte.

Aber: Konnte eine Frau wie diese nicht doch erfühlen, daß da diesmal etwas anders war, daß er das Geld für einen Toten wollte, sozusagen den Geruch eines Leichenfledderers verströmte, eines Erbschleichers, eines Quasimörders?

Endlich ließ sie sich herab, ihre Zählarbeit zu unterbrechen und mit hoheits- und verachtungsvoller Geste nach seinem Zettel zu greifen.

Jetzt! Jetzt mußte sie spüren, merken, ahnen, sehen, daß das nicht Dolgenbrodts genuine Unterschrift...

«Da stimmt was nicht...!»

Gottfried starb in diesem Augenblick, hatte jedenfalls das Gefühl von Kreislaufkollaps, Sturz vom Zugspitzgipfel nach Garmisch hinunter, Erschlagenwerden.

«Was denn bitte...?»

Die Unterschrift, haha! Hörte er sie sagen, nein, sagte sie gar nicht, sondern: «Das Datum!»

Setzen, Fünf!

«Wie...?»

«Frohnau ist kein Datum!» belehrte sie ihn.

«Oh, Entschuldigung...!» Er riß ihr die Auszahlquittung wieder weg und trug das Datum ein. «So, bitte...»

«Wie darf's denn sein...?»

«Wie immer: die Hälfte Fünfzigmark-, die andere Hälfte Hundertmarkscheine bitte...»

Die Hohe Frau begab sich zu ihren Vorräten und griff nach den verlangten Scheinen. «Geht's ihm gut, Ihrem Onkel...?»

«Das Gehen fällt ihm immer schwerer, die Hüfte... Er muß viel liegen...» Gottfried brach ab.

Sie sah ihn prüfend an, während sie ihm das Geld ganz penibel auf den Tresen zählte. «...eins-eins, eins-zwei, eins-drei...»

Gottfried hielt den Atem an, versuchte aus der Angst heraus, daß sie, trotz des Panzerglases zwischen ihren Köpfen, seine Gedankenwellen auffangen könnte, krampfhaft an anderes als Dolgenbrodt zu denken, stellte sich vor, der Bankelevin, die sich gerade links von ihm zum obersten Regal hochreckte, unter den Rock zu fassen, hatte aber keine Chance, die Gestalt des Toten von seinem inneren Bildschirm verschwinden zu lassen.

«...eins-sieben, eins-acht, eins-neun, zwei! Bitte. Sie schmunzeln ja so: Soll's mit dem Onkel zusammen nach Bangkok gehen...?»

Hatte sie also mitgekriegt: seinen Blick zu den Azubi-Beinen hinauf, sein erotisch-sexistisches Grinsen...! Das andere auch: Dolgenbrodt...? Nein. Sonst hätte sie ja nicht vermutet, daß das Geld für sextouristische Zwecke Verwendung finden... Dolgenbrodt und er...

«Nein, nein!» beeilte sich Gottfried zu versichern. «...'n Rollstuhl brauchen wir!»

Sie verstummte und zog sich in die hinteren Regionen ihres kleinen Reiches zurück, ließ Gottfried unbehelligt von dannen ziehen und in Joanas Arme sinken.

«Geschafft!» Das erste Abenteuer war siegreich bestanden.

Nun konnten sie losfahren, um wirklich den besagten Rollstuhl zu kaufen. Dazu eine geeignete Schaufensterpuppe.

Sie gingen über die Brücke hinweg und auf das Pagodentor des S-Bahn-Eingangs zu, alles am Fuße des eigentlichen Frohnauer Wahrzeichens, des Casino-Turms, mittelalterwuchtig wie am Hamlet-Schloß in Hälsingborg. Einen Delikatessenladen gab es da in den Vorräumen des Bahnhofs, und sie kauften sich zur Feier des Tages eine Flasche Champagner, leerten sie, während sie unten auf das Züglein warteten und zwischen den ersten Stationen ihrer halbstündigen Fahrt.

Dann versank Joana im wohligen Dschumm, sah sich mit Gottfried zu einer Talk-Show geladen, im Mittelpunkt des Abends stehen, herrlich alles zwischen Tag und Traum.

MODERATORIN: Mal ganz direkt: Würden Sie sich beide als Kriminelle bezeichnen...?

JOANA: Nein. Es gibt da eine berühmte Theorie des amerikanischen Soziologen Robert K. Merton, in der abgehoben wird auf die dominierenden Ziele und Werte in einer Gesellschaft, also: Geld, Macht, Prestige und so weiter, und die legitimen Mittel, diese Ziele zu erreichen, Arbeit also. Wer einerseits die besagten Ziele und Werte verinnerlicht hat und auf der anderen Seite zu einem Arbeitplatz gekommen ist und auch arbeiten will, der ist normal bei ihm, der legt Konformität an den Tag. Ein Plus-Plus-Mensch ist das im Merton-Schema. Ein Plus-Minus-Typ ist nun der, der zwar auch ein schönes Leben führen will, dem aber die legitimen Mittel dazu fehlen; der also arbeitslos oder unlustig ist. Merton meint damit den Kriminellen, nennt aber diese Kategorie interessanterweise Innovation...*!*

GOTTFRIED: *So verstehen wir uns auch, als Leute, denen mal was Neues eingefallen ist.*

MODERATORIN: *Was die Öffentlichkeit ja auch mit Interesse und Entzücken... Aber, von den strafrechtlichen Aspekten einmal abgesehen, makaber ist das Ganze doch, oder...? Dabei sehen Sie doch beide eher harmlos aus, sanft, verträumt...*

JOANA: *Ich bin immerhin schon mal in Kreuzberg bei 'ner Demo festgenommen worden...! Mit 'nem Stein in der Hand.*

MODERATORIN: *Und das bei Ihrem Vornamen... Joana. Poetischer geht es ja kaum.*

JOANA: *Es gab mal eine Schauspielerin: Joana Maria Gorvin, und von der ist meine Mutter bei einem Berlin-Besuch einmal derart fasziniert gewesen, daß ihre eine Tochter auch so heißen mußte.*

MODERATORIN: *Daher also Ihre gewisse Affinität zum Theater?*

JOANA: *Ach...!*

MODERATORIN: *Ihr Vater ist aber ehrbarer Beamter in Bremen...?*

JOANA: *Amtsrat bei der Senatskommission für das Personalwesen, ja.*

MODERATORIN: *Geboren sind Sie am 12.6.1955 in Achim bei Bremen und haben nach dreizehn Schuljahren brav das Abitur gemacht.*

JOANA: *Brav wohl weniger, aber immerhin.*

MODERATORIN: *Und damit schon das Endziel einer bürgerlichen Karriere erreicht...?*

JOANA: *Vielleicht. Ich bin erst mal in 'ne WG in Bremen gezogen, Ostertor-Viertel, Landweg, und hab gejobbt. Als Verkäuferin, als Zeitungsträgerin, als Kantinengehilfin, als Animateurin in einem Ferienclub, als Bardame... Was erleben halt, raus aus'm spießigen*

Mief. Dann bin ich zu 'ner Demo nach Berlin und dort hängengeblieben.
MODERATORIN: *Was den Bruch mit Ihrer Familie zur Folge hatte?*
JOANA: *Ja. Aber das schwarze Schaf bin ich ja schon immer gewesen. Fünf Geschwister, und alle was geworden: Zahnarzt, Apotheker, Diplomingenieur, Grundschullehrerin und... und... die Frauke ist Verwaltungsinspektorin geworden.*
MODERATORIN: *Sie dagegen studieren seit zwölf Jahren Psychologie, Politologie, Theaterwissenschaft, Germanistik und noch manch anderes... Mit welchem Ziel...?*
JOANA: *Mit keinem. Ich will nichts werden, ich will nur wissen, warum die Welt so ist, wie sie ist. Nicht säen, nicht ernten, nur leben. Sozusagen anwendungsfrei, verwertungsfrei. Sehen und verstehen. Das Dasein genießen, wie eine Schwalbe an einem Sommertag. Nicht alleine, mit Gottfried zusammen.*
MODERATORIN: *Und wo haben Sie den kennengelernt...?*
JOANA: *In der Siemens-Kantine, als ich die Kartoffeln auf die Platten raufgeklatscht habe.*
MODERATORIN: *Da haben Sie, Herr Mörz, als stinknormaler Industriekaufmann...?*
GOTTFRIED: *Äußerlich ja, innerlich habe ich mich aber immer schon als Autor gefühlt, als Schriftsteller, auch wenn ich damals außer zwei, drei Kurzgeschichten...*
MODERATORIN: *Geboren worden sind Sie am 3.2.1950 in Berlin, aufgewachsen im Wedding, Sparrplatz. Vater gestorben, als Sie fünfzehn waren, Mutter Kassiererin bei* Bolle... *Alle Achtung, daß Sie da Ihr Abitur gemacht haben...!*
GOTTFRIED: *Wer immer strebend sich bemüht, den werden wir erlösen!*
MODERATORIN: *Dann sind Sie* Stammhauslehrling *bei Siemens geworden?*
GOTTFRIED: *Ja, Rodach, Amberg, Bocholt, dann nach Berlin zurück. Immer nur mit einem Wunsch: raus da und schreiben! Obwohl alles, was ich bis heute an Romanen, Hörspielen und so geschrieben habe, niemand haben wollte...*

MODERATORIN: *Das wird ja nun anders werden, nachdem alle Sie kennen.*
GOTTFRIED: *Ich hoffe es. Aber auch ohne Erfolg würde ich... Es ist eine Sucht, nichts anderes.*
MODERATORIN: *Dann wäre das, was Sie mit dem armen Dolgenbrodt gemacht haben, sozusagen eine besondere Form der «Beschaffungskriminalität»...?*
GOTTFRIED: *Ja, wenn Sie so wollen.*
MODERATORIN: *Wie sind Sie beide denn eigentlich an Ihr, ja, muß man ja wohl so sagen: Opfer geraten...? An Herbert Dolgenbrodt?*
JOANA: *Durch dessen Hobby: Eisenbahn, S-Bahn vor allem...*
GOTTFRIED: *Und durch mein Schreiben!*
JOANA: *Durch deinen Vater auch...!*
MODERATORIN: *Wie denn nun?*
GOTTFRIED: *Mein Vater war zum einen bei der S-Bahn, Schlosser im Bw Papestraße, Meister, auch so ein Verrückter, und zum anderen hat er in regelmäßigen Abständen kleinere Beiträge für die* Berliner Verkehrsblätter *verfaßt...*
MODERATORIN: *Ah, daher auch Ihre schriftstellerische Ader!*
GOTTFRIED: *Ich weiß nicht... Sicher ist aber, daß wir dadurch die kleine Dachwohnung bei Dolgenbrodt bekommen haben, denn der kannte meinen Vater vom* Arbeitskreis Berliner Nahverkehr *her, wenigstens vom Namen und vom Mal-guten-Tag-Sagen.*
MODERATORIN: *Wie das Leben so spielt...!*
JOANA: *Ja, den einen spült es nach oben, den anderen nach unten.*
MODERATORIN: *Na, Dolgenbrodt hat es doch auch nach oben gespült, als Ihr Abflußrohr geplatzt ist...!*
GOTTFRIED: *Ja, wie sagt doch Friedrich Dürrenmatt: «Eine Geschichte ist dann zu Ende gedacht, wenn sie ihre schlimmstmögliche Wendung genommen hat.»*
MODERATORIN: *Da kann ich mir aber noch ganz was anderes vorstellen...*

Drei Stunden später waren sie zurück und ließen ihre Taxe lange halten, auf daß sie der gesamte Franziskanerweg beim Entladen des

Rollstuhls beobachten konnte. Der arme Dolgenbrodt, kann er jetzt gar nicht mehr alleine... Wird er sich erst recht zu Hause verschanzen...

Die ebenfalls gekaufte Schaufensterpuppe hingegen steckte in einer Kiste, sorgfältig auseinandergenommen.

Joana hatte im letzten Winter im Rahmen ihres theaterwissenschaftlichen Studiums im *Theater des Westens* gejobbt und kannte auch den Requisiteur einer privaten Filmproduktion, so daß sie keine Mühe gehabt hatten, sich die beiden Sachen zu beschaffen.

«Würde sich doch lohnen, daß wir uns bald einen kleinen Wagen...» Gottfried sah dem Taxifahrer hinterher, der eben gelöhnt worden war und sich nun daran machte, dem Frohnauer Straßenlabyrinth, alles geschwungen und gegeneinander versetzt, alsbald wieder zu entkommen. «Mit den fast fünftausend Mark, die Onkel Herbert in der Schublade hatte... Und nur aus Pietät für ihn darauf verzichten, nur wegen seiner S-Bahn-Sucht...» Er hatte es schon ganz gut drauf, Dolgenbrodts Stimme zu kopieren. «Als anständige Menschen habt ihr mit der S-Bahn zu fahren! Ein Pkw ist und bleibt für mich tabu!»

Joana fror trotz der über zwanzig Grad an diesem hymnusschönen Spätsommertag. «Hör auf!»

«Wenn's wirklich so echt klingen sollte, kann ich mich ja bald ans Telefon ranwagen!»

«... ranwagen ja, Rennwagen nein!»

«Bitte, parodier mich nicht!» Gottfried stampfte mit den Füßen auf. «Ich will mein Auto haben!»

Joana tippte sich gegen die Stirn. «Damit die Leute dann pausenlos fragen, warum wir mit dem armen Onkel Herbert nicht mal spazierenfahren oder zum Arzt...!»

«Wenn du recht hast, hast du recht...» mußte Gottfried eingestehen. «Also rein mit dem Rollstuhl ins Haus...»

Kaum war das erledigt, kam die Firma *Quelle* mit Dolgenbrodts letzter Bestellung, dem großen Fernsehapparat, Katalognummer 020.853, DM 1898, und da sie bar bezahlten, ging natürlich alles glatt.

Doch als sie das Gerät gerade auf die Schubkarre hinaufgeschoben hatten und nach hinten rollen wollten, erhob sich draußen auf dem Bürgersteig ein bedrohliches Graugansgeschnatter, und schon wurde Sturm geklingelt.

«Friedel, ich bin's!»

Gottfried erstarrte. Seine Mutter. Und wenn er etwas haßte, dann dieses Friedel. Wie Tante Friedel. Er brachte es nie über die Lippen, sie hingegen nicht seinen richtigen Namen, ihr von seinem Vater aufgezwungen. Sie war mit ihrer Wandergruppe gekommen, ihren Kegelschwestern aus dem Märkischen Viertel, in dem sie jetzt wohnte, Senftenberger Ring.

«Reinlassen müssen wir sie», sagte Joana.

«Sie ist doch bloß wieder hinter Onkel Herbert her! Scheiße! Daran hab ich gar nicht mehr gedacht...»

«Nur eine Mutter weiß allein, was lieben heißt und glücklich sein», rezitierte Joana einen Spruch aus der guten Stube ihrer Schwiegermutter.

Gottfried wurde böse und fauchte sie an. «Dich kann man ja nicht zur Mutter machen!»

«Friedel, Johanna!» tönte es von draußen. «Eure Mutter und Schwiegermutter ist da. Ich seh euch doch!»

Sie flötete das so manieriert wie eine Gouvernante in einem sehr mißglückten *Ufa*-Film, hätte dabei von ihrer Wohngegend, früher Sparrplatz/Wedding und nun Märkisches Viertel, wie auch vom Beruf her stark bis fürchterlich berlinern müssen, tat es aber nicht, weil sie vor ihrer Kassiererinnentätigkeit bei *Bolle* zehn Jahre lang im noblen *KaDeWe* angestellt gewesen war, täglich Damen hoher Güteklassen in die Pelze rein- und rausgeholfen hatte; und sogar Sprache konnte ja beträchtlich abfärben.

Gottfried eilte nun nach vorne, sie und ihre fünf Begleiterinnen artig einzulassen.

Da die Schubkarre mit dem neuen Fernseher darauf den Weg zum Haus versperrte, Joana den Gästen aber andererseits quer über den Rasen entgegeneilte, um sie vom Hause fernzuhalten, trafen sie genau über der Stelle mit ihr zusammen, an der Dolgenbrodt begraben lag.

Küßchen, Küßchen. «Johanna, mein Kind!» An das Joana hatte sie sich nicht gewöhnen wollen. «Stören wir...?»

«Nein, nein... Wir haben nur...» Gottfried zeigte auf die Schubkarre.

«Ich verstehe schon... Wir waren nämlich gerade im *Buddhistischen Haus*, bei euch hier in Frohnau... Und da wollte ich meinen Freundinnen nur mal zeigen, wo ihr wohnt, und Herrn Dolgenbrodt gleich das Buch mitbringen...»

«Welches Buch...?»

«Na, das hier...» Sie zog es aus der Tasche. «Das über die Berliner S-Bahn...»

«Ah, ja...» Gottfried nahm es, schlug es auf. «Berlin und seine S-Bahn... Transpress... VEB Verlag für Verkehrswesen Berlin... Da wird er sich aber freuen. Ich geb's ihm nachher...»

Sie funkelte ihn an. «Das hätte ich gerne selber getan...!»

«Tut uns leid, aber er schläft ganz tief und fest...!» Joana sagte es spontan und verspürte im selben Augenblick so etwas wie Schüttelfrost: Scham und Ekel kamen da zusammen, Angst und Unbehagen, Schuld und Larmoyanz, und sie mußte schlucken, hörte ihre wie Gottfrieds Stimmen, während sie ins Haus lief, um sich überm Kellerausguß zu erbrechen.

... ich kann das Gesicht nicht sehen, den Kopf, das ganze Blut!

... reiß das Laken vom Bett, wir wickeln ihn ein.

... das reicht nicht.

... nimm noch die Decke von der Couch! Und hol die Wäscheleine aus'm Keller!

... es sickert immer noch durch!

... hat er nicht eben noch gezuckt...!?

... der ist doch schon ganz kalt!

... hör auf!

... wir müssen ihn im Keller unten haben, bevor die Leichenstarre...!

Durch das offene Kellerfenster hörte sie ihre Schwiegermutter lachen und Gottfried fragen, ob sie denn nun endlich ein Kind bekämen, ihren ersten Enkel.

«Nein, nur 'ne Sommergrippe. Dasselbe, was Dolgenbrodt hat: Brechdurchfall und Fieber. Ich hoffe, du steckst dich nicht an. Der Virus soll bei älteren Leuten nicht so ganz ungefährlich sein. Hier nebenan hatten wir gestern schon 'n Todesfall... Aber setzen Sie sich doch erst einmal, meine Damen, ich mach Ihnen schnell 'n Kaffee. Ist ja herrlich hier im Garten...»

Die Damen, die Joanas Würgen und den nachfolgenden Schwall sehr deutlich mitbekommen hatten, bedankten sich vielmals und waren schon verschwunden, als Joana wieder im Garten erschien.

«Wieder besser...?» Gottfried nahm sie in den Arm.

«Ja. Nur so ein unkontrollierter Angriff meines Über-Ichs, das das natürlich alles unverzeihlich findet...» Sie zeigte zu Dolgenbrodt nach unten. «Ist ja auch schrecklich! Wie sein Hund liegt er da...»

«Erde ist Erde...»

«Mit dem Verstand begreif ich das auch!»

«Knips sie aus, deine Gefühle...!» Er stockte, denn unter ihrer Tischtennisplatte lag eine Werbebroschüre, offenbar seiner Mutter und einer der anderen Damen verlustig gegangen. «Info Service, Otto Berg...»

«Ist das nicht 'ne Bestattungsfirma...?»

«Ja, 'ne sehr gute sogar. Die hat meinen Vater damals...» Und dann las er ihr die ersten Zeilen vor: «Halt! Legen Sie diese Broschüre bitte nicht zur Seite. Auch wenn Sie meinen, Bestattung wäre kein Thema für Sie. Es lohnt trotzdem.»

«Bitte, Gottfried, hör auf!»

«Wir müssen sozusagen leichenfest werden!»

«Ich glaub, das Schicksal tut jetzt alles, uns psychisch zu foltern...» Joana hielt Kopf und Unterarme unter den schnell aufgedrehten Gartenschlauch.

«Ein Blick in unsere Ausstellungsräume zeigt eine breite Auswahl an Kiefern-, Eichen- oder Mahagonisärgen... Neuerdings aber halten wir für Sie auch umgebaute Bauernmöbel bereit...!»

Joana riß den Schlauch herum und setzte ihn wie einen Wasserwerfer ein, so daß er fliehen mußte.

Sie folgte ihm, wild nach einer heftigen Nummer. Doch kaum hatte er sich wieder abgetrocknet und ihr seine Bereitschaft bekundet, da hielt ein Lastwagen vor ihrer, vor Dolgenbrodts Tür, und schon war ein verwegen aussehender Mann, ein wenig schon der

Sam Hawkins bei Karl May, auf die Straße gesprungen und hatte losgeblökt: «Herrschaften, hallo...!»

Ihr Kesselreiniger, dem sie gestern, um ihn ruhigzustellen, eine Flasche Whisky in die Hand gedrückt hatten. Ob er dennoch was gerochen hatte, im wahrsten Sinne des Wortes, und nun kam, sie zu erpressen...?

Joana ging wieder nach vorne und war Augenblicke später einem Kollaps nahe, einer Ohnmacht, versucht, dieser Wirklichkeit ein für allemal zu entfliehen mit einem Ruck, einem Verrücken, einem kurzschlußartigen Verrücktwerden.

Stand da, als sei der Kesselreiniger nicht schon Katastrophe genug, ein Mann in einem blauen Overall und hob genau an der Stelle, wo sie Dolgenbrodt vergraben hatten, die Erde wieder aus, war schon spatentief gekommen und stieß immer weiter nach.

«Halt!» hörte sie sich schreien. «Halt, nein!»

Schrie so, daß Gottfried halbnackt herausgestürzt kam.

Ihr Klempner!

Gottfried flog geradezu auf den Mann mit dem Spaten herab und riß ihn zurück. «Sind Sie denn wahnsinnig...!? Ich hab das alles mühsam zugeschippt, und Sie...!?»

Der Handwerker, ein Pykniker von ausgesuchter Schläfrigkeit, so von der Art ostpreußischer Hinterwäldler, die zur Kaiserzeit stellungssuchend nach Berlin gekommen waren, starrte ihn an, eine Statue mit Namen *Die Verständnislosigkeit des BILD-Lesers nach zehn Minuten Schaubühnen-Macbeth*, sagte dann mit schleppender Stimme: «Ich hab doch die Fugen noch nicht abgedichtet gehabt...» Und ließ den Spaten, Roboter, der nicht mehr abzuschalten ging, noch einmal in die noch längst nicht wieder feste Erde flutschen, konnte jede Sekunde Dolgenbrodts Sargdeckel treffen.

...laß mich vorm Fernseher sitzen, war Joanas Stoßgebet, alles nur ein Film sein mit Louis de Funès oder Didi Hallervorden, Komödie und Blödelei! So idiotisch albern konnte doch die Wirklichkeit nicht sein!

Gottfried hielt den Arm des Mannes mit Schraubstockkräften fest. «Schluß jetzt! Das bleibt so, wie es ist!»

«Wo die Rohre zusammengesteckt sind, da sickert noch immer 'n bißchen Feuchtigkeit durch, und da wachsen Ihnen die feinen Wurzeln rein und verstopfen Ihnen das Rohr!» beschwor sie der Klempner, richtig empört und viel temperamentvoller, als sie es je vermutet hätten.

«Hab ick jestern vajessen: Ihre Unterschrift!» schrie zugleich ihr Kesselreiniger. «Junger Mann, ick steh nich ewig hier!»

...was haben wir uns da bloß eingebrockt! Joana hätte sich am liebsten wie die Elster bei Pukas nebenan in die Lüfte erhoben und wäre mit schnellem Flügelschlag davongeflogen, far far away.

Gottfried wandte sich zum Gartentor und gab Joana einen Stoß in Richtung Klempnermeister. «Mach du das mal...!»

«Lassen Sie's bitte zu», sagte Joana und sah den Handwerksmann mit jenem Miß-Piggy-Lächeln an, mit dem sie schon vor fünfzehn Jahren ihren Lateinlehrer in Achim dazu gebracht hatte, ihr statt der objektiv richtigen Sechs eine Vier minus zu geben: Oh, ich würde dich so gern vernaschen, wenn ich doch nur könnte, wie ich wollte...!

«Aber nur, wenn Herr Dolgenbrodt mir schriftlich bestätigt, daß er keine Regreßansprüche stellt, wenn sein Rohr in drei, vier Jahren verstopft sein wird!»

«Kann er nicht, er liegt im Bett, er schläft... Neununddreißig Fieber...»

«Na schön, dann unterschreiben Sie mir einen Wisch, daß ich das Rohr noch abdichten wollte, Sie mich aber dran gehindert haben!» Damit ging er zur nahebei aufgebauten Tischtennisplatte, zog seinen Rechnungsblock aus der Overallhose und begann mit der Formulierung eines entsprechenden Textes.

Fünf Minuten später war alles überstanden: Der Kesselreiniger fuhr fröhlich pfeifend mit seinem in Ordnung gebrachten Auftragsblock davon, und der Klempner kletterte in seinen Werkstattwagen, Joanas Unterschrift in der Beuteltasche seines Overalls.

Als sie allein waren, umarmte Joana ihren Mann, schmiegte sich an seinen erhitzten Körper und fuhr ihm die Oberschenkel hinauf. «Du hast soviel in der Erde gebuddelt und zwischen den feinen Wurzeln gesteckt... Hoffentlich ist *dein* Rohr nicht auch schon verstopft... Laß uns das mal prüfen...!»

Überdreht, wie sie waren, wurde das ein überaus beglückender Test.

«Wenn wir uns beide haben, wird uns alles gelingen!»

6.

Die acht museumsalten S-Bahn-Wagen der Deutschen Reichsbahn (DDR), unten eklig rot wie geronnenes Blut und oben so ungewiß weißgrau wie eine frisch erbrochene Mehlsuppe, waren als Zuggruppe K wie Konrad vor gut zwölf Minuten in Oranienburg losgeschickt worden, dem Kreisstädtchen im Norden hoch über Berlin, und wollten sich eben ganz der Schwerkraft überlassen und auf ihren ausgefahrenen Gleisen in freiem Fall nach Süden stürzen, sich genau bei Frohnau ins Stadtgebiet bohren und erst eine Stunde später am Wannsee unten, kurz vor Potsdam, wieder stehenbleiben, mußten aber knapp hinter Hohen Neuendorf noch auf die alte Trasse wechseln, weil die DDR-Oberen nach dem Mauerbau beschlossen hatten, daß feindlich West-Berlin in weitem Bogen zu umgehen war, und die neuen Schienen noch nicht wieder lagen, hatten sie doch 61 teilweise sogar den Bahndamm abtragen lassen.

«Da drüben, das ist schon Frohnau...» Gerda Großmann, die, in Fahrtrichtung gesehen, auf der rechten Wagenseite saß, zeigte auf den nahezu 350 Meter hohen Fernmeldeturm. «... die roten Lichter oben seh ich jeden Abend, wenn ich bei mir am Küchenfenster steh.»

«Vergiß nicht, für Yannik zweimal *Nutella* mitzubringen», mahnte ihre Schwiegertochter, denn manches war im alten West-Berlin noch immer billiger als bei ihnen draußen.

Gerda Großmann stöhnte leise auf und nutzte auch diese Chance, ihren Unmut über den merkwürdigen Vornamen ihres Enkels kundzutun. «Ja, ich hab ihn ja trotzdem sehr lieb...»

«Mutter...!» Ihre Schwiegertochter verwies auf die Vielzahl weltbekannter Athleten aus der ehemaligen DDR, die undeutsche Vornamen trugen. «Kennste nicht Bill Huck, den Rennfahrer, oder unsere Boxer: Henry Maske, Enrico Richter... Warum nicht mal 'n Tennisspieler...» An Yannik Noah, den exotischen Franzosen, hätten sie gedacht, denn bei einem seiner Matches sei es wohl passiert. «Als der im Fernsehen...»

«So genau hab ich's ja gar nicht wissen wollen...!»

Gerda Großmann sah so interessiert-entzückt aus dem Fenster, als rollten sie den Rhein entlang und nicht durch märkische Heide, märkischen Sand, viel öder, als es Stationsnamen wie Bergfelde, Schönfließ oder Mühlenbeck-Mönchmühle denn erahnen ließen. «Früher vom Führerstand aus sah ja alles noch viel schöner aus, da hattest du 'ne ganz andere Perspektive...»

Ihre Schwiegertochter stöhnte leise auf. «Deine S-Bahn-Zeit, ja... War das auf dieser Strecke hier, wo du dir das Fleisch für Onkel Albert drüben zwischen den Beinen festgebunden hattest...?»

«Ach, Kind, die gab's doch vor der Mauer noch gar nicht, als S-Bahn jedenfalls. Nee, 48/49, da bin ich gleich bis Gesundbrunnen durchgefahren und dann in den Nordring rein. Bis Beusselstraße. Da hat er damals gewohnt, Seitenflügel, vier Treppen. In der Blokkade, als sie in West-Berlin drüben nichts zu präpeln hatten, überhaupt nichts Richtiges; wir aber!»

«Hihi, ich hätt das nicht gegessen...!»

«War doch gekocht alles!» Gerda Großmann lachte. «Was meinste, was wir gleich nach'm Krieg alles gegessen haben, ohne es zu wissen: Ratten, Pferde, Hunde, Katzen... Und bei uns die dicke Frau Meier-Vorberg, als die eines Tages spurlos verschwunden war, da...»

«Schwiegermutter: Schluß!»

«Na, Albert hat's damals prächtig geschmeckt...! Und der is ooch imma so jerne S-Bahn jefahrn...»

«Ihr mit eurer S-Bahn...!»

«Fünfundzwanzig Jahre bin ich mit der verheiratet gewesen. Erst als Schaffnerin. Wenn der Kollege auf'm Bahnsteig die Kelle hochgehoben hat, den Befehlsstab, dann mußt ich von draußen an die Scheibe klopfen: Türen schließen! Und dann den ausfahrenden Zug beobachten, bis der letzte Wagen aus'm Bahnhof hinten raus war. Wenn da einer noch reinspringen wollte und dann... Is ja ab und zu doch einem das Bein abgequetscht worden und so...»

«Ich fahr nie wieder mit dir zusammen, wenn du nicht mit deinen Schauermärchen...!»

Gerda Großmann freute sich. «Und die Angst immer, daß uns einer auf die Gleise springt. Hab ick zum Jlück nie mitjemacht, aba Kollegen, die...!» Je aufgeregter sie wurde, desto stärker berlinerte sie. «Jelernt hatte ick ja Kontoristin, aber Albert hat imma jesagt: Mädel, du mußt raus aus'm Büro, die Welt sehn: von Potsdam nach Erkner, von Wannsee nach Frohnau!»

«Aber ist das nicht langweilig: jeden Tag dasselbe...?» fragte ihre Schwiegertochter.

«Als wir EBM hatten, schon.»

«Was...?»

«Ein-Mann-Betrieb, Abfahr-Auftrag durch Funk. Als das kam, da hatt ich aber schon den Lehrgang mitgemacht, da war ick Führer...»

Ihre Schwiegertochter zeigte sich nun wieder interessierter. «Und da hast du denn deinen Mann kennengelernt...?»

«Ja, 52, und gestorben ist er dann genau zwanzig Jahre später...» Sie lehnte sich zurück in die Kuschelecke des Wagens, jenen beliebten Platz, wo hinter der Schutzwand zur Tür nicht sogleich das Fenster folgte, sondern erst noch warmes Holz beziehungsweise eine glatte Plastefläche kam. «Damals bin ich Vollring gefahren... Fast jenau 'ne Stunde einmal ums innere Berlin herum. Die eine Grenze war zwischen Sonnenallee, also Westen, und Treptow, also Osten, die andere zwischen Schönhauser Allee und Gesundbrunnen, verstehst du...?»

«Ja, klar...»

«Und bei uns in Ost-Berlin, da standen immer Transportpolizisten uff den Bahnhöfen, und die haben drauf geachtet, daß keine von unsern Soldaten und Polizisten eingeschlafen waren und dann bis in'n Westen mitgefahren sind. Is doch mal einer aus Versehen rüber, weil er eingenickt war, und is dann zurückgekommen, also einer von'er NVA oder von'er Volkspolizei, dann is er festgenommen und verhört worden. Kontakte zu den amerikanischen Dienststellen, das haben se da gleich angenommen. Da haben wir denn manchmal einen zurückschmuggeln müssen... Mit vollem Risiko! Steht da, am 3. Mai '52 is das gewesen, weeß ick noch wie heute, steht da uff'm Bahnhof Tempelhof dein Vater, besoffen jewesen, einjeschlafen, steht der da und macht: Bitte, bitte! War Liebe uff'm ersten Blick bei mir, trotz seiner grauen Uniform... Also durft er sich bei mir vorn uff'm Führerstand verstecken. Bis Ostkreuz hat er da uff'm Fußboden gelegen, so lang wie er war... Immer mir zu Füßen, damit, wenn an'er Grenze einer rinjeguckt hat...»

Ihre Schwiegertochter lachte. «Ist schon komisch. Wenn sie euch beide da geschnappt hätten, wär ich heute mit 'nem anderen Mann verheiratet, gäb's Yannik nicht...»

«Wie das Leben so spielt... Aber meistens ist es da vorn im Führerstand verdammt einsam gewesen... Man hat das Sprechen verlernt...!»

«Na, das holst du jetzt ja wieder alles nach!»

Gerda Großann knuffte ihre Schwiegertochter. «Du Biest, du! Sag ick eben ja nischt mehr!»

Sie kamen im weiten Bogen über das Karower Kreuz, Blankenburg und Heinersdorf nach Pankow, und jetzt war es ihre Schwiegertochter, die von ihren kleinen und größeren Nöten erzählte, daß sie sich vor allem um Bodo, ihren Ältesten, doch Sorgen mache. «Mußte der Marxismus-Leninismus studieren, mein Gott, ausgerechnet...! Wer soll'n den jetzt nehmen...!? Und deinen Sohn haste damals heiß jemacht, daß er zur NVA...!»

«Gott, wer hätt'n det allet ahnen könn'n...!? Du weißt ja, wassa jesagt hat: ‹Mutter, drei Berufe wird es immer geben: Toilettenmänner, Totengräber und Soldaten. Gepinkelt wird immer, gestorben wird immer und...»

«... aber wenn nun alles abgerüstet wird, dann...»

«Ah, gucke mal, da drüben ist ja meine alte Nordbahntrasse!» Gerda Großmann war endlich wieder beim Thema, zeigte nach rechts aus dem Fenster, wo hinter Grenzstreifen und Mauer, die noch immer nicht abgeräumt war, nur hin und wieder Löcher zeigte, Westberliner Häuser zu erkennen waren und auf einem Damm ein Vier-Wagen-Züglein in den alten, nur ein wenig aufgehellten S-Bahn-Farben: Ockergelb und Dunkelrot. «...die Kurve da, das ist zwischen Wollank- und Bornholmer Straße... Der is ja noch imma nich wiedereröffnet, der Bahnhof. Kind, wie oft bin ick da mit meinen Zügen langjerauscht! Von Frohnau runta...»

«Frohnau, Frohnau...?» Ihre Schwiegertochter dachte nach. «Wohnt da nicht dein alter Tanzstundenfreund, der mit derselben S-Bahnmacke wie du?»

«Der Herbert Dolgenbrodt, ja. Wo ihm die Frau vor 'n paar Jahren weggestorben ist...»

«Mensch, Schwiegermama, du wirst ja rot! So 'n reicher West-Witwer, was, der...!? Besuchst du ihn denn mal?»

«Selbstverständlich, ja...»

7.

Es war ein Freitag Mitte Oktober, und Hagen Plottka hockte, obwohl seine Sprechstunde schon längst begonnen hatte, immer noch im Keller auf dem dienstlichen Klo, ließ gerade die Verdauungsprodukte der letzten drei Tage in die Porzellanschüssel fallen und brummte dabei: «Der Beamte hat sich mit voller Hingabe seinem Berufe zu widmen...» Das war, wie er bei seiner Inspektorenausbildung gewissenhaft gelernt hatte, der § 54 des Bundesbeamtengesetzes.

Mit dem Abwischen zögerte er noch, denn das Toilettenpapier, das ihm sein Dienstherr zur Verfügung stellte, war so rauh, daß es ihm am laufenden Bande Hämorrhoiden bescherte. Typische Verletzung der Fürsorgepflicht. Außerdem hatte er noch immer Schwierigkeiten, die rechte Hand entsprechend zu krümmen, obwohl seit dem Duell im S-Bahn-Wagen nun auch schon wieder gute drei Wochen ins Land gegangen waren. Beim Sturz auf Schotter und Bahndamm hinunter hatte sich Schulle mit der Ratte mit aller Kraft festhalten wollen und ihm fast die Fingerglieder ausgerissen.

Plottka drehte sich nach hinten und spülte, ertrug den eigenen Gestank nicht mehr, war aber zu einer angemessenen Koordination seiner Körperteile noch immer nicht fähig, fluchte gewaltig, weil er den nackten Arsch nicht mehr schnell genug hochreißen konnte und einiges an Wasserspritzern abbekam. Fing ja gut an, dieser Tag...!»

Unmutig ließ er sich wieder auf die schwarze Brille hinab und studierte die Anzeigenseite einer in den Papierhalter gestopften *BZ*. Ein Wink des Schicksals, heute abend mal wieder. Seit drei Jahren war er geschieden, und welches adrette Bürgermädchen wollte ihn denn noch. Die anderen hingegen wollte er nun nicht, die Demo-Emanzen, mit denen er befreundet war, mit Dutzenden, oder Suppenhuhn vielleicht. Also, ehe er zum Triebtäter wurde. *Yeni! Türkisches Modell – tabulos und unbehaart.* Nein, da hatte er 'ne gewisse Scheu vor. *Neu: stark behaarte Viola.* Auch nicht. *Britta, 18 J., knabenhaft.* Gott, nee. *Neu. Jamaicatraum Isabell.* Nein, da kam womöglich wieder 'ne Razzia dazwischen: Mädchenhandel, Sklavenhandel, schlimm. Ebenso bei: *Thai-Sternchen* oder *3 Thai-Modelle besuchen.* Schließlich schrieb er sich zwei Nummern heraus: *Vielseitige, reife Frau* und *Schmusemodell, 39 Jahre.* Mal sehen.

Er gähnte und wartete mit zunehmender Verzweiflung darauf, daß sich nun endlich etwas Arbeitslust bei ihm einstellen wollte. Nein, noch immer nicht. Er wünschte sich ins Bett des Schmusemodells, an den Strand von Maspalomas, in die Eissporthalle in der Jafféstraße, irgendwohin, wo halt mehr los war als hier.

Kaum gedacht, da war schon was los, na bitte. Zwei Toiletten weiter der Aufschrei einer Frau, seiner Kollegin Terletzki.

«Hör auf zu spiegeln, du Sau!» schrie er und bummerte mit beiden Fäusten gegen die hölzerne Wand, die sich zwischen ihm und der anderen Männerkabine befand. Dahinter lag die Damentoilette, zwar von einer gut zwei Meter hohen steinernen Wand vom Männerklo getrennt, doch zwischen deren oberen Rand und der Decke war lediglich ein fester Maschendraht gespannt, so daß geile Klienten immer wieder kleine Spiegel an die Toilettenbürsten banden und auf den Beckenrand traten, um den Damen nebenan bei ihren Verrichtungen genüßlich zuschauen zu können.

Polternde Geräusche, und der ertappte Voyeur suchte das Weite.

Plottka machte sich nicht die Mühe, nun die Hosen hochzureißen und dem Täter hinterherzueilen, vielleicht auch noch die Polizei ins Amt zu holen; es gab Schlimmeres.

Statt dessen nutzte er die Zeit, die Graffiti-Versuche an der Tür vor ihm, Hinterlassenschaften frustrierter oder aber triebüberschüssiger Klienten, noch einmal genauer in Augenschein zu nehmen. Männliche und weibliche Geschlechtsteile und Symbole in vielerlei Farben und eine kunstvolle Darstellung seiner masturbierenden Chefin. *Verenas Ritze ist wirklich Spitze!* Gut, daß sie davon nichts wußte, es hätte sie dazu gebracht, die ganze Tür aushängen zu lassen. *Rot ist die Liebe, und schwarz ist das Loch – Verena sei tapfer, rein muß er doch.* Sonderlich anregend fand er das nicht, und obwohl ihn viele eine große Sau nannten, verhielt er sich seiner Chefin gegenüber immer eunuchenhaft zahm.

Diese Inschriften amüsierten ihn eher, sollten sich die Kerle doch ruhig einen runterholen hier unten, waren sie oben bei den Sachbearbeiterinnen um so sanfter, in Rage brachte ihn aber das, was weiter unten stand: *Schluß mit dem NS-Verbot! Homos in die Seifenfabrik! Schlesien muß wieder deutsch werden! Ausländer raus!* Dazu ein Türke, der an einem Galgen baumelte, und einiges an Hakenkreuzen, SS-Runen und dergleichen. Da brachte er seine Sitzung blitzschnell zu Ende und stürzte zum Schrank der Reinemacheleute im Kellerraum hinten, holte sich die *Sidolin*-Flasche und rieb gute fünf Minuten an der Tür herum, bis alles nur noch ein unleserliches Farbgeschmiere war. Den Rest konnte nachher das Ehepaar Saftic besorgen.

Nun war er motiviert genug, sich in seine Tagesarbeit zu stürzen. Na also! Fast beschwingt stieg er nach oben.

Der Flur war krachendvoll, und es stank hier schlimmer als unten im Toilettenraum, vor allem so ungemein süßlich, als hätten sie alle Dünnschiß gehabt und es in die Hosen gehen lassen. Puh! Fast hätte er sich, wäre das nicht zu provozierend gewesen, beim Aufschließen seiner Tür die Nase zugehalten.

Ein Milieu, das ihn so erfreute wie damals Vater Zille das seine: Ein Libanese warf sein Schlüsselbund mit der Handfläche nach oben und versuchte es, was selten gelang, mit dem Handrücken wieder aufzufangen. Eine überraschend gepflegte Rentnerin, Typ *Grauer Panther*, sicherlich intakt genug, mit dem *Rollenden Hotel*, diesem Sarg auf Rädern, um die halbe Welt zu gondeln, löste ein launiges Kreuzworträtsel und fragte pausenlos herum. «Amerikanischer Politiker mit T, auch als Futterstoff bekannt...?» «Taft...» half ihr Plottka weiter und sicherte sich damit nicht nur ihren Dank, sondern auch den prüfenden Blick einer jungen Alternativen. Turnschuhe und Jeans, na klaro, eine schwarze Lederjacke und einen schwarzweiß karierten Araberfeudel um den blassen Hals gewickelt. Die Welt und insbesondere ihn verachtend, feilte sie die krallenlangen Nägel. Die Frau daneben war ein Mann, ihr androgyner Partner, hatte die langen Haare zum Zopf gebunden und signalisierte allen mit autistisch-aggressivem Blick, daß er zu den echten Autonomen gehörte. Damit es aber auch Plottka begriff, den er ganz offenbar, da ja Beamter, für überaus bescheuert hielt, schwenkte er dazu die *taz*. Trabbi saß als vierter auf der Bank und schrieb schon wieder eine Dienstaufsichtsbeschwerde. «Diese Wartezone ist in hohem Maße menschenunwürdig, und ich werde mich beim Senator selber über diese unzumutbaren Gerüche hier beschweren!» «Schreiben Sie: *olfaktorische Belästigung*, dann klingt das vielleicht besser», rief ihm Plottka zu, stolperte fast über ein vielleicht vierjähriges Mädchen, das auf einem Dreirad herumfuhr und alles und alle mit braunen Rehäuglein ansah und anstaunte. «Na, du...!?» sagte Plottka und strich der Kleinen übers dunkle Haar, dachte: Und in welcher Gosse wirst du mal landen, unter welchem Auto, in welchem Massengrab, atomzerstrahlt. Bin ich zynisch, fragte er sich. Nein. Ein sentimentaler Knopp war er, hatte feuchte Augen, während er sein Zimmer betrat. Beschissenste aller möglichen Welten. So gut ging's uns schließlich noch nie.

Die erste Nummer aufgerufen, der erste Fall. Eine ehemalige Garderobenfrau, sechzig Jahre, Kehlkopfkrebs.

«Nehmen Sie doch bitte Platz, Frau Glubig... Was gibt es denn?»

Mit Hilfe eines speziellen Gerätes formte sie nun mühsam jedes Wort, kam es wie aus einem Computer mit fast leerer Batterie: «Mir... haben... sie... den... Strom... abgestellt...»

«Ich hatte doch mit Frau Roggensack gesprochen, daß wir Ihre Stromschulden übernehmen würden.»

«Einen... Spirituskocher... hat... sie... mir... angeboten... bevor... sie... nach... Kenia...»

Plottka stand auf. «Kommen Sie mal, Frau Glubig, wir gehen schnell zur Chefin rein, und die soll das dann ein für allemal...»

Er führte die kranke Frau zu Verena ins Zimmer und wollte die

Sache ganz schnell auf den Punkt bringen, wurde aber schon nach dem ersten Satz gebremst, als seine Vorgesetzte sich grazil erhoben hatte und nun ganz dicht neben ihm stand. «Hagen, Mensch, secondhand, na schön, thirdhand, wenn's denn sein muß, aber nun fourthhand...! Ich weiß nicht so recht... Irgendwie sollten wir doch noch 'n bißchen anders aussehen als unsere Klienten...»

Jeden zweiten Tag dasselbe, und, wie es sich für ein Ritual gehörte, wiederholte auch Plottka das alte Argument: «Wir sollen doch sparen, sparen, sparen, und da hab ich's doch mit meinen Klamotten viel einfacher, den Leuten eine Bekleidungshilfe zu verweigern als du mit'm teuren Boutiquenlook...»

Ihr Flüstern sorgte bei Frau Glubig für eine gewisse Verwirrung, und sie glaubte, daß sie nun wirklich einen Spirituskocher... «Da geh ich eher ins Wasser!»

«Aber nur ins Badewasser, wenn Ihr Durchlauferhitzer wieder funktioniert!» lachte Plottka und konnte dann mit Verenas Rückendeckung die Sache per Anruf bei der *Bewag* bald in Ordnung bringen. «Der Monteur kommt noch heute nachmittag, und dann haben Sie wieder Strom. Bezahlen tun wir.»

Frau Glubig strahlte und eilte hinaus, um sich zur Feier des Tages bei *Hertie* ein schönes Frühstück zu gönnen.

«Wenn ich so weitermache», sagte Plottka grinsend zu Verena Zietz, «krieg ich, wenn ich vierzig werde, den Bundesverdienstkeks am Bande...!»

Das Grinsen verging ihm aber gründlich, denn als er wieder in sein Zimmer kam, saß da Schulle mit der Ratte, einer neuen weißen Ratte, im Drehsessel hinterm Schreibtisch.

«Ich will nur schnell kassieren...»

Hatte den Sturz aus der S-Bahn ohne große Blessuren überlebt, Glück gehabt, daß der Zug kurz vor der Einfahrt in den Bahnhof Waidmannslust nicht mehr allzu schnell gewesen war. Ein kurzer K. o., eine leichte Gehirnerschütterung und ein paar kleinere Wunden und Hautabschürfungen, hatte schon am nächsten Morgen aus dem Krankenhaus entlassen werden können und den Ärzten gegenüber angegeben, von allein durch eigene Schuld hinausgestürzt zu sein, beim Versuch zu kotzen.

Plottka zog fünf blaue Riesen aus der Hosentasche und reichte sie dem anderen hin.

Schulle mit der Ratte stand wieder auf und hatte klugen Trost parat. «Hast ja bald wieder deine Besoldungserhöhung... Weißte doch: Einsam hat man keine Kraft, / Die die Not vom Leibe schafft; / Wo sich viele Hände reichen, / Wächst die Kraft, der Feind muß weichen. Tschau!»

Plottka nahm seine große Papierschere vom Tisch, packte sie wie einen Dolch und machte die Bewegung des Zustechens. «Es hat alles seine Grenzen, auch meine Kosten-Nutzen-Überlegung...»

«Ich bin eben so 'n Typ, den es reizt, das genau herauszufinden...»

Damit verschwand er wieder, und Plottka rief den nächsten Klienten ins Zimmer, einen 23jährigen Fachverkäufer für Fotoartikel, der bislang arbeitslos gewesen war, nun aber eine Stelle hatte, sein erstes Geld jedoch erst am Monatsende ausgezahlt bekommen sollte.

«...brauche aber dringend was, weil ich nächsten Freitag heiraten werde... Das Überbrückungsgeld... Zur Ausgestaltung unserer Riesenfete...»

Plottka sah den deutschen Jungmann an, wie er lässig am Goldkettchen spielte, aus seinen hellen Edelklamotten süßliche Zuhälterdüfte verströmte und stolz war auf seine Nußschalenbräune aus dem Südsee-Sonnenstudio gleich um die Ecke. «Da gehen Sie mal zum Arbeitsamt.»

«Da sind die Kassen leer.»

«Was meinen Sie, was unsere sind...»

«Das ist mein Recht!»

«Nein, Herr Reese, das ist meine Ermessensentscheidung... Und da entscheide ich nun mal ohne Ansehen der Person...» Was glatt gelogen war. «...entscheide ich also, daß Sie vom Sozialamt nichts kriegen, weil Sie wohl ohne weiteres auch 'n ganz normalen Bankkredit aufnehmen können...»

«Das ist ja 'ne Unverschämtheit! Ich werde mich beschweren.»

«Wenn es Sie erleichtert, bitte...!» Plottka schob den Mann zur Tür hinaus, ohne sich an ihm die Finger sauberzumachen.

Das Telefon riß ihn zum Schreibtisch zurück, bevor er die nächste Nummer aufgerufen hatte, und da er seinen Nachnamen weithin verdrängte, für alle nur «der Hagen» war, meldete er sich, ganz in Gedanken, ausschließlich mit diesem.

«...Hagen ist da?» fragte eine Dame höheren Jahrgangs ziemlich bissig zurück.

«Ja, sag ich doch...!»

«Ich wollte nicht Hagen, ich wollte das Sozialamt in Berlin...!»

Plottka lachte los. «Das ist der Witz des Tages...! Lassen Sie mich bitte...»

«Das ist 'n Ferngespräch, junger Mann!» Und aufgelegt.

Schnell aber war Hagen Plottka das Lachen vergangen, denn inzwischen hatte es bei ihm überdeutlich klick! gemacht. Die Tante eines ihrer Bezirksstadträte...

Da war sie schon wieder. Er nahm den Hörer ab und meldete sich mit schnell verstellter Stimme, näselnd und viel tiefer. «Plottka, bitte sehr...?»

Stellte sich alsbald die nächste Panne heraus. Ausgerechnet bei der hatte er die Unterlagen verschlampt und vergessen, den Bescheid...

«...seit fünf Wochen, ja... Entschuldigung! Ihr Neffe ist, ich weiß... Ja, sofort, obwohl jetzt Sprechstunde ist und ich eine gute Viertelstunde damit...»

Das war natürlich maßlos übertrieben, denn er brauchte nur den Musterbrief hervorzuziehen und das Auftragsformular für den zentralen Schreibdienst auszufüllen. Adresse, Geschäftszeichen, Anrede und dann – von einigen Zwischentexten abgesehen – nur noch die entsprechenden Codenummern: 184 E = Ihren Anträgen auf einmalige Hilfe zur Beschaffung von Bekleidung nach dem Bundessozialhilfegesetz können wir leider nur teilweise entsprechen (BSHG vom 24.5.1983 – GVBl. S. 885 – in der jeweils geltenden Fassung). 11891 = Sie haben in der Vergangenheit ausreichend einmalige Beihilfen für die diesmal abgelehnte Bekleidung erhalten. 192 = Wenn sich die Bekleidungsgrößen ändern, ist es im allgemeinen zumutbar, die Bekleidung entweder selbst entsprechend zu verändern (z.B. Knöpfe versetzen) oder – je nach Schwierigkeitsgrad – die Hilfe unserer Nähstube (siehe beiliegendes Merkblatt) in Anspruch zu nehmen. 313 = Die Frage der Notwendigkeit ist nicht danach zu beurteilen, welche Anschaffungen dem Hilfesuchenden *wünschenswert* erscheinen, sondern allein unter dem Gesichtspunkt der Sicherung der Grundbedürfnisse. Und so weiter. In fünf Minuten war das erledigt.

Gerade war er fertig, da wurde zornig an die Zimmertür gebummert.

«Ja, bitte...!?»

Der junge Libanese, den er vorhin beim Spielen mit dem Schlüsselbund gesehen hatte, stand da. «Ich bin als erster hiergewesen und komme nicht ran. Das ist ungerecht!»

«Haben Sie denn Ihren Ausweis nicht in den Schlitz gesteckt...? Draußen bei mir an der Tür...»

«Ich verstehe nicht...»

«Draußen in den Schlitz... Und dann plumpst er hier zu mir in den Kasten...» Plottka stand auf, um ihm zu demonstrieren, was deutsches High-Tech war, hob den Deckel hoch. «Alles leer... Und als ich vorhin... da war er auch nicht bei... El-Jussuf, stimmt doch...?»

«Ja... Aber ich habe doch...!»

«Zeigen Sie doch noch mal, wo...? Bei den Kollegen vielleicht...?»

Nein, auch nicht. Nach gut zehn Minuten angestrengten Suchens fiel dem ausländischen Mitbürger ein, daß er seinen Ausweis vielleicht auch «in diesen gelben Kasten mit den bunten Blumen» gesteckt haben könnte, ihrem Kummerkasten neben Plottkas Tür. Und richtig, da war er denn auch.

«Wenn sich Ihr Herr Urgroßvater hoch drei von der phönizischen Marine damals auch so geirrt hätte, wär er nie nach Karthago gekommen», lachte Plottka, «und ich hätte wegen des nicht zustande gekommenen Punischen Krieges meine Geschichts-Eins verpaßt. Was ist denn nun Sache jetzt...?»

«Meine Freundin hat ein Kind und liegt seit gestern im Krankenhaus. Ich muß nun aufpassen auf das Baby. Aber wie kann ich das, wenn ich alle drei Tage hier erscheinen muß. Und viel warten...»

«Meinetwegen kommen Sie nur alle vierzehn Tage...» Plottka machte sich sofort eine entsprechende Notiz.

«Danke. Sie sind sehr nett...»

«Wie es reinschallt in den abgeholzten Wald...» Plottka brachte den Libanesen zur Tür und sah Pizza draußen sitzen.

«Na, alles okay?»

«Danke für die gütige Nachfrage... Aber sag mal: Warum stinkt denn det so bestialisch hier bei euch, äih...?!»

«Muß am alten Mauerwerk liegen. Mach mal die Tür uff...!»

Plottka überwachte die Frischluftzuführungsaktion und ging dann zu Verena ins Zimmer, um sich aus dem gemeinsam gekauften Kühlschrank einen Joghurt zu holen.

«Weißte schon, was nächste Woche los sein wird...?» fragte ihn seine Amtsleiterin.

«Nein...»

Sie sah ihn an. «Der Papst...»

«...der will sich verloben...? Sag bloß! Mit wem denn?»

«Mann, Hagen, du bist ja wieder Spitze heute!»

«Spitze ist allein Verenas...» Den Rest des Klotürverses verschluckte er lieber, brauchte aber doch ein paar Zehntelsekunden, um den Reim zu Ende zu bringen. «...rote Grütze!» Ob sie was gerochen hatte? «Wann bringste'n wieder welche mit...?»

«Wenn wir den Papst hinter uns haben.»

«Ich bin evangelisch, mir kann er nichts!»

Jetzt fauchte sie ihn richtig an. «Papst ist der neue Mitarbeiter in der Organisationsabteilung bei SenInn...!»

«Ah, beim Senator für Innereien, ich weiß! Hat sich den unser verehrter Innensenator an Land ziehen können. Ein guter Mann. Der Papst! Was will er denn hier?»

«Sehen, messen, ob wir wirklich keine Zeit für die ausführliche Beratung mehr haben...»

«Muß er mich nur angucken, dann merkt er doch, wie schnell man hier 'ne Macke kriegt!» Plottkas Lachen verstummte, als Verena nickte, anstatt ihm das Gegenteil deutlich zu machen. «Kein Wunder: Zwei neue Stellen fehlen uns...»

«...ja!» fiel die Terletzki ein, durch die halboffene Verbindungstür ins Chefbüro gekommen. «Und die Klienten immer anspruchsvoller, immer schwieriger. Kaum noch pflegeleichte Rentner...»

«Die haben wir ja nun glücklicherweise alle schon auf ADV...» sagte Verena. «Wo sich kaum noch was ändert...»

«Aber dafür immer mehr die jüngeren Jahrgänge», fügte Plottka hinzu. «So wie ich. Akademiker, Jugendliche aus'm Heim und ohne Beruf...»

«So wie dieser Schulle mit der Ratte!» Die Terletzki schüttelte sich.

«Die kennen alle ihre Rechte und machen sofort Rabatz, wenn sie nicht... Wundert mich, daß in letzter Zeit so wenig Tassen durch den Raum geflogen sind... Von Aquarien mal zu schweigen...» Plottka grinste. «Erstaunlich, daß nicht jeden Tag einer kommt und Amok läuft...»

«Was sollen wir denn machen?» fragte Verena. «Die Politiker können die Regelsätze schließlich nicht so weit anheben, daß man als Sozialhilfeempfänger mehr hat, als wenn man arbeiten geht...»

«Aber der dauernde Zeitdruck, der Streß!» Plottka stöhnte auf.

«Und wie das hier aussieht bei uns und stinkt!» fügte die Terletzki dazu. «Wie gerade nach dem Kriege. Stiefkind der Verwaltung, das sind wir...»

«So, Kinder!» Verena, um etliches jünger als ihre beiden Mitarbeiter, klatschte in die Hände. «Macht man wieder... Ehe es draußen 'n Aufstand gibt.»

«Was ist denn nun mit Papst und seiner Refa-Truppe...?» wollte aber Plottka noch wissen. «Soviel Zeit muß sein...»

«Machen wir 'ne extra Dienstbesprechung nächste Woche.»

Plottka remonstrierte. «Nein, heute schon. Dann können wir übers Wochenende schon überall rumtelefonieren und sagen: Freunde, schickt uns in den nächsten Tagen und Wochen, solange der Papst mit seinen Leuten hier ist, alles an Akten rüber, was ihr habt, allen Mist, damit wir schier zusammenbrechen! Bombardiert uns mit Anrufen noch und nöcher! Kommt her und blockiert uns hier mit jedem Scheiß!»

Verena staunte, wußte nicht recht, wie sie darauf reagieren sollte, starrte nur auf ihre Schreibtischunterlage.

«Das ist die einzige Strategie, die uns noch retten kann!» stieß Plottka nach. «Sonst gehen wir doch hier früher oder später alle kaputt! Was sagst du dazu, Ulli, na...!?»

Diese Frage war an den Schreibtischnachbarn der Terletzki gegangen. «Ich mit meiner Vorstrafe, ich sage gar nichts mehr...»

Für ihn war die Versetzung ins Sozialamt die Strafe für einen «Sportunfall», wie er immer wieder betonte, der sich im Februar bei einem behördeninternen Hallenturnier ereignet hatte. Nun, im harten Fußballer-Zweikampf mit ihm hatte sich ein höherer Beamter, der Magistratsdirektor Ernst-Günther Haiduck, das Bein gebrochen und dann behauptet, Witt hätte ihn absichtlich gefoult, aus Rache dafür, daß er bei zwei Beförderungen nicht berücksichtigt worden sei. Jemand habe ihm gesteckt, daß der Witt das vorher angedeutet habe. Der solle nur den Mund halten, sonst sehe man sich noch vor einer Strafkammer wieder, denn er sei ja überall für seinen Jähzorn bekannt, nach außen hin der feine Diplomat, in Wahrheit aber ein fürchterlich gewalttätiger Mensch: «Mit achtzehn zwei Wochenendarreste wegen einer üblen Schlägerei!»

Verena stand jetzt auf und scheuchte ihre Truppe. «Nachher weiter, wenn die Klienten weg sind. Nun aber hopp!»

Plottka nahm sich gleich bei der Heimkehr über den Flur sein nächstes Schäfchen mit ins Zimmer, eine Philosophiestudentin, die nach einem Autounfall querschnittsgelähmt im Rollstuhl saß, auch sehr schlecht nur sehen konnte und fragen wollte, ob es sich lohne, überhaupt einen Antrag auf Hilfe zu stellen.

«... daß jede Woche für ein paar Stunden ein FU-Assistent zu mir nach Hause kommt, mir Bücher mitbringt und daraus dann das vorliest, was ich für meine Magisterarbeit... Ich weiß ja noch nicht, welches Thema nun... ‹Die New-Age-Bewegung und bestimmte Elemente der traditionellen Mystik› oder ‹Über Wittgensteins Wort: Worüber man nicht reden kann, darüber muß man schweigen›...?»

Plottka sah sie an. «Fünfzig Mark die Stunde, fünfundfünfzig, wir werden sehen... Ist das die HbL, die Hilfe in besonderen Lebenslagen, im Sinne des BSHG...?»

«Mein Strohhalm... Überlebenshilfe...»

Es fiel ihm schon schwer, sich so plötzlich umzustellen von Wintermänteln, Gummistiefeln und Stromrechnungen, dem üblichen, auf Philosophiestunden, er nickte aber schließlich. «Okay, ich glaube schon, daß wir da was machen können...»

Doch ein ziemlicher Lärm draußen auf dem Flur ließ ihn stutzen. Wieder einer, der ausflippte und... Ein Krachen. Er stürzte zur Tür.

Nein, nur ihr Reinemacheehepaar. Er-Saftic hatte eine große Aluminiumleiter in den Flur geschleppt und dabei die Deckenlampe abgeschlagen. Sie-Saftic kniete aber schon am Boden, um die Scherben aufzufegen.

«Großes Pech. Aber Scherben bringen Glück, wenn heute Eishockeyspiel...! Preußen in Play-off-Runde dies Jahr, du werden sehen!»

«Ach ja, is ja wieder mal Freitag heute...!» Plottka schlug sich an die Stirn. Alle vierzehn Tage, wenn die Eishockey-Preußen am Freitagabend ein Heimspiel hatten, kamen die beiden erst am nächsten Morgen zum Saubermachen. Is doch egal, ob Sonnabend früh hier noch Schmutz, ja doch keiner von euch bei Arbeit! Wir später, machen alles doppelt blitzblank! Warum hatte Verena da nicht zustimmen sollen?

Und Saftic dankte ihr dies auch mit lobenswertem Eifer. «Staubsauger kaputt. Reparatur zwei Wochen. Ich selber ganz gemacht zu Hause!»

«Tüchtig, tüchtig!» merkte Plottka an, ohne ahnen zu können, daß er den Jugoslawen dadurch nur anregte, den Staubsauger nun auch vorzuführen.

Höllenlärm und Riesengeschrei der wartenden Klienten, die zum Teil immer noch dabei waren, sich die feinen Glassplitter der heruntergekommenen Neonlampe aus den Haaren zu streifen.

«Wollta uns wohl alle wegsaugen mit...!?»

«Wenn das Ihre Reinigungskräfte hier sind, dann sollen die sich mal gleich um den Gestank hier kümmern!» rief Trabbi unter dem Beifall der Menge. «Oder Sie geben Gasmasken aus...!»

Saftic schnupperte, zog reichlich Luft durch beide Nasenlöcher ein und mußte dann gestehen: «Hat recht, stinkt wie die Pest!»

Frau Saftic sah sich um. «Kommt hier von kleine Verschlag unter der Treppe...!»

«Hat keiner Schlüssel für...» Saftic rüttelte an der kleinen trapezförmigen Tür, Holz und birkengrün gestrichen, die sich unter der Treppe zur ersten Etage befand. «Solange wir hier, niemand hat da was...»

Seine Frau preßte die Nase gegen eine winzige Ritze dicht über dem zweiten Scharnier und fuhr sofort zurück. «...furchterbar, ist hier!»

Verena kam nun ebenfalls heraus und sagte nach kurzer Beratung, Saftic möge doch bitte ein geeignetes Werkzeug aus ihrem oder seinem Wagen holen und die Tür einfach auf- beziehungsweise herausbrechen, was immer die Verwaltung später dazu sage. «Bei dem Geruch hier, da kann doch keiner mehr hier sitzen und warten.»

«Wird 'n Rattennest sein», sagte eine der Klientinnen und lief sicherheitshalber auf die Straße hinaus. «Ehe die mir dann...!»

«...und mir ins Hosenbein!» Trabbi folgte ihr, schon bereit, der *BZ* per Telefon zu melden, daß man die Berliner Sozialhilfeempfänger nun zusammen mit dem Ungeziefer warten ließe. Ich frage den Senat...

Da war Saftic heran und hatte die Tür mit einem Wagenheber sehr schnell aufgebrochen.

Alle Umstehenden schrien auf und prallten zurück.

Im Hohlraum unter der Treppe lag, entsprechend gekrümmt, eine flott und selbstbewußt in Leder gekleidete Frau, erheblich verwest.

«Gisela!»

Die Roggensack.

8.

Die nicht eben große Turnhalle, Baujahr 1953 und nach Art von U-Bahnhöfen billig gekachelt, war erfüllt von Schweißgeruch und Lärm, als die beiden Teams zu den entscheidenden Ballwechseln Aufstellung nahmen. Von Mannschaften zu sprechen wäre verfehlt gewesen, denn eine jede Gruppierung bestand zu etwa gleichen Prozenten aus Männern und Frauen, alle auch noch androgyn gekleidet: grüne Hose, weißes Hemd. Ebenso wäre es unpräzise gewesen, Volleyball zu dem zu sagen, was sie da an diesem Abend trieben, denn das rechte Pritschen und Baggern beherrschten nur die wenigsten, manche führten den Ball am Netz, als seien sie beim Kegeln, andere wieder kamen nicht vom altgewohnten Faustball weg und hatten bei ihren Schlägen ständig Deckenberührung. Dennoch, oder gerade deswegen, machte es auch allen Spaß. Außerdem waren sie fast alle von den Ärzten hergescheucht worden: Bei dem beruflichen Streß, den ihr habt, braucht ihr das, mal völlig abzuschalten beim Spiel.

Thomas Hundt nun, eben dreißig geworden, lang und leptosom, Brillenträger und bleich, konnte das kaum. Wenn er nicht gerade unmittelbare Ballberührung hatte, ging ihm immer wieder im Kopf herum, wie denn in den nächsten Wochen die äußerst knappe Freizeit optimal zu nutzen war. Sich doch wieder öfter ans Klavier setzen und üben...? Es wieder schaffen, das Timbre anderer Instrumente zu treffen. Den Streicherklang. Den Ton einmal so anschwellen lassen wie Edwin Fischer im Adagio des Es-Dur-Konzerts von Beethoven! Oder den Oboenklang. Mit knöchernen Fingern, *poco legato*. Beim Vibrato etwas Pedal. Bei der Trompete dagegen hart und dynamisch: *poco* f bis fff. Ach, ja... Oder sollte er seine über fünfhundert bisher gesammelten Plakate endlich ordnen und kommentieren und sehen, daß eine Ausstellung draus wurde...? Den Titel hatte er schon: *Anschläge für Deutschland*. Es begann mit einem *Wahlaufruf* der *Christlich-Sozialen Partei* von 1903 und einem herrlichen Text: Wer noch ein Freund des vaterländischen Bodens, deutscher, christlicher Kultur ist, und wer nicht zugeben will, daß Deutschland zum Versuchskarnickel freihändlerischer, sozialdemokratischer und internationaler Phantasten und Theoretiker herhalten soll, wem es darum zu tun ist, die schaffenden Stände vor dem nahestehenden, vollkommenen Ruin zu retten... Katholiken und Protestanten! Vereinigt euch in brüderlicher Liebe gegen den Todfeind des Deutschtums, den Judenkapitalismus und die asiatische Geldmoral! Zeigt den Mut des stolzen Germanen... Ob es wohl seine Aufstiegschancen sehr schmälerte, wenn er das und ähnliches...?

«Tommy, Mann, konzentrier dich endlich...!»

Wer das schrie, war kein Teamgefährte, sondern sein Gegenüber am Netz, Petra Zechow, 31, Berlinerin aus dem Rollberg-Kiez, Neukölln, jahrelang die Bomberin eines Handball-Bundesligisten, bekannt dafür, durch die gegnerische Deckung zu brechen wie ein Panzer durch ein Birkenwäldchen, mit einem Mundwerk ausgestattet, das manche tödlich nannten. Rambo, Western, Boxen, Stierkampf, Fallschirmspringen; sie mochte alles, was zum Macho-Leben halt gehörte, bretterte mit ihrer *Yamaha SR 500* die Avus hinauf und hinunter, hatte eine unheimliche Abneigung gegen Softies, Homos und alles Dekadente, hing aber andererseits an ihrer Tochter Jennifer, gerade zehn geworden, mit einer Zärtlichkeit, die ihresgleichen suchte. Nach deren Vater befragt, kam als Antwort immer: «Was sollt ich mit der Drohne...!? Du liebst mich nicht mehr! Nee, wozu denn noch...? Dann werf ich mich vorn Zug! Bitte, wenn de meinst, daß de dich dadurch groß verbessern kannst...!»

Petra Zechow bekam den Ball schön ans Netz gestellt und holte aus, um mit einem Schmetterschlag ihrem Team den letzten Punkt zum Sieg zu sichern, 15 : 14 stand es schon.

«Hochsteigen zum Block!» schrie es hinter Thomas Hundt.

Er tat das brav, bekam den Ball voll gegen die Stirn und war sekundenlang k. o. Großer Jubel allerseits, von ihm mal abgesehen.

Diese beiden, Thomas Hundt und Petra Zechow, waren nun auch die Leistungsträger der 7. Mordkommission, die per Zufall, da sie gerade Bereitschaftsdienst gehabt hatten, mit der Aufklärung des Mordes an der ehemaligen Sozialmitarbeiterin Gisela Roggensack betraut worden war.

Freitag vormittag war die Leiche entdeckt worden («...endlich haben die was gerochen davon!»), und am Sonnabend morgen wußten sie immerhin schon mit hoher Wahrscheinlichkeit, wann die Tat geschehen war: Mittwoch, dem 21. September, und zwar nach 16 Uhr 45. Ein Taxifahrer hatte sich anhand des *BZ*-Berichtes gemeldet und zu Protokoll gegeben, die Roggensack zum fraglichen

Zeitpunkt in der Farchanter Straße am Sozialamt abgesetzt zu haben. Ein solider Mann von fünfzig Jahren, Eigenbetreiber des Fahrzeugs und mit zwei Söhnen, die bei der Berliner Polizei beamtet waren: Warum sollte der den geringsten Grund gehabt haben, ihnen etwas Unwahres zu sagen?

Gleichzeitig hatte der Mann noch eine Beobachtung gemacht, die eventuell den ersten Hinweis auf den Täter gab. «...die Frau hatte mit sehr vielen Münzen bezahlt, da sie am Morgen des darauffolgenden Tages für immer ins Ausland zu gehen die Absicht hatte und ihr folglich jedes Kleingeld in deutscher Währung als wertlos erscheinen mußte. So war ich nun gezwungen, dieses zu sortieren, die Groschen wegzustecken, und nur die Ein- und Zweimarkstücke noch als mögliches Wechselgeld bei sich anschließenden Fahrten zur Verfügung zu halten. Dies nahm etwa drei Minuten in Anspruch, während deren ich den Motor abgeschaltet hatte. Beim Starten blickte ich noch einmal in Richtung der Tür des oben bezeichneten Sozialamtes und machte die Wahrnehmung eines Mannes von etwa fünfundzwanzig Jahren, der bekleidet war mit: einer schwarzen Lederjacke, die auf dem Rücken mit einem Drachen oder einem ähnlichen Tier bzw. Gebilde ‹verziert› worden war, einem Paar ausgefranster hellblauer Jeans und einem Paar weißer Turnschuhe der Marke *adidas*. Größe: etwa 1,80 m, schlank. Haarfarbe: rötlichblond mit einer lila Strähne, Bürstenhaarschnitt. Auffallend viele Pickel im Gesicht. Aus dem Verhalten des Mannes konnte ich schließen, daß er zu diesem Gebäude eine gewisse Vertrautheit haben mußte. Da ich einerseits nicht wissen konnte, daß sich die von mir beförderte Dame allein im Dienstgebäude aufhalten würde, und der junge Mann sich in nichts von hundert anderen unterschied, sah ich keinerlei Anlaß zu Besorgnis und Unruhe und begab mich ohne weitere Verzögerung zum Halteplatz am Wilhelmsruher Damm...»

Soweit das Protokoll, wie es Petra Zechow gleich nach dem Gespräch mit dem Taxifahrer mit zwei Fingern in ihre dienstliche Maschine getippt hatte.

Fest stand nun auch nach der ersten Inaugenscheinnahme durch die Gerichtsmediziner, daß die Roggensack mit einem schweren, wenn auch nicht unbedingt scharfkantigen Gegenstand erschlagen worden war, einem Eisenrohr womöglich, wie es sich an einem Staubsauger fand, einem Bleikabel oder aber auch der Seite einer Kohlenschaufel. Gefunden hatte man jedenfalls im Sozialamt selbst und seiner Nähe nichts, was als Tatwaffe auch nur irgendwie denkbar erschien.

Ein Anruf kam, Hundt nahm ab, hörte zu und nickte. «Ah, ja, danke...»

«Na...?» fragte die Zechow.

«Der Magistratsdirektor, dem beim Fußballspielen das Bein... Und weißt du, wer ihm das gesteckt hat, daß der Witt ihm mit Absicht, aus Rache also...?»

«Die Roggensack natürlich!»

Hundt staunte. «Woher weißt du...?»

«Gott, ich sehe jahrelang die Fernsehkrimis! ...'n anderer Gag is doch nich möglich jewesen!» Sie lachte, daß die Fensterscheiben leise vibrierten. «Das is aber vielleicht 'n Motiv, du, gratuliere!»

«Du vergißt, daß der Mann als sehr jähzornig gilt...»

«Na, schön, soll er mal ins Glas pinkeln, und dann sehen wir weiter!»

Es war noch Sprechstunde im Sozialamt in der Farchanter Straße, doch als sie sich durch den Flur hindurchgekämpft hatten, um an der Tür Terletzki/Witt zu klopfen, gab es nur wenige aggressive Zurufe wie «Häih, hinten anstellen: Nummer ziehen, rinwerfen!» oder «Privatpatienten ham wa hier keene, aba wenna euch weita vordrängeln tut, seita bald welche!», denn fast alle wußten vom hier geschehenen Mord und hatten sie schnell als Kripofahnder ausgemacht.

Die Terletzki war gerade bei Verena im Zimmer, und so brauchten sie keine großen diplomatischen Verrenkungen zu machen, um mit Witt alleine reden zu können.

Für Petra Zechow war das ein Mann zum Kotzen: außen hui und innen pfui. An sich Prolet und Schläger, aber von Muttan abgerichtet zum Chefverkäufer von Herrenanzügen. Eine schizophrene Type. Tagsüber Diplomat und Hei-dei-dei, nachts der krude Macho, eine echte Zuhältersau. Hohe Stirn und wenig Haare, ein fieses, von harten Linien geprägtes Gesicht. Daß der über seine Kollegin hergefallen war, erschien ihr sozusagen selbstredend.

Thomas Hundt dagegen nahm denselben Ulli Witt als einen eindrucksvollen Menschen wahr, sah ihn fast als Löwitsch-Double, und den Klaus Löwitsch, den verehrte er, wäre gerne so gewesen wie der, um von seinem Softie-Image wegzukommen. Dieser Witt, das war ihm schon nach dem ersten Blickkontakt klar, war zu sehr Weiberheld, zu sehr von allen Frauen fasziniert, als daß er eine von ihnen mit einem harten Gegenstand erschlagen hätte.

«...Sie haben wirklich ganz laut ausgesprochen, daß Sie dem Haiduck, dem Magistratsdirektor, beim Fußballturnier... ich zitiere: ‹nicht nur kräftig in die Eier treten werden, sondern ihm auch alle vier Beine brechen wollten, das Nasen- und das Steißbein, das linke und das rechte...›?» Petra Zechow hatte sich auf den noch gluckenwarmen Stuhl der dicken Terletzki gesetzt und freute sich, daß sie den Fiesling Witt nun tanzen lassen konnte.

«Wie man das so dahinredet...» murmelte der und schien ihr keine rechte Strategie zu haben.

«Verbale Aggressionen unter Kollegen», kam ihm Hundt zu Hilfe. «Das ist doch alltäglich und...»

Petra Zechow blitzte ihren Vorgesetzten an. «Immerhin hat der Haiduck 'n gebrochenes Bein... und die Roggensack 'n eingeschlagenen Schädel!»

«Was hat denn das eine mit dem andern zu tun?» fragte nun nicht etwa Witt, sondern Thomas Hundt.

«Mann, sind wir auf den Hund gekommen!» Ohne Rücksicht auf Verluste schlug sie mit der flachen Hand so kräftig auf den Tisch, daß die herumliegenden Büroklammern zentimeterweit flogen. «Die Roggensack hat dem Haiduck das gesteckt, alte Freundschaft aus dem städtischen Buddelkasten Volkspark Wilmersdorf. Und wer sich an dem einen rächt... für die entgangenen Beförderungen, der kann's doch auch am anderen tun... Dafür, daß es nun nie mehr wieder eine geben wird. Höchstens eine nach Tegel in'n Knast. Jähzorn und Affekt, das...»

Witt sprang auf. «Ich verbitte mir das! Ich werde gegen Sie ein

Disziplinarverfahren…! Wenn Sie nicht sofort Ihre Unterstellung, ich hätte Frau Roggensack…»

«Petra, bitte…!» warnte Thomas Hundt. «Ist denn sicher, daß Herr Witt davon gewußt hat, daß die Ermordete den Haiduck unterrichtet hat…?»

«Ja, der andere hier, wo ich gestern beim ersten Angriff noch gedacht hatte, daß das 'n Penner ist… Plottka heißta… der hat mir das erzählt…» Sie nahm den Klammeraffen der Terletzki und schoß damit in Richtung Tür.

«Also haben Sie…?» fragte Hundt den Witt.

«Ja…»

Hundt setzte sich aufs Fensterbrett und war weiterhin um Versachlichung bemüht. «Um 16 Uhr 45 ist Gisela Roggensack vom Taxifahrer abgesetzt worden, und kurz nach 18 Uhr ist das Ehepaar Saftic hier zum Reinemachen eingetroffen. Wenn Sie für diese Zeit ein Alibi haben, darf ich Sie um Entschuldigung bitten… und wir…» Er sah den anderen bittend an.

«Was soll ich sagen…»

«…uns, wo Sie gewesen sind!» herrschte die Zechow ihn an.

«…ich bin den Ku'damm rauf und runter…» sagte Witt.

«Na prima, da werden Sie ja um diese Zeit der einzige gewesen sein, und wir brauchen nur die Blumenfrau an der Uhlandstraße zu fragen…!»

«Zehn Jahre war ich mit meiner Frau verheiratet, und wir sind jeden Mittwoch da bummeln gegangen. Nun sind wir getrennt, und ich…» Er machte eine hilflose Geste.

Hundt nickte. «Sicher, wie hätten Sie denn auch ahnen können, daß gerade an diesem Tage…»

«Fragen Sie doch die Kollegen: Um 16 Uhr haben wir alle gemeinsam das Haus hier verlassen: Frau Zietz, Frau Terletzki, Herr Niedergesäß, Herr Plottka, Herr Klinke und ich…! Und ich bin dann sofort zum Ku'damm gefahren… An der Leibnizstraße hab ich sogar 'n Parkplatz bekommen, auf'm Mittelstreifen…»

«Frau Roggensack, die haben Sie nicht mit erwähnt… Die war schon eher gegangen…?» Hundt hatte in seinen Notizen geblättert.

«Ja, gleich nach dem Mittagessen. Ohne weiter groß Abschied zu nehmen. Da hatten wir ja auch am Dienstag abend noch in dieser komischen Kneipe da in Wittenau...»

«*Gerhard's Gruft...*» half die Zechow aus.

«...ja, da gesessen und ihren Ausstand...»

«...obwohl sie euch alle gehaßt hat, die Schlitz- genauso wie die Rohrpisser...?» Petra Zechow mochte es nicht glauben.

«Es ist nun mal Brauch...»

Sie lachte, und diese Lache war eine ihrer besten Waffen, war ätzender als das versprühte Zeugs aus ihrer Reizgasdose. «Der Wirt sagt, daß sie den alten Brauch ganz hemmungslos ausgenutzt hat, um euch alle fürchterlich stinken zu lassen...!»

«Wie...?»

«Boxersprache: alt aussehen lassen, kümmerlich, Beamtenärsche, *born to lose*. Ganz feine Piekser, aber immer in die wunde Seele rin. Bei Ihnen, daß Ihnen Ihre Frau weggelaufen ist, daß Sie nach dieser leidigen Sache mit Ihrem sehr verehrten Magistratsdirektor nur noch eine Stelle in Aussicht hätten: die, darauf zu achten, daß die Leute ihre Hundescheiße wirklich vom Gehsteig aufklauben und in die Container werfen...»

«Das will ich auch gar nicht abstreiten...»

«Aber Sie sind ja auch der Mann, der so was wegstecken kann...!» bohrte sie weiter.

Thomas Hundt tat das alles irgendwie weh, der Mann war schließlich im weiteren Sinne ein Kollege von ihnen, und er war schon wieder dabei, ein wenig abzuwiegeln. «Nehmen Sie's bitte nicht so tragisch, Herr Witt, aber wir sind nun einmal gezwungen, unsere Checkliste sozusagen sauber abzuhaken... und da stehen Sie eben drauf, weil Sie theoretisch ja, wie Sie sicher auch zugeben werden, immerhin ein Motiv haben könnten...! Daß Sie es gewesen sind, schließen wir aber gleichzeitig aus, denn wenn, dann hätten Sie sich ganz sicher um ein Alibi bemüht, das scheinbar unangreifbar ist.»

Petra Zechow lachte wieder und brachte einen alten Chandler-Gedanken ins Spiel. «Wissen Sie: Nichts auf der Welt ist einfacher aufzuklären als ein Mord, von dem einer meint, daß er ihn besonders schlau eingefädelt hat. Was uns Kopfzerbrechen bereitet, ist der

Mord, den sich jemand erst zwei Minuten vorher ausgedacht hat...»

«Da bin ich doch am Ku'damm gewesen!» beharrte Witt und war nun endlich clever genug, seinerseits einen Verunsicherungsangriff zu starten. «Und was ist mit dem Mann, den der Taxifahrer...!?» Das hatte ja in allen Zeitungen gestanden.

«Hier...! Wir haben sogar 'ne Phantomzeichnung anfertigen lassen... Zweie eigentlich: einmal das Gesicht, einmal die ganze Gestalt. Nach dem, was der Taxifahrer uns...» Hundt schob ihm die beiden Blätter hinüber.

Witt überlegte ein Weilchen. «Von den Pickeln her könnte das Pizza sein, von der Figur her eher Schulle mit der Ratte... Aber 'ne Ratte seh ich da nicht...»

«Wen...?» fragte Hundt, ein wenig irritiert.

Viel wußte Witt, da neu im Amt, auch nicht zu berichten, nur soviel, daß Schulle der Sohn eines sehr bekannten Mediziners sei, Chefarzt und so. «...total gescheitert aber, ausgeflippt und drogenabhängig. Hat auch so 'n komischen Oberschichtenvornamen... Ludger, glaub ich. Und Schulze allein heißt er auch nicht, sondern Schulze-Weißagk...»

«Ah, ja...! Und Pizza...?»

«Kein Italiener, sondern 'n Eingeborener hier, Zembrowski oder so ähnlich, 'n besserer Berber mit 'nem Gesicht eben wie...»

«Verstehe!» sagte Petra Zechow. «Weiß ich ja, wen ich heute noch vernaschen kann...»

Da nun die Terletzki wieder an ihren Arbeitsplatz wollte und sich auch noch in Begleitung eines Klienten befand, bedankten sie sich kurz und gingen mit ihren Skizzen erst zu Verena hinüber, die ihnen aber keine Namen nennen konnte, und dann der Reihe nach zu allen übrigen SozAmts-Mitarbeitern. Auf Pizza tippten sie alle, Niedergesäß und Klinke ebenso wie Hagen Plottka, während nur der erstere auch Schulle mit der Ratte nannte.

«Und wo können wir die beiden finden...?» fragte Hundt.

Plottka machte ein Buster-Keaton-Gesicht. «Bei der Höhe unserer Sozialhilfe entweder in der Villa Borsig oder aber direkt im Schloß Charlottenburg...»

«Wie witzig!» fuhr ihn die Zechow an. «Biste ooch so 'n Datenschutzfreak, wat...!? Lieber den Mörder deiner Kollegin laufenlassen als den Bullen helfen...?»

Plottka schlug die Hände zusammen und spielte Polizei. «Seit wann sind Sie obdachlos, Herr Zembrowski...» Mit verstellter Stimme: «...seit 1985...» Wieder mit dem vermuteten Baß eines Meldestellenleiters: «Dann darf ich Sie um Ihre momentane Anschrift bitten...»

Petra Zechow fixierte ihn lange: Wenn du die gegnerische Torfrau wärst und ich jetzt dastünde, um einen Siebenmeter zu werfen, dann würde ich dir den Ball aber mit solcher Wucht an die Birne knallen, daß sie dich ins Krankenhaus bringen müßten, du verkommene rotgrüne Sau, du! Dieser Mann, das wußte sie, stand auf ihrer Abschußliste von heute an ganz oben.

Hundt dagegen sagte nur: «Klar, ganz logisch, Entschuldigung, daß wir...», denn ebenso wie ihm vorhin der Verwaltungsangestellte Ulrich Witt wegen seiner vielen Härtegrade als imposant erschienen war, so fand er nun den Plottka viel besser als sich selber, weil ihm der so ungeheuer souverän erschien: Ich bin ich – und ihr könnt mich alle mal am Arsche lecken! Er, Hundt, dagegen sah sich immer nur servil herumdienern.

Sie stiegen zur ersten Etage hinauf, um ihr Glück im letzten Zimmer zu versuchen, fanden aber bei Niedergesäß wenig Gehör.

«Hab ich denn 'n Sprung in'er Schüssel!? Letztes Mal hab ich euch angerufen, damit ihr den Zembrowski hoppnehmen könnt. Und was is passiert? Eh ihr da wart, hat der hier das halbe Amt zertrümmert! ...'n Irrtum war's wohl auch noch. Und wenn der jetzt hier sitzt und mich sieht, zieht er immer 'n Messer aus der Tasche und macht sich die Fingernägel sauber. Wie gefährlich der andere ist, der mit der Ratte, darüber brauch ich ja nichts mehr zu sagen, oder, das sieht man wohl...»

Pionier Klinke dagegen reckte sich und bot der Zechow seine breiten *Berlin-Rambos*-Schultern dar. «Als Quarterback steck ich das weg! Was wollt ihr also wissen? Pizza steht mittags meistens am Bahnhof Zoo herum und zieht mit seiner Truppe dann weiter zur Tiergartenschleuse. Und der andere, der Herr Wohlgeboren Ludger

Schulze-Weißagk, der hat sogar 'ne eigene Wohnung... Momentchen mal...» Er suchte in seiner Hängekartei. «Hier... 1000 Berlin 51, Kopenhagener Straße 32a...»

Pizza, alias Matthias Zembrowski, galt zunächst ihr größeres Interesse, waren doch bei der kleinen Umfrage im SozAmt auf ihn die meisten Nennungen entfallen. So fuhren sie im früh erbeuteten Dienstwagen zuerst in Richtung Süden, Kurt-Schumacher-Damm, Flughafen Tegel, Jakob-Kaiser-Platz, Tegeler Weg, Schloß Charlottenburg, Otto-Suhr-Allee, Ernst-Reuter-Platz und Hardenbergstraße.

«Ich weiß nicht so recht...» murmelte Hundt. «Erschlägt der erst die Roggensack und sitzt dann 'n Tag später wieder da am Tatort herum...?»

«Vielleicht um zu sehen, ob schon einer...? Ob sie die schon gefunden hatten, ob er Spuren hinterlassen hatte, die sich noch verwischen ließen...?»

«Bei soviel Energie und Cleverneß hätte der doch auch Anschluß gefunden ans bürgerliche Heldenleben und wäre kein Berber geworden», gab Hundt zu bedenken.

«Du verlangst doch nich, daß ich mir jetzt 'n psychiatrisches Gutachten abquälen soll... Werd ich dafür bezahlt...?» Petra Zechow lenkte den Wagen in die Verbotszone links vom Amerika-Haus, kannte den dort Wache schiebenden Kollegen aus vergangenen Zeiten.

Nach kurzer Begrüßung überquerten sie die Hardenbergstraße dicht hinter den Fernseh- und S-Bahn-Brücken und passierten die diversen Kioskbauten, die den Platz zwischen Bahnhof und Zoologischem Garten seit kurzem zur Stadt hin begrenzten, gemixt aus Gewächshausdächern und Pinkelbudenunterteilen.

«Postmodern...» brummte Hundt. «Na ja...»

«Was hast'n gegen 'ne moderne Post...? Ich wollt gleich noch mal Briefmarken kaufen, wenn wir diesen Pizza nich...»

Hundt belehrte sie, während sie sich der Stadtstreicherkolonie näherten.

Die Zechow hielt ihn am Ärmel fest. «Mensch, die Marlene, die lebt immer noch! Die haben wir doch damals schon in'er Pathologie abgeliefert...» Dieses *damals* spielte eine große Rolle bei ihr, meinte die Zeit, in der sie als ganz normale Polizistin im Streifendienst gewesen war. So hatte man ihr zum letzten Geburtstag auch ein Buch geschenkt – «Meine Nachtgestalten. Tagebuch einer Polizistin» von Annegret Held –, das in eindrucksvoller Weise über jene Erfahrungen berichtete, die auch die ihren waren. Um ihr eine Freude zu machen, aber auch zu zeigen, daß man sich von ihren unablässigen Erzählungen darüber mittlerweile doch ein wenig genervt fühlte.

«Ja, ja...» Hundt wollte weitergehen, wurde aber am Ärmel festgehalten.

«Die Marlene ist genau dieselbe wie bei der Held die Seifert...! Frau Seifert, wie sie die durchsucht. Mußte unbedingt mal lesen...!»

Hundt war viel zu gutmütig, aber auch zu interessiert, um es nicht zu tun. Seite 41 folgende: Jeans, Ringelpullover, Turnschuhe und schulterlange, ungekämmte Haare um ein weißes, vertrunkenes Gesicht... Verklebter, überlanger Pony... Ihre Mundwinkel stürzen ab, bruchstückhafte, graue Zähne werden sichtbar... Wie fast alle Wohnsitzlosen hat sie sämtliche Kleider übereinander an, alles, was sie hat, Pullover, Sweatshirt, ein Hemd, noch 'n Pullover, T-Shirt... Die Kleider starren vor Dreck... Weißer, vielfach verfrorener, verformter, fleckiger Hintern. Ich muß daran denken, daß sie hiermit ihr Geld verdient. Und entdecke, daß sie schwanger ist... Das Leben kann nicht leben, unmöglich, der Klumpen Fleisch hängt in der grauweißen Haut zusammenhanglos vor ihrem Becken...

Das also war Marlene, die ihnen sagte, daß Pizza vor etwa einer Stunde mit Krücken-Kutte und einigen losgezogen sei, um sich einen Flachmann zu kaufen. «Mussa aba jeden Augenblick wieder aufkreuzen hier...»

Das tat er denn auch, und sie baten ihn zu einem kleinen Spaziergang am Zoogelände entlang.

«Es geht um den 21. September... Das ist 'n Mittwoch gewesen. Was haben Sie'n da am Nachmittag alles gemacht...?» Hundt demonstrierte wieder einmal das, was er für vorbildlich hielt: eine Mischung aus Therapeut und Pfarrer.

«Keene Ahnung...!» lachte Pizza und sah interessiert zum Elefantengehege hinüber. «Bin ick 'n Manager, hab ick 'n Terminkalender uff'm Tisch...?»

Petra Zechow blieb stehen. «Nur hör mal, Capriciosa, Prosciutto oder Pescatore, wenn du denkst, du hast hier die letzten Idioten vor dir, dann ist aber heute Hackfleisch angesagt!»

«Ich war nicht auf'm Sozialamt!» rief Pizza. «Wenn Sie das jemeint haben sollten! Da war ick erst nächsten Tag, wissense ja!»

Hundt produzierte unbewußt sein bestes Betschwesterlächeln. «An dem Mittwoch davor, da haben Sie aber auch schon mit Frau Roggensack ein Gespräch führen wollen...?»

Dieses druckreife Deutsch ließ Pizza, er war gelernter Fensterputzer, sprich Gebäudereiniger, geradezu zusammenzucken. «Mit der alten Kuh... Verzeihung! Die hat doch nie wat abgedrückt! Und wenn man da uff'm Boden jelegen hat und jewinselt, da hat se nur jesagt: Selba schuld, hau ab!»

«Da haste ihr vor Wut 'n paar übern Scheitel jezogen...!?» griff die Zechow ihn an.

«Quatsch, wieso denn, bei Plottka hab ick doch imma bekommen, wat ick wollte», erklärte ihnen Pizza, und es klang sogar für Petra Zechow ziemlich überzeugend.

Für Hundt natürlich erst recht, der aber dennoch darauf beharrte, ein Alibi von ihm zu bekommen.

«... 'n Alibi...» Er überlegte, während in der Freianlage hinterm Zaun die Elefanten Trompetenstöße in den Berliner Himmel schickten, hinauf zu den alten Fluggeräten der Pan Am und TWA. Plötzlich sprang er hoch wie weiland Rumpelstilzchen. «Ich hab's!»

«Na, spuck's aus...!»

«Im RKV bin ick jewesen...» Im Rudolf-Virchow-Krankenhaus.

Petra Zechow lachte. «Haste deine Leiche zu Studienzwecken hinterlegt...!?»

«Nee, als hilflose Person hamse ma einjeliefert.» Pizza strahlte. «Delirium...!»

Hundt faßte ihn am Ellenbogen und dirigierte ihn zur Bahnhofswache Zoo, um von dort aus in der Krankenhausverwaltung nachzufragen, stieß dabei auf einiges Mißtrauen und mußte zu Rückrufzwecken seine Nummer nennen. «...bitte, wenn's dem Datenschutz dient...! 310662...»

Sie nutzten die Warteminuten, um Pizza Zembrowski zu fragen, wer denn sonst der Täter sein könnte, wenn nicht er.

«Alle, die bei ihr umsonst jebettelt ham. Schlimma als im Mittelalta hat se uns behandelt, wie die Sklaven. Als wenn det ihr eijnet Jeld jewesen wär.»

«Rache also», befand Hundt. «Macht kaputt, was euch...»

Das Telefon, für ihn, das RVK. Ja, ein gewisser Matthias Zembrowski sei am 21. September um 16 Uhr 35 mit einer akuten Kreislaufschwäche eingeliefert worden («...über 2,5 Promille...!») und erst am nächsten Morgen wieder...

«Danke sehr!» Hundt legte auf und schickte Pizza mit einer kleinen Entschuldigung wieder in jede Menge Zukunft hinaus.

«Ich hab Hunger!» Die Zechow biß ihm in das rechte Ohr.

«Doch nicht etwa auf mich...!» Hundt entzog sich ihr mit einem schnellen Step zur Seite, litt unter der phobischen Angst, mal von ihr verführt zu werden und dann unter ihr zu liegen, dabei nicht nur so plattgedrückt zu werden wie eine Banane unterm Hintern, sondern auch durch die innigliche Schlauchverbindung mit ihr leergepumpt zu werden bis zum letzten Quentchen Saft.

«Bin ich lesbisch!» grinste sie, getreu ihrer Devise, jede Kränkung sofort zurückzugeben. «Nur auf 'n Teller Erbsensuppe, so richtig wie früher bei *Aschinger* hier... Hat mein Opa immer von geschwärmt. Erst ganz laut gerülpst und dann...» Sie machte es vor. «‹...'schinger Brötchen!› zugerufen...»

Hundt rückte ein wenig angewidert zur Seite, gab sich aber alle Mühe, auch Humor zu zeigen. «Gehen wir, ich hab heute sowieso mein *Frolic* vergessen...»

Petra Zechow konnte sich wieder an das Restaurant erinnern, das die alte *Aschinger*-Tradition fortzusetzen trachtete. Zehn Minuten später standen sie an einem blankgescheuerten Tisch und schaufelten selig den heißen Erbsenpamps in sich hinein. Trotzdem fand sie noch Gelegenheit, von ihrer Tochter zu berichten.

«...mein ein und alles! Mit 'm Schlagball kommt die heute schon weiter als die meisten Dreizehnjährigen. Das wird mal 'ne Speerwerferin...! Fünfundsiebzig Meter und mehr... Geb ich ihr Sonntag meinen Speer... was macht sie da...? Sticht ihrem Opa ins Kreuz damit und ruft: ‹Hurra, Siegfried ist tot!›»

«Und – war er es...?» fragte Hundt, in Gedanken schon wieder bei seinem Piano zu Hause. «Äih, Mann!» Er mußte seinen Teller nehmen und ein Stückchen zur Seite reißen, so backfischhaft hatte sie eben losprusten müssen.

«Dein trockener Humor...!»

«Dafür ist deiner um so feuchter!» Hundt wischte sich den von ihr versprühten Erbsenbrei vom Jackenärmel und sah sie böse an. «Armes Kind – bei dieser Mutter...!»

Sie gluckste immer noch. «...'s war nur 'n dünnes Hemd, was er angehabt hat, und das hat noch ganz schön geblutet... Mit der Speerspitze. ‹Hurra, Siegfried ist tot!›»

«Dein Vater ist doch eher so 'n kleines Männlein wie Blüm... Was hat denn der mit Siegfried zu tun...?»

«Mensch, der heißt so!»

«Ach so...!»

Sie blieb bei ihrer Tochter. «Früher ist Jenny noch viel komischer gewesen. Als sie vier war, hat sie zugesehen, wie meine Mutter noch radfahren lernen wollte, mit achtundfünfzig. Isse natürlich dauernd in 'n Dreck jefallen. Sagt Jenny: ‹Laß mal, Oma, wenn de älter bist, lernste das auch noch!›»

Hundt lachte müde. «Wie fahren wir denn jetzt...?»

«Wie wa hergekommen sind. Nachher dem alten Ollenhauer seine Straße hoch, rechts Lindauer Allee bis zum Ende. Da isset dann: rechts die Residenzstraße, links die Kopenhagener...»

«Toll, wie du das alles oben gespeichert hast...!»

«Danke...» Sie war so erfreut, daß sie wie Hildegard Knef zu singen begann: «Hier bin ich zu Haus, hier kenn ich mich aus...»

«Hör auf!» Hundt stieß sie an, denn das halbe Restaurant hatte sich schon nach ihnen umgedreht. «Als Kripoleute sollten wir möglichst unauffällig...!» Das war aber nicht der eigentliche Grund, vielmehr fürchtete er, und das war ihm mächtig peinlich, daß sie seine Kollegin für seine Frau, Freundin oder was auch immer hielten.

Um noch einen draufzusetzen und ihn weiter anzumachen, schrie sie nun auf und spuckte einen großen Brocken Fleisch auf den Teller zurück. «Bah, eklig!»

«Das war bestimmt 'n Stückchen Ratte!» sagte Hundt lakonisch. «Die von Schulle mit der...»

«Oh! Na dann...!» Sie fischte das Gezattere wieder aus der Erbsenmasse und zerkaute es mit weit hörbarem Behagen.

Während die umstehenden Esser Beifall klatschten, warf Hundt Löffel und Serviette in den Teller und verließ das Etablissement mit eiligen Schritten, hätte sich am liebsten eine Zeitung vors Gesicht gehalten.

Eine halbe Stunde später standen sie in der dritten Etage eines Mietshauses, sicher seine fünfzig Jahre alt, aber gar nicht mal so übel, und Thomas Hundt drückte auf den stumpfen Messingklingelknopf neben dem angepinnten Pappschildchen: *L. Schulze-W.* Mit einem grünen Filzer handgeschrieben.

Alles erschien ihm durchaus bieder-bürgerlich, und da gegen Schulze-Weißagk nicht einmal ein begründeter Verdacht vorlag, sondern lediglich die vage Vermutung zweier Sozialamtsmenschen notiert worden war, der Taxifahrer zudem keine weiße Ratte bemerkt hatte, griff er nicht zur Waffe, demonstrierte keine Staatsmacht, dachte nicht an Eigensicherung.

Nichts rührte sich, kein Radio, kein Laut, absolute Siesta. Er drehte sich zur Zechow hin und machte mit den Händen eine kleine Geste der Enttäuschung: Niemand da...

Und doch spürte er, Instinkt, unsichtbare Wellen, Berufserfahrung, was immer es war, daß da jemand in seiner unmittelbaren Nähe in der Wohnung stand, im Korridor, in Griffweite von ihm. Seine Erbsen grummelten im Bauch, und er machte Petra Zechow ein Zeichen, sich etwas zurückzuziehen und ihm mit der Waffe Feuerschutz zu geben. Achtung, da ist was! Gefahr für uns. Durch die Tür hindurch glaubte er einen Mann mit einem Revolver, einer Pistole zu sehen, Augen zu haben wie ein Durchleuchtungsgerät.

Nachdem er seine Dienstwaffe hervorgezogen hatte, klingelte er ein zweites Mal. «Aufmachen, Polizei...!» Dazu hielt er mit der freien linken Hand seine Dienstmarke hoch, so daß sie sein Gegenpart, sofern wirklich vorhanden, durch den Türspion hindurch deutlich sehen mußte.

Stille, nein, Geflüster in der Wohnung. Dann eine männliche Stimme, zornig, aber piano: «Idioten, ihr! Ruhe da draußen...» Sekunden später eine nachgeschobene Erklärung. «...wir warten hier auf Schulle... Palschewski und Kühnel... Pst, ich mach jetzt auf...»

Zwei Kollegen also. Von derselben Direktion wie sie (*Spezialaufgaben der Verbrechensbekämpfung*), aber im heiligen Organisationsplan nicht a = *Deliktbezogene Verbrechensbekämpfung*, sondern b = *Deliktübergreifende Verbrechensbekämpfung*, und in dieser Schublade wieder im Kästchen R geführt, gleich Rauschgiftkriminalität.

M (Delikte am Menschen) traf also in der Wohnung des deviantdelinquenten Arztsohnes Ludger Schulze-Weißagk auf R, und alle fluchten über die nicht stattgehabte Koordination ihres dienstlichen Tuns. Die beiden Kollegen suchten Schulle mit der Ratte als mittelkarätigen Dealer, hofften, ihn hier zu erwischen, wenn er mit einem neugewonnenen Verteiler aufkreuzte oder aber Heroin mitbrachte, um es hier zu bunkern, hatten auch die staatsanwaltliche Befugnis dazu.

«Schön, sich mit euch mal auszutauschen!» höhnte die Zechow.

Palschewski, ein schwarz behaarter Bär, Hammerwerfer mit 53,67 Meter als persönlicher Bestleistung, wußte einiges mehr über Schulze-Weißagks Karriere. «...hochintelligent gewesen, in der Schule weitaus der Beste, aber null Bock, no future und so weiter, nur immer high sein, keine bürgerliche Scheiße. Vater hatte Spritzen genug und Rezepte zum Fälschen. Dann das alte Lied: BTM-Delikte, Knast, Entzug, neue BTM-Delikte. Zum Finanzieren: dealen, Villeneinbrüche, TWE...» Tageswohnungseinbrüche.

«Laß sie doch hopsgehen alle», sagte die Zechow. «Wozu haben wir denn Darwin gehabt!»

Hundt knurrte sie an. «Mal sehen, was du sagst, wenn deine Tochter...»

«Bei der Mutter nich!»

«Hört auf zu sülzen!» sagte Kühnel, Brillenträger, leptosom, Marathonläufer mit Zeiten unter drei Stunden und dem großen Vorbild Parvo Nurmi: der große Schweiger. «Wo wir jetzt zu viert sind, können wir ja 'ne Skatrunde aufmachen. Einer behält die Straße im Auge, ob er kommt, die anderen gehen ins Bad und... Da ist 'n schwarzes Rollo am Fenster dran, da können wir nachher alles abdunkeln, wenn...»

«Gott, du hast Nerven!»

Aber in der Tat wurde es 20 Uhr, *Tagesschau*-Zeit, und Schulle mit der Ratte war noch immer nicht erschienen. Ständig stärker fluchend, nahmen sich ein jedes Mal vor, zur nächsten vollen Stunde nun wirklich zu gehen, blieben aber doch weiter vor Ort, weil ja sonst die ganze Warterei umsonst gewesen wäre.

«Um neun ist aber endgültig aus bei mir!» sagte Hundt, der zudem Spiel um Spiel verlor. «Das hab ich auf der Fachhochschule in VWL gelernt, daß man gutes Geld keinem schlechten hinterherwerfen soll...!»

«Ob du nun zu Hause an deinem Computer spielst, auf'm Klavier oder hier», warf Petra Zechow ein.

«Konzentriert euch!» mahnte Palschewski, der gerade mit dem Geben fertig war. «...langsam krieg ich Hunger...! Jetzt so 'n richtiges Farmer-Steak...!»

«Pharma-Steak!» korrigierte Hundt und hielt einen kleinen Vortrag über Tieraufzucht und Anabolika.

«Für mich gibt's keine Anabolika, für mich gibt's nur eins: Anna Bohlicke, meine geliebte Großmutter selig...»

«Achtzehn...» sagte Palschewski, und zwar so bemüht gelassen, daß die anderen seinen Grand sofort gewittert hatten.

«Siebzehneinhalb», sagte die Zechow und verzog das Gesicht. «Kinder, könnt ihr nicht mal... Ich müßte mal dringend meinen Stoffwechsel...! Diese Scheißerbsen!»

«Erst wird diese Runde zu Ende gespielt!» Palschewski, der auf dem Klodeckel thronte, blieb hart.

Hundt hatte eine so schöne Herz-Fahne, daß er «Null uffs Pferd» spielen konnte, einen Null ouvert, und sich damit das Reizen in Schulze-Weißagks Scheißhaus ziemlich in die Länge zog.

«Geschenkt!» Petra Zechow stöhnte auf. «Meine Wehen, aua...! Deinen Grand, den spielt doch meine Großmutter in Buch!» Und mußte dem unwissenden Hundt auch noch erklären, daß da, in Buch, die größten Ostberliner Kliniken waren. «An der S-Bahn nach Bernau... Mensch, macht hinne!»

Bei 48 paßte endlich auch Hundt, und Palschewski jubelte, fanden sich doch im Skat noch ein As und eine Zehn.

«Jetzt müßte Schulle kommen...» hoffte Hundt.

«Dein Wort in Gottes Ohr...» murmelte die Zechow. «Wenn ich meinen Arsch noch länger zusammenkneifen muß, wächst mir da alles zusammen...»

Doch Schulle mit der Ratte strafte die alte Volksweisheit «Wenn man vom Teufel spricht...» deutlich Lügen, er kam noch immer nicht, und Palschewski konnte seinen Grand ungestört nach Hause bringen. «Schneider, blank...! Und sie trugen einen Toten hinaus!» Er höhnte und war happy.

«Raus hier jetzt, sonst geht's mir wieder in die Windeln!» Die Zechow scheuchte sie, doch ganz so einfach war es nicht, denn erst mußten sie Kühnel draußen, das heißt im Wohnzimmer vorne, durch Klopfzeichen verständigen, damit der kam und vom Flur aus das Licht ausknipste.

«Leise, Mensch!» Da war Kühnel auch schon heran und hatte den Kippschalter betätigt. «Er kommt... Also... Jeder dahin wie verabredet...!»

Sie bezogen ihre festgelegten Positionen in den vom Korridor abgehenden drei Türen: Küche (Zechow und Hundt), Klo (Kühnel) und Wohnzimmer (Palschewski), wobei sich Hundt hinter der Zechow in Bereitschaft halten sollte, um sofort nach vorne zu stürmen und Schulle den Rückweg abzuschneiden, wenn der in der Korridormitte stehenbleiben würde, um seine schwarze Lederjacke aufzuhängen.

Da kam er auch schon die Treppe herauf, verhielt auf dem Podest vor seiner Wohnungstür, suchte nach dem Schlüssel und steckte ihn ins Schloß.

In dieser Sekunde hielt es Petra Zechow nicht mehr aus. Ihr Leib drohte ihr zu platzen, Druck und Schmerz wurden unerträglich, und sie konnte sich nur noch dadurch Erlösung verschaffen, daß sie einen langen, aber leisen Wind entweichen ließ.

Hundt, unmittelbar hinter ihr, fuhr mit einem heftigen Reflex zur Seite und stieß dabei mit der rechten Schulter gegen einen überdimensionierten Kippschalter, so daß die Neonröhre an der Küchendecke gerade in dem Moment aufzuflammen begann, als Schulze-Weißagk die Tür nach innen drückte.

Aufschrei, Fluchtimpuls, die Treppe wieder hinuntergestürmt, und alle hinterher, als wär's ein *Tatort*, 74/die erste. Mit dem zweiten Gag, daß Hundt leider etwas den Anschluß verlor, geschockt ebenso durch sein Malheur wie durch Schulles Ratte, die, nachdem sie ihren treuen Herrn verloren hatte, ausgerechnet auf sein Hosenbein gesprungen war. Bei seiner bekannten Phobie reichte es zu einem Aussetzer von gut und gerne zehn Sekunden. Bis er das Tierchen mit einer schnell gegriffenen Bratpfanne wieder abgestreift hatte.

Als er unten auf der Straße stand, war der kleine Trupp schon unter der ersten S-Bahn-Brücke hindurch, der stillgelegten Strecke nach Tegel, der sogenannten Kremmener Bahn, und sprintete der zweiten entgegen, der am Bahnhof Wilhelmsruh, Nordbahn, pinkfarbene Linie 1, Frohnau–Wannsee. Es war eine Gegend von potenzierter Öde, alles Backsteinmauern, Industrie. Linkerhand die Berliner Kupferraffinerie, rechts unter anderem eine Eisengießerei. Hinten unter der Nordbahnbrücke, hatten sich Law-and-order-bewußte Trucker mit ihren Zügen zum nächtlichen Meeting versammelt. Wenig Chancen also für Schulle, zumal er mit Palschewski und Kühnel zwei Leichtathleten hinter sich hatte, und auch die Zechow trotz ihrer Masse Läuferklasse hatte.

Hundt konnte es also beim leichten Trab belassen.

Er erreichte die S-Bahn-Trasse in dem Augenblick, da der flache blaue Einmannbus der Linie 8, der hier seine Endstation hatte, gerade zur Haltestelle rollte, um zum Flughafen Tegel zu fahren.

Hundt winkte und bat, die Dienstmarke gezogen, den Fahrer in knappen Worten, die notwendige Amtshilfe zu leisten, per Funk die Kollegen zu bitten, das Nötige zu tun.

Schulze-Weißagk und seine drei Verfolger waren inzwischen nach links abgebogen und am Fuße des Bahndamms entlanggerannt, wo sich, wie er wußte, eine große Halde mit Aluminiumschrott zwischen Bahn und Schmelze erstreckte. Offenbar wollte Schulle versuchen, da ein Versteck zu finden beziehungsweise sich einen Vorsprung zu verschaffen, der reichte, um hinten am Nordgraben in eine Taxe zu springen oder ein geparktes Auto zu knacken. Der Lärm, den sie inmitten der verbeulten Alubleche machten, war gewaltig, es schepperte und dröhnte in die Nacht hinaus.

Als Hundt die Front erreichte, bot sich ihm folgendes Bild: Schulze-Weißagk stand auf dem Bahndamm oben, kam aber nicht mehr hinüber, weil gerade ein Vierwagenzug aus der Frohnauer Richtung die Stelle passierte. Unten, sinnvoll aufgefächert, hatten seine Kollegen Posten bezogen, die Dienstwaffen auf den Flüchtenden gerichtet.

«Junge, gib auf!» hörte er die Zechow nach oben schreien. «Mit vierzig biste clean, Altern ist die beste Therapie, und da haste noch die Hälfte des Lebens vor dir und...»

«Keinen Schritt weiter, runterkommen!» brüllte Palschewski, als der Zug vorüber war und nur noch mit seinen roten Augen grüßte.

Da fetzte Schulle mit der Ratte, nun auf die Gleise gesprungen und vom neonblauen Laternenlicht gut ausgeleuchtet, die graue Plastikverkleidung von der Stromschiene herunter und kniete sich aufs Schotterbett.

«Freien Abzug... Sonst faß ich hier an – und ihr seid schuld an meinem Tod...!»

«Das glaubste doch selber nicht...!»

«Was meint ihr, wie mein Vater die Presse anheizen wird!»

Fast 1000 Volt – und Schulze-Weißagk hatte recht, alle sahen sie die Schlagzeilen von *BILD* und *BZ* nur allzu deutlich auf der ersten Seite: Junger Chefarztsohn von Polizisten gefühllos in den Tod getrieben.

Hundt wurde vorgeschickt, den Dialog zu führen, und versprach zunächst eine faire Behandlung.

«Das liegt doch nicht in deiner Hand...» Schulle mit der Ratte hatte sich, um seine Drohung glaubhaft zu machen, beide Schuhe ausgezogen und die nackten Füße weit in die lockere Erde gesteckt, die zwischen den beiden Gleiskörpern eben noch verblieben war. Wenn er nun mit der Hand an die Stromschiene griff, war der Kontakt über seinen gesamten Körper geschlossen, und er starb, bevor er weggerissen werden konnte.

Hundt gab sich alle Mühe. «Ich schick dir den besten Psychologen, den wir haben, den besten Vollzugshelfer... Das kann ich schon beeinflussen...»

«Willst du mich verarschen?» Schulle mit der Ratte hielt seine rechte Handfläche ganz dicht unter die Stromschiene, denn nur dort war sie blank, wurde von den Abnehmerschuhen der Wagen von unten bestrichen. «Freien Abzug, zehn Minuten Vorsprung für mich! Das ist mein letztes Wort.»

Hundt kletterte zu den Kollegen zurück, sich noch einmal zu beraten.

«Wenn wir noch lange warten, kommt der Zug nach Frohnau, und wenn er kurz davor auf die andere Seite springt, müssen wir warten, bis alle Wagen vorbei sind...»

«Klar, darauf ist er aus, dann hat er wieder 'n annehmbaren Vorsprung...»

«Ich nehm's auf meine Kappe!» sagte die Zechow. «Ich geh jetzt rauf und greif ihn mir. Wenn er wirklich die Roggensack erschlagen hat, dann...»

Und sie machte sich in der Tat daran, den steilen Bahndamm Schritt für Schritt hinaufzusteigen.

«Stehenbleiben!» schrie Schulle mit der Ratte. «Ich faß sonst wirklich an.»

Petra Zechow sah den Gegenzug schon den Bahnhof Wilhelmsruh verlassen. «Aber bitte so, daß ich nich auch noch was abkriege...» Mit ausgestreckter Hand, in der Linken die Waffe, arbeitete sie sich auf dem Huckelgras der Böschung weiter vor, bemüht, auf keinen Fall zu stolpern.

Unaufhaltsam, unbeirrbar.

Spiel mir das Lied vom Tod...

Da packte er die Stromschiene mit beiden Händen wie einen Rettungsring.

9.

Am Abend des 4. November hatte die Verlagsangestellte Martina Lübke ihre Großeltern in Friedrichshagen besucht...

...sie erreichte in kurzer Zeit den Bahnhof. Rasch stieg sie die Treppe zum Bahnsteig hoch, als sie schon den Zug sich nähern hörte. Sie beeilte sich... Sie wollte ihrer Gewohnheit gemäß zu einem Abteil möglichst vorn am Zug; da aber nur wenig Reisende zustiegen und der Zug gleich abfahren konnte, schwenkte sie rasch ab in ein offenstehendes Abteil zweiter Klasse. Im Hineinspringen bemerkte sie auf dem Bahnsteig jemand, der offenbar auch in höchster Eile war. Hilfsbereit winkte sie und rief: «Hier ist offen!» Der Reisende sprang rasch nach, die Türen schlossen sich hart, und schon setzte sich der Zug in Bewegung.

Martina Lübke kuschelte sich wohlig in die gepolsterte Ecke und hatte kein Auge für das, was um sie war. Sie beschäftigte sich in Gedanken mit den geschäftlichen Dingen, die sie am nächsten Morgen im Verlag zu erledigen hatte... Die ungewisse Beleuchtung des Abteils verführte geradezu zu solchen Träumereien. So bemerkte sie nicht einmal, ob der Zug schon angehalten hatte, und wurde durch das harte Bremsen aus ihren Gedanken aufgescheucht.

Also das war wohl die erste Station, dachte sie. Man muß doch ein wenig aufpassen, damit man das Ziel nicht überfährt. Denn man kann keine Stationsschilder erkennen, und ehe man aufgestanden ist, fährt der Zug schnell wieder an.

Ein metallisches Klinken tönte auf, die Türen rollten zu. Sie verließen die Station Hirschgarten. Eben mochte wohl der Zug volle Fahrt erreicht haben...

...da erhebt sich der Mann gegenüber von Martina Lübke, macht einen Schritt auf sie zu, und ehe sie begreift, was da vor sich gehen soll, fühlt sie einen dumpfen, harten Schlag auf den Kopf.

Trotzdem gelingt es ihr, aufzuspringen und sich zur Wehr zu setzen. Instinktiv sucht sie zu dem geräumigeren Teil des Wagens zu gelangen, der zu den Türen führt. Bei dem Handgemenge erhält sie nochmals Schläge auf den Kopf und zuletzt in den Rücken. Der Unbekannte ist neben ihr geblieben, und in jähem Entsetzen bemerkt sie, daß er vor ihr die Abteiltür aufreißt, und dann, dann hat er sie mit hartem Griff gepackt. Sie läßt sich zu Boden fallen und umklammert die Füße des Unholds. Aber mit kräftigen Tritten macht er sich frei und stößt sie aus dem Zug hinaus. Gellend schreit sie auf...

Auf dem nur etwa 150 Meter entfernten Bahnhof Hirschgarten wurden Reisende und Bahnbeamte durch einen schrillen Schrei alarmiert, und man meinte gehört zu haben, daß eine Frauenstimme um Hilfe geschrien hätte. Ein- oder zweimal, dann war es wieder still. Sofort machten sich zwei Beamte auf in Richtung der Hilferufe. Nicht lange dauerte es, so hatte man bei Taschenlampenlicht Martina Lübke etwa drei Meter neben dem äußeren Bahngeleise aufgefunden...

Gottfried sah in den oktoberbunten Garten hinaus, rettete sich mit einem schnellen Zeitsprung aus dem düsteren Nazi-Jahr 1940, kehrte heim wie jener bei den Brüdern Grimm, der ausgezogen war, das Fürchten zu lernen. Axel Alt, *Der Tod fuhr im Zug*, Reihe: Neuzeitliche Kriminalromane, Berlin und Leipzig 1944, eine Mark. Seine bevorzugte Lektüre, seit er beschlossen hatte, den großen Roman des 20. Jahrhunderts zu schreiben und die Berliner S-Bahn zu benutzen, die einzelnen Handlungsstränge miteinander zu verknüpfen, sich und sein Werk von deren Mythos tragen zu lassen. Es war ein eher putzig-ungelenkes Deutsch, was die vergilbten Seiten da boten, und dennoch riß es ihn immer wieder heftig hinein ins schwarze Loch der deutschen Geschichte, hatte Atmosphäre, produzierte mit einfachsten Mitteln das, was William Shakespeare mit seinem Satz *A faint cold fear thrills through my veins* ganz offenbar gemeint hatte. Und noch heute, fast ein halbes Jahrhundert danach, fuhr der S-Bahn Mörder jede Nacht in vielen Zügen mit, konserviert vor allem in den archetypischen Ängsten alleinreisender Frauen.

Seit dem 21. September 1940 bis 29. Dezember 1940 sind auf der Bahnstrecke Erkner–Ostkreuz (vornehmlich vor bzw. hinter Karlshorst) insgesamt fünf alleinstehende Frauen, die wahrscheinlich alle die zweite Wagenklasse benutzt haben, aus den Zügen geworfen worden, nachdem sie zuvor gewürgt oder mit einem schweren Gegenstand niedergeschlagen worden sind...

Gottfried las die Warnung der Reichsbahn von damals. S-Bahn, das war offensichtlich auch immer Gewalt und Tod. Und wenn er auf dem Bahnhof stand, riefen dann die blanken Gleise nicht jedesmal wieder: Komm und spring, wir sind die Erlösung von allem. Wenn die tonnenschweren Messer der Radkränze den Kopf vom Hals, die Oberschenkel vom Rumpf…

Er sah sich mit Joana zusammen so ihrer Wahnsinnsgeschichte ein passendes Ende bereiten. Wenn es einen Schlußgag gab, dann diesen. Wenn alles aufgeflogen war.

Er trank schnell einen *Underberg*, ehe sein Magen zu rumoren begann.

Nein, gut fünf Wochen waren nun vergangen, ohne daß sie ernsthaft in Gefahr geraten wären, ihren gewagten Grand ohne einen wirklich zu verlieren. Herrlich war es, so dahinzutreiben, Urlaub, große Ferien, alles ruhig und gemächlich anzugehen und dennoch high zu sein, das Abenteuer zu genießen, Ausnahmezustand und Alltag ineinander verwoben. Altersweise und gemessen wie Fontanes Dubslav von Stechlin, zugleich aber auch von jener Leichtigkeit des Seins erfüllt, wie sie die Oberschichtenjünglinge in französisch-italienischen Filmen immer wieder vorzuführen verstanden. Sie waren freigestellt vom bürgerlichen Arbeitsleben, ausgefüllt vom Testprogramm, wie sich denn dem nachpreußisch-kargen Berlin jene Faustschen Nirwana-Augenblicke abtrotzen ließen: Verweile doch, du bist so schön.

Für Gottfried galt: Ich schreibe, also bin ich. Sich einmal in Romanlänge gedruckt zu wissen war ihm höchstes Lebensziel. Er genoß es, unter Joana zu liegen und ihre Arschbacken zu kneten, doch auch dabei dachte er zumeist daran, um wieviel schöner es doch sein mußte, das Belegexemplar seines ersten Buches in den Händen zu halten, es zu deflorieren, seine Schutzhülle schmerzhaft-ungeduldig zu zerreißen. Es war eine Sucht, und er würde nie wieder von ihr loskommen, hatte ja ihretwegen schon seine Siemens-Karriere geopfert. Und brachen Heroinabhängige in Villen ein und schlugen Menschen nieder, so war auch das, was sie mit Dolgenbrodt getan hatten, letztendlich nichts anderes als eben Beschaffungskriminalität. Abhängig war er vom Schreiben, davon, gedruckt, verlegt und von anderen gelesen zu werden. Brauchte aber ebenso die Allmacht über andere, seine selbstgeschaffenen Menschen: Gott sein, um zu vergessen, wie winzig und sterblich er doch selber war.

Die Geschichte seines Lebens sollte es werden, verknüpft mit der vieler anderer Familien, solcher von Krupp- wie von Krause-Format, und der Roman sollte heißen *Einmal Vollring und zurück*; Gottfried Mörz, *Einmal Vollring und zurück*. Ein Titel, an dem er sich berauschen konnte. Ring assoziierte Ring-Parabel, also Lessing und Versöhnung, aber auch Nibelungen, Götterdämmerung, den Untergang, stand generell für Ehe, Liebe, Treue; und köstlich fand er auch die tiefe Dialektik, auf einer in sich geschlossenen Ringbahn eine Rückfahrkarte kaufen zu wollen. Der Vollring umschloß aber auch tausend Jahre deutscher Geschichte: Germanen, Semnonen, also Sueben, Schwaben, am Ufer der Spree, Hohenzollern, Preußen, Aufstieg zur kaiserlichen Residenz, kulturelle Metropole der Welt, *Cabaret*, Hitler-Hybris, Inferno und Zerstörung, tiefer Fall, Teilung und Mauer. Dies einzufangen, auf den Punkt zu bringen, dafür lebte er, dafür brauchte er Zeit, Dolgenbrodts Geld.

Er stand auf und ging in Dolgenbrodts Wohnzimmer hinüber, wo aus dessen frühen Ehejahren ein Klavier zurückgeblieben war, spielte nicht eben schlecht Beethovens *Leichte Sonate* herunter, g-Moll, Opus 49, liebte das Rondo allegro. Traum seiner Mutter, die mit *Ufa*-Filmen aufgewachsen war, einen Sohn zu haben, der Klavier spielen konnte, denn wer Klavier spielt, hat Glück bei den Frau'n. War besser zur Entspannung als autogenes Training beispielsweise.

Im Notenheft lag ein handgeschriebener Brief. Eine sehr schöne Schrift, zwar die Buchstaben lateinisch geformt, aber mit vielen Schnörkeln, daran, altdeutsch, Sütterlin und wohl ein wenig auch Nazi-Fraktur. Absender: Gerda Großmann, 1400 Oranienburg.

Mein lieber Herbert,
bin sehr traurig darüber gewesen, daß ich Dich letzte Woche nicht treffen und nach so langen Jahren wieder in die Arme nehmen konnte! Endlich bin ich ja nun auf Rente gegangen und kann beliebig in den Westen reisen. Deine Frau hat ja immer etwas dagegen

gehabt, daß wir bei mir in Oranienburg ein großes Wiedersehen feiern, aber mein Heinz ist ja auch furchtbar eifersüchtig gewesen. Aber nun, da sie beide von uns gegangen sind, steht uns ja nichts mehr im Wege.

Als ich neulich einmal mit dem Telefon nach Frohnau durchgekommen bin, da haben mir die beiden jungen Leute, die Dein Haus bewachen, gesagt, daß Du auf unbestimmte Zeit verreist bist. Zuerst wollten sie mir gar nicht sagen, wohin. Ich habe das richtig empörend gefunden. Die junge Frau hat mir dann aber doch deine Adresse durchgegeben. Das war Berchtesgaden, Hotel zur Post. Aber als ich von meiner Westberliner Freundin Käthe aus dort angerufen habe, kannten die gar keinen Herbert Dolgenbrodt aus Berlin! Wie ist das zu erklären!? Läßt Du Dich etwa verleugnen? Nein, Herbert, das kann nicht sein, so ein Schubiack bist Du nicht! Ich habe Angst, daß es ganz etwas anders ist. Bist Du krank, hast Du etwa Kehlkopfkrebs und willst mir das verschweigen? Das ist doch aber kein Grund, daß ich Dich nicht mehr mögen könnte! Du, meine erste Liebe! Weißt Du noch, das Hoffest damals in der Waldemarstraße...? Oder als Du mich immer nach der Tanzstunde nach Hause gebracht hast...? Soll denn das alles nicht mehr zählen!? Auch wenn ich jetzt 63 bin, im Herzen bleibt man doch immer jung.

Ich habe zwar meine Kinder und die Enkelsöhne, aber einsam ist man doch trotzdem. Alt bei Alt und Jung bei Jung, und wir hätten uns doch soviel zu erzählen! Und noch zu erleben!

Lieber Bertie, verzeih mir, ich habe zuviel Nordhäuser Korn getrunken!

Ich weiß doch, daß Du so für die S-Bahn schwärmst! Da müßtest Du mal hören, was ich Dir davon noch alles erzählen kann!

Bitte schreib mir doch! Es ist nie zu spät!

Deine treue Gerda

Gottfried hatte ihr noch immer nicht geantwortet, war noch dabei, in Dolgenbrodts alten Briefen nach irgend einem Ereignis zu suchen, das geeignet war, der Großmann auf einer halben Schreibmaschinenseite klarzumachen, daß sie nach dieser Sache ein für allemal für ihn gestorben sei. Das war gar nicht so leicht und ging nicht so schnell, denn große Szenen gab es keine, dafür aber reichlich Episodenhaftes, was sich für seinen *Vollring und zurück* bestens eignete. Wie Dolgenbrodt mit seiner ersten Flamme eine «Knutschtour um den ganzen Ring» gemacht hatte, oder wie er 1956 mit einem «Durchläufer», einem Zug, der zwischen Friedrichstraße und der ersten Station in der DDR, Albrechtshof, in West-Berlin nicht mehr gehalten hatte, «illegal» eingereist und nur nach längerem Verhör und Zahlung einer saftigen Geldstrafe wieder freigekommen war.

Schon saß Gottfried wieder an der Schreibmaschine.

Joana hatte sich ins Fruchtwasser gekuschelt und träumte ihrem Leben entgegen. Evita Peron. Auf einer Rednertribüne, von der Menge gefeiert. *Don't cry for me, Argentina.* Die Charmian auf Jack Londons *Snark*. Raiatea und Tahiti, von Korallenriffs umschlossen, in der Lagune ruhiges Wasser, Korallengärten mit Fischen, die wie Schmetterlinge schienen. *Schaubühne Berlin:* Joana Mörz als Natalie im *Prinz Friedrich von Homburg*: O Erde, nimm in deinen Schoß mich auf! Wozu das Licht der Sonne länger schaun? Große Ferien, Laube ihrer Großmutter in Bremen-Sebaldsbrück, zehn Uhr: Kind, möchtest du nicht aufstehen, draußen scheint so herrlich die Sonne! Wir wollten doch noch nach Hamburg in den Zoo, die Löwen sehn...

Viel zu heiß, ihr Badewasser, 40 Grad, und zu stark die Badeessenz, Kräuteröl, Wacholder, benebelte sie. Aber nichts liebte sie mehr als diesen Trancezustand. Wie die Pythia in Delphi. Dampf aus dem Innern der Erde oder Lorbeerblätter, dem Apollo heilig, die sie gekaut hatte? Egal, ob Lorbeer oder Wacholder, sie befragte das Orakel: Soll ich meine Diplom- oder Magisterarbeit lieber in Psychologie oder lieber in Theaterwissenschaft schreiben? *Die moderne Großstadt als angstbesetzter Raum* oder *Berliner Theaterskandale im historischen Kontext.* Oder doch lieber in Politologie? *Parteien- und Staatsverdrossenheit als Folge autopoietischer Prozesse.* Antwort der Pythia: Laß dir Zeit dabei, denn der Weg ist alles, das Ziel ist nichts. Sie nahm den großen Badeschwamm und fuhr sich liebkosend über den Körper, die kurze Unlust wieder zu verjagen. Ein Druck mit tropfenden Fingern auf den nahebei plazierten Kassettenrecorder, und *Dirty Dancing*-Melodien taten das übrige.

Fünf Minuten später lag sie im Bett, rief Gottfried herbei und spielte Luxusweibchen, Edelnutte, Wäschemodell.

«...lassen Sie sich von diesem kapriziösen Nachtkleid verführen: mit französischer Webspitze, Spaghettiträgern und raffiniertem Seitenschlitz... Bestellnummer schwarz: 478952... Der dazu passende Super-String-Tanga hat die Bestellnummer 872812... Greifen Sie zu!»

Gottfried tat es, obwohl er einige Mühe hatte, von seiner S-Bahn auf Joana umzusteigen, und sie schon spottete: «Ein Mann erschrickt zum erstenmal, wenn es beim zweitenmal nicht klappt, und zum zweitenmal, wenn es beim erstenmal nicht...» Das spielte an auf den vergeblichen Versuch, mit Orgasmushilfe das Entsetzen zu verdrängen, von dem sie gepackt worden waren, als sie den toten Dolgenbrodt, die Leichenstarre war schon eingetreten, nicht so recht in den selbstgezimmerten Sarg hineinbekommen hatten.

Das Spiel mit sich, mit Haut und Zunge, Fingerkuppen, Klitoris, Gottfried als reicher, aber sehr gehemmter Freier, sie als einfühlsame Nutte, ließ sie alles vergessen, und doch war die S-Bahn wieder präsent, als Gottfried kurz vorm Eigentlichen die Worte sprach, die als Warnung groß an jeder S-Bahn-Abstellhalle prangten: VOR EINFAHRT HALT. «Ich hab noch keinen...»

«Heute ohne...» Sie stammelte viel, brach seinen Widerstand und zog ihn mit so großer Wildheit in sich hinein, daß er schon nach kurzem Zucken zu explodieren begann. «Ein Kind, jetzt...!»

Erst gegen Mittag saß Gottfried wieder an Dolgenbrodts Schreibtisch, bestürzt und gekränkt darüber, wie sie ihn überrumpelt hatte, zum Zuchthengst gemacht, zum reinen Beschäler, komm, Drohne, und tu deine Pflicht, aber auch euphorisch-glücklich, weil es nun endlich gewagt worden war. Es gab ja nur den einen Weg, unsterblich zu werden, seine Gene, sich selber weiterzugeben an Töchter und Söhne, alles andere war Trug, auch der *Vollring und zurück*. Und dank Dolgenbrodts Pension und sonstiger Ressourcen war es ihnen ja möglich, Kinder angemessen großzuziehen.

Vor ihm auf der Schreibtischplatte stand Dolgenbrodts Stolz, das handgearbeitete Supermodell einer preußischen T 12, jener legendären «Stadtbahnlokomotive», die von 1902 bis zur Elektrifizierung Ende der zwanziger Jahre ihre Abteilwagen über die heutigen S-Bahn-Strecken geschleppt hatte, die Ringbahn eingeschlossen. Dolgenbrodts Prunkstück trug die Nummer 8492 und das Zielschild *Potsd. Ringbhf. über Westend*, war, was das Original betraf, 1916 gebaut worden bei Borsig in Tegel. Gottfried schob es auf dem kurzen Schienenstück immer wieder hin und her, freute sich schon auf das Hurra-Geschrei seines Sohnes, wenn der es zum erstenmal in die Hände bekam.

Sie hatten bisher in Dolgenbrodts Zimmern nicht das geringste verändert, teils aus Pietät, teils aus absoluter Unlust dazu, vor allem aber, um bei etwaigen Besuchern, wenn sie trotz all ihrer Ablenk- und Abwehrmaßnahmen doch ins Haus eindringen sollten, keinerlei Argwohn zu erwecken. So war auch der Schreibtisch bislang nicht abgeräumt worden, zeigte sich noch immer ebenso wie zu Dolgenbrodts letzter Minute, mit dem *Tagesspiegel*, in dem er grad geblättert haben mußte, mit der *Preußischen Eisenbahngeschichte* von Klee und Sebastian Haffners *Preußen ohne Legende* daneben. Hatte er wahrscheinlich nach den historischen Wurzeln des Nordbahn-Gedankens gesucht, Informationen für seinen geplanten Artikel.

Das Telefon klingelte, und absprachegemäß nahm Joana zuerst den Hörer ab, war Filter, selektierte, gab ihm aber auch Zeit, sich, wenn nötig, stimmlich umzustellen und dann im Bedarfsfalle «den Dolgenbrodt gut drauf zu haben».

Diesmal mußte es sein, denn es war Speiche, Onkel Herberts alter S-Bahn-Freund. «Na, wat issen, hat se dir jefallen...?»

Gottfried erschrak. Wie konnte Speiche denn wissen, daß und was er eben mit Joana...? Quatsch, er war ja Dolgenbrodt, und der andere meinte ganz sicher die Knipserzange, die er mit Joana zusammen... «Ein großartiges Exemplar, ganz ohne Frage! Ein Prunkstück meiner Sammlung. Ich darf Ihnen noch einmal herzlich Dank sagen für Ihre Hilfe bei der Beschaffung desselben.» Gottfried hatte lange üben müssen, um so geschwollen-druckreif sprechen zu können wie

Herbert Dolgenbrodt: jeder Satz wie eine amtliche Verlautbarung, gewürzt mit leicht barocken Floskeln. «Der Mythos S-Bahn, ja, wie unsere gemeinsame Liebe den Tagen Sinn und Inhalt gibt...» Gottfried stockte, fürchtete, daß das denn doch zu dick gewesen war, fast eine Parodie, mußte schnell ein wenig grobe Sachlichkeit nachschieben. «Nicht zu vergessen natürlich, daß es sich dabei ja auch um eine Wertanlage handelt, eine echte Antiquität.» Wieder brach er ab, diesmal der Stimmlage wegen; es mußte viel zu hoch geklungen haben. Er hatte Mühe, Dolgenbrodts Bariton zu treffen, ohne daß das kastratenhaft klang. Dazu, wie ein Störsender, wie bei einem Schizophrenen, seine innere Stimme: *Das ist doch idiotisch alles, Schwachsinn!* Andererseits war er gezwungen, soviel wie möglich selber zu reden, um dem anderen keine Chance zu lassen, ihn mit heiklen Fragen in Verlegenheit zu bringen. Immer am Ball bleiben, mit dem Setzen der eigenen Figuren das Spiel gestalten, das Tempo bestimmen. «Sagen Sie, Speiche, ist Ihnen erinnerlich, ob zwischen den Nordbahn-Stationen Frohnau und Hohen Neuendorf jemals ein Bahnhof Stolpe in Betrieb genommen worden ist, Nähe Invaliden-Siedlung? Auf einer meiner Karten ist er eingezeichnet, aber bei einer Streckenbegehung ist heutzutage nichts mehr davon aufzuspüren.»

«Keene Ahnung, weeß ick nich, aba ick hör mir ma um.»

«Da wäre ich Ihnen sehr zu Dank verbunden für...!» Gottfried fing an, Spaß an seiner Rolle zu finden.

«Ja... Aba mal 'ne andre Frage: Für 'ne Ausstellung bei uns im Clubraum brauchen wa noch 'ne Dienstmütze, die uff meinen Kopp ruffpaßt. Und Ihre hatt ick doch schon mal, da bei die Ausstellung in't Bethanien-Haus... Könn'n Se sich doch noch ainnan dran, wa...?»

«Aber selbstredend!»

«Dann komm ick mal bei Jelegenheit vorbei bei Ihnen und borg ma die... Und dann weeß ick ooch schon, wat da mit Stolpe war...»

«Lassen Sie sich Zeit, so eilig ist es nicht!» Gottfried geriet schon längst nicht mehr in Panik, wenn Besuch im Anzug war, denn nichts war einfacher, als nach vorn zum Zaun zu eilen und den Leuten mitzuteilen, Dolgenbrodt hätte gerade einen epileptischen Anfall erlitten und könne unmöglich jemanden empfangen.

«Aba noch 'ne Frage, weil det ja Ihr Ressort is...»

O Gott! Eine kleine Adrenalinausschüttung war die unausbleibliche Folge, Prüfungsstreß und -angst kamen automatisch auf, und sein Scham- wie Achselhaar hatte ziemliche Mühe, den produzierten Schweiß angemessen aufzufangen. «Fragen Sie nur; ich werde mir auch alle Mühe geben...»

«Sie haben doch damals für unsere Festschrift det Wörterbuch zusammenjestellt, mit die Ausdrücke alle da, also wat die S-Bahner so im Dienst jesagt ham...»

«Ja...»

«...'n ‹Märchenbuch›... War det 'n Dienstübergabebuch bei die... oder...?»

«Ja, ja... Entschuldigen Sie, es klingelt hier, ich muß...!» Unsinn, wenn er im Rollstuhl saß, konnte er doch nicht...! «Ich muß Frau Mörz Bescheid sagen, daß sie nach vorne eilen soll... Ein andermal weiter. Auf Wiedersehen...!» Gottfried legte auf.

Kaum hatte er sich von Speiches Anruf erholt, war er schon wieder als Dolgenbrodt-Imitator gefragt. Joana hatte die als Onkel Herbert verkleidete Schaufensterpuppe im Rollstuhl auf die Terrasse geschoben und sprach nun auf den Kranken ein, während er unsichtbar hinter dem angekippten Fenster stand und mit der nötigen Lautstärke bärbeißige Antworten gab.

«Soll ich noch eine Decke holen, Herr Dolgenbrodt?» fragte Joana, und hoffte, daß man es in der Nachbarschaft hinreichend vernahm, sehen konnte man es der Hecken wie der Schilfwand wegen ohnehin nur schemenhaft.

«Lassen Sie mich, ich friere innerlich!»

«Die frische Luft aber...»

«Die Luft wird mir doch immer mehr abgeschnürt...! Mein Asthma!» Gottfried deutete durch schnappendes Husten Atemnot an.

«Es wird schon alles wieder werden!»

Damit ließen sie ihn stehen und gingen zum Mittelteil des Gartens hinunter, die Fische füttern, dann eine Runde Tischtennis spielen.

Joana schloß den Gartenschlauch an, um den kleinen Teich ein wenig aufzufüllen und den Goldfischen, sechs an der Zahl, frisches

Wasser zu gönnen, während Gottfried den Futterring mit Flocken füllte.

«Du, der fette Alfons ist tot!» Hing, den silbernen Bauch nach oben gedreht, unterm Froschlöffel fest.

«Oh...» Joana mußte mit ihrem kleinen Memento-mori-Schmerz erst fertig werden, ehe sie sagen konnte: «Hol den Spaten, grab ihn ein...»

Gottfried tat es, nur einen knappen Meter von der Stelle entfernt, an dem Herbert Dolgenbrodt sein Grab gefunden hatte. Und als sie nun Tischtennis spielten, liefen sie, wenn Schmetterbälle nicht mehr zu erreichen waren, viele Male über ihn hinweg, um den gelben Ball aus den Blumen zu holen.

«...so fröhlich beim Spielen...!?» Frau Dr. Füllmich hatte heute früher Schluß machen können und eilte mit schwerer Aktentasche ihrem Haus entgegen. «Ich Arme dagegen habe wieder über meinen Korrekturen zu sitzen...!»

«Spielen Sie doch 'ne Runde mit», rief Gottfried hinüber.

«Dann würde Ihr Onkel im Rollstuhl... Nein, nein...!» Sie schloß auf und war mit einem kurzenWunsch («...schönen Tag noch!») wieder verschwunden.

«Ich hatt mir alles viel schwerer vorgestellt», sagte Joana.

«Du mußt 'n ja auch nicht andauernd spielen...!»

«Besser, als jetzt auf'm Sozialamt sitzen und 'n Antrag stellen auf Bewilligung eines Tischtennisballes.»

«Wahnsinn ist das alles! Alptraum, Schizophrenie!» Gottfried ließ sich in die nahe Hängematte fallen und schaukelte bis fast zum Überschlag, liebte den Blick die Blautanne hinauf zur Milchstraßenmitte. «Kein Mensch macht sich so richtig klar, daß ja die Sterne auch tagsüber den ganzen Himmel bedecken und wir sie nur deshalb nicht sehen, weil die Helligkeit der Sonne so groß ist, daß...»

«Du hast Sorgen...!»

«Was ich mal erfinden möchte, für nachts natürlich, ist ein Patent, wo man immer gleich sieht, wie die Sterne heißen. So ein Namensschild neben jedem Stern. Wer kann denn schon die Beteigeuze von der Venus unterscheiden oder die Capella von der Wega? Geschweige denn den Deneb von der Spica?»

Joana sah ihn prüfend an. «Mit deiner Psyche, da...»

Seine Stimme klang sehr düster. «Onkel Herbert, immer weilt er unter uns... Die Haut braunschwarz verfärbt, auch grünlich... Finger- und Zehennägel gelöst... Fettwachsbildung... Großflächige Schimmelbeläge... Ausgedehnte Weichteilzerstörung, insbesondere durch Madenfraß...»

«Hörst du auf, Mensch!» Ehe ihr Brechreiz unerträglich wurde, hatte Joana den Schlauch voll aufgedreht und Gottfried wie mit einem Wasserwerfer aus der Hängematte gespült. Er mußte nach oben eilen, die Kleidung wechseln.

Sie fragte sich auch diesmal wieder, wie lange das denn durchzuhalten war: der Ekel wie die absurde Situation. Mit einem Toten leben, ihn immer wieder den andern vorspielen müssen. Mußte da nicht ihre Psyche Schaden nehmen, sie beide nach und nach verschroben werden und schließlich verrückt...? Hatten sie ihre Kräfte nicht ganz erheblich überschätzt...? Sicher hatte es bis jetzt alles wunderbar geklappt, was das Äußere, das Management betraf, aber wenn das Verdrängte nun nach oben schoß...? War der Preis nicht viel zu hoch, drohte ihnen nicht auf Dauer doch die Nervenheilanstalt...?

Dazu kam, daß sie immer wieder das Gefühl hatte, sie würden beobachtet werden. Zu lange blieben Männer auf der Straße stehen und spähten durch die Hecke zu Haus und Terrasse hinauf, zu oft klingelten welche und fragten, ob sie Honig oder Torfmull brauchten. Zufall? Potentielle Einbrecher? Villeneinbruch war ja in. Die Kripo, die schon etwas ahnte? Oder Dolgenbrodts Mörder...?

Als Gottfried zurückkam, standen vor ihrem Briefkasten draußen schon wieder zwei Typen herum, die nicht unbedingt dem Frohnauer Kirchenchor entwachsen schienen.

«Guck mal...!» Sie stieß Gottfried an. «Wollen die etwas von uns...?»

«Warte mal...» Gottfried schlich sich nach vorn, nutzte einige Haselnußbüsche und dichtbelaubte Stauden als Deckung und konnte auch einiges mithören.

«Haste uffjeschrieben...? Dolgenbrodt...»

«Dolles Bbbb-brot!»

«Mit dt hinten...»

«Ma-ma-mach mi-mi-mich nicht va-va...»

«Komm jetzt!»

Gottfried lief zum Zaun und sah den beiden hinterher, nahm wahr, daß das Gesicht des einen sich gut für ein dermatologisches Lehrbuch geeignet hätte, Akne, Pickel, eitrige Entzündungen, während der andere trotz Jeans und schwarzer Lederjacke etwas Ministrantenhaftes an sich hatte, trotz seines HJ-Haarschnittes und auffälligen O-Bein-Ansatzes.

Die beiden verteilten ganz offenbar keine Zettel, warben auch nicht für Magazine und Zeitschriften, waren also keine Drücker, sondern hatten nur die Aufgabe, Adressen abzuschreiben. Nur...? Nicht auch, im Auftrag interessierter Kreise mal zu sehen, wo es fette Beute gab, wer wann sein Haus alleine ließ...? Oder steckte anderes dahinter, war Dolgenbrodt, aber wie, um alles in Welt, in irgendwas verwickelt, was dann auch seinen Tod...?

«Das ist doch Unsinn hoch drei!» rief Joana aus, als sie sich darüber ausgetauscht hatten, obwohl sie Befürchtungen dieser Art auch nicht immer völlig unterdrücken konnte. «Nicht jeder Spatz, der bei uns zwitschert, muß Böses bedeuten!»

«Komm, machen wir ’n kleinen Spaziergang zum Tempel; ich muß mal raus hier...!»

Mit Tempel hatte er das Frohnauer Wahrzeichen Nummer eins gemeint, das *Buddhistische Haus* hinten am Edelhofdamm, auf einem Ausläufer der Glienicker Berge errichtet. Als sie die 73 Stufen hinaufschritten, den *Edlen Achtfachen Pfad* zur Erlösung vom Leid unserer Vergänglichkeit, kamen sie mitten in eine Führung hinein.

«Der Berliner Arzt Dr. Paul Dahlke», hörten sie einen leicht vergammelten Mann ihres Alters mit whiskyrauher Stimme dozieren, «ist auf verschiedenen Asienreisen vom Buddhismus so tief beeindruckt worden, daß er bei Mönchen in Ceylon, heute Sri Lanka, die Lehre des Theravada studiert hat, um dann im Jahre 1924 hier an dieser Stelle das *Buddhistische Haus* errichten zu lassen. Hinter dem Haupthaus finden wir den Tempel, die Meditationshalle. Seit 1957 wirken Mönche der ‹German Dharmaduta Society› an dieser Stelle und vermitteln Interessierten die buddhistischen Weisheiten: Vermeide jede böse Tat / Vermehre guter Werke Saat / Beständig läutere den Geist / Das ist der Weg, den Buddha weist.»

Irgendwie mußten sie diesem Mann schon mal begegnet sein, irgendwann und irgendwo, ohne ihn aber sogleich richtig unterbringen zu können. Zu charakteristisch waren seine rötlich-violett gefärbten Wangen. Wie ein tierärztlicher Stempel auf frischem Schweinefleisch, so sah das alles aus, erfroren mal und zugleich vom vielen Alkohol gezeichnet.

«Blaubacke...!» zischte Gottfried.

«Ja, der mit dem S-Bahn-Wagen...» fügte Joana hinzu.

Endlich hatten sie's! Vor Jahren war der bei ihnen im Garten gewesen, um über Dolgenbrodt an einen ausrangierten S-Bahn-Wagen zu gelangen und in dem zu wohnen.

Auch er hatte sich an sie erinnert und kam mit einem fröhlichen «Hallöchen!» herbei. «Was machen Sie denn hier...!?»

«Wir suchen stille Einfalt, edle Größe!» lachte Joana. «Ach nee, das war ja Griechenland...»

«...'n bißchen Kontemplation kann ja nichts schaden», merkte Gottfried an. «Und Sie...? Sind Sie nicht mal Germanist gewesen...?»

«Ja, ja, gescheit, gescheiter, gescheitert. Das heißt, jetzt hab ich beim Bezirksamt 'ne ABM-Stelle ‹Schreiben als Therapie› und zieh mit meinen Leuten herum, 'ne geeignete Ermordungsstelle für unsern ersten gemeinsamen Fernsehkrimi zu finden.»

«Warum denn gerade 'n Krimi...?»

«Den kann doch jeder IQ-80-Knabe schreiben – und gesendet wird's immer!» Blaubacke grinste und zeigte zum Haus hinauf. «Ich muß wieder... Da wartet schon der Attanagoda Phannivisuddhi Maha Thera auf uns...»

Joana fragte noch, was denn der damals von Dolgenbrodt beschaffte alte S-Bahn-Wagen mache.

«Da leb ich immer noch drin... Kommt mich doch mal beide besuchen! Tschüs dann!»

Sie setzten sich auf die oberste der Treppenstufen und sahen auf Kiefernwipfel und Häuserdächer hinunter. Hier wurde das versprochen, was sie suchten, das Nirwana, die überirdische Bewußtseinsleere. Nur dahintreiben, erlöst sein von allem Ehrgeiz, allem Streben, aller Angst. Komm her und sieh. Was trinkst du lieber: Wasser oder Champagner? Champagner natürlich. Stell dir vor, du darfst von heute ab nur noch Champagner trinken, nichts anderes mehr. Gräßlich! Ja, darum wähle das Wasser, denn das kannst du immer trinken, weil es absolut geschmacklos ist, ohne jede Eigenschaft. Meditiere, um dich von dir selber zu erlösen.

«Muße dazu haben wir ja nun», sagte Gottfried. «*Leisure class*, das war schon immer das einzige Wahre für mich.»

«Nein, Zeit zu haben und Geld, das aus sich zu machen, was man sein kann», widersprach Joana ihm. «Pindar: Werde der, der du sein kannst! Oder Marx: Nur in gesellschaftlich sinnvoller und von anderen anerkannter Arbeit kann man Mensch werden. Ich werde also zu Ende studieren bis zur Doktorarbeit, und du wirst in dieser Zeit *Einmal Vollring und zurück* bis zur Seite 464 fertig haben. Stendhals ‹Rot und Schwarz›, les' ich gerade, ist so lang.»

Gottfried zog sie hoch und küßte sie. «Es sei!»

Sie schlenderten zurück durch Frohnau, kauften sich bei *John* im Bahnhof noch einiges an delikaten Würsten und Früchten und blieben ein, zwei Minuten bei Reinhard Mey am Gartenzaun stehen, um zu hören, ob ihr verehrter Nachbar wieder von solch schönen Sachen sang wie der Freiheit über den Wolken, die grenzenlos war.

«Nein», mußte Gottfried feststellen. «Auch nicht: ‹Annabell, du bist so herrlich intellektuell›...» Dies mit einem kleinen Seitenblick auf seine Frau.

Joana griff sich eine der heruntergefallenen Kastanien und warf nach ihm. Er floh, und bis zum Franziskanerweg entwickelte sich daraus eine muntere Verfolgung, die nicht nur *Rheinsberg*-Stimmung brachte (Tucholsky), sondern auch als Jogging nützlich war.

Vor Dolgenbrodts, vor ihrem Grundstück stand eine ältere Frau, so bieder das Haar, so bescheiden die Kleidung, daß sie automatisch dachten, daß da wieder eine *Zeugin Jehovas* erschienen war, ihre Seele zu retten und ihnen dazu einen *Wachturm* zu schenken.

Doch als sie schnaufend vor ihr stoppten, hielt sie keineswegs ein

Exemplar parat, sah auch gar nicht frömmelnd aus, sondern dünkte ihnen eher marktfrauenforsch.

«Ich bin die Gerda Großmann aus Oranienburg und endlich mal persönlich hier. Ihre Nachbarin sagt, daß Herbert jetzt im Rollstuhl sitzen würde, steife Hüfte, epileptische Anfälle. Schlimm! Aber passen Sie auf: Wenn er mich sieht, da wird er wieder jung, da lebt er wieder auf...!»

10.

Nichts war mehr so wie vorher. Sie betraten ihr Amt jeden Morgen mit der heftigen Abneigung eines Allergikers, fast schon mit den Ängsten eines Phobikers. So schnell sie auch am Morgen den Flur durchschreiten wollten, zaghaft ging ihr Blick hinunter auf die Fliesen, auf denen die Kollegin in ihrem Blut gelegen hatte, und unerträglich war es, an die Zeit zu denken, wo sie als langsam verwesende Leiche, in ihrer Mitte sozusagen, im Verschlag unter der Treppe darauf gewartet hatte, von ihnen entdeckt zu werden, um endlich die letzte Ruhe zu finden. Herr, unser Gott, steh uns bei in unserer ohnmächtigen Verlassenheit.

Ausgerechnet ihnen mußte das passieren, daß einer am Arbeitsplatz ermordet wurde, wo sie ohnehin schon viel größere Lasten zu tragen hatten als die Mehrzahl der öffentlich Bediensteten. Gerade Gisela Roggensack hatte ja immer so gestöhnt darüber, daß sie es ebenso schwer hätten wie die Pfleger und Schwestern auf den Intensivstationen. Sie litten alle an übertriebener Ratlosigkeit, wohl aus der Angst heraus, selber abzusacken und Sozialhilfeempfänger zu werden. Dabei viel zu oft selber hilf- und ratlos und eigentlich behandlungsbedürftig. Bei uns gehst du doch kaputt wie 'n Sträfling im Bleibergwerk! So Giselas Standardwendung, wenn sie alles mal wieder furchtbar satt gehabt hatte. Wenn ich doch bloß endlich mal die Kraft hätte, rauszukommen aus dieser Tretmühle hier! Dann hatte sie es endlich gepackt, Mut gehabt zum neuen Leben, Kenia, *ich will alles – und zwar jetzt*! War ja eigentlich schon allem entronnen gewesen, wohl nur noch mal zurückgekommen, um triumphierend Abschied zu nehmen. Das mußte so gewesen sein, einen anderen Grund kannten sie nicht. Daß sie etwas vergessen hatte, einen Gegenstand, ein Kleidungsstück, schien ihnen ausgeschlossen.

«Ihr Mörder war doch sicher ein Klient von uns. Ich kann hier nicht mehr arbeiten!» Die Terletzki war zusammengebrochen und lag nun mit Tabletten vollgepumpt zu Hause, während ihr Mann schon beim Personalrat antichambriert hatte, um die Versetzung seiner Frau hintenherum in die Wege zu leiten.

Auch Ulli Witt hatte sich krank schreiben lassen, war nach der Vernehmung durch die beiden Kripoleute aus dem Dienstgebäude gelaufen: «Was starrt ihr mich denn alle so an...!? Wenn ihr mich für den Mörder haltet, dann will ich euch nicht länger...!»

Tiefarsch nutzte die Chance, um Mitglied der Republikaner zu werden. «...daß dem ganzen Gesindel hier mal ordentlich der Marsch geblasen wird. Im Arbeitslager kommt keiner auf dumme Gedanken!»

Klinke nahm es hin wie ein kampferprobter Soldat. «Wir sind nun mal im Fronteinsatz hier – und da fällt schon mal einer...» Und überspielte dann seine Betroffenheit mit gewohntem Zynismus.

Plottka trank nun auch im Dienst, und diesmal mochte nicht einmal seine Amtsleiterin dagegen protestieren. Der Mord an der Roggensack hatte sie beide erheblich kordialer werden lassen. Sie war für ihn nicht mehr allein ein Plastikmensch, seelenlose Modepuppe aus dem *Quelle*-Katalog, er für sie nicht nur der Säufer und der Hurenbock, den es fror im wärmsten Rock. Das geschah, als sie sich beide eingestanden hatten, die Roggensack zuletzt gehaßt zu haben.

«Ich hab irgendwie, verschwommen und doch auch wieder ganz präzise, gehofft, daß ihr Abenteuer so endet. So tragisch, mit solch einem Gag...» Verena schloß die Augen, wollte anzeigen, wie sehr sie sich schämte dafür. «Der Neid...?»

«Nein, nein», sagte Plottka. «Ist mir ja auch so gegangen, obwohl ich mich sehr wohl fühle in allem. Aber für mich war sie ’ne Verräterin an unsrer Sache. Sie hat da ’n Tabu verletzt, und darum hab ich ihr auch so ’n Ende gewünscht. Insgeheim und unbewußt. Vielleicht nicht hier bei uns im Amt, aber sicher irgendwie in Kenia. Weil das dann *unser* Triumph gewesen wär. Siehste!»

Verena sah auf, erinnerte sich daran, was sie mal vor fast einem Jahrzehnt gehört hatte; wo auch immer: Psychologie oder Ethnologie, auch Verhaltensforschung konnte es gewesen sein. «Was du eben schon gesagt hast: die Tabuverletzung. Unsere Devise: Man bleibt hier im Amt, Soz III, man verläßt die Kameraden nicht! Und wer diesen Standard verletzt, der bedroht die Existenz der Gruppe und muß sterben. Das muß sie auch gefühlt haben... Daß wir sie dafür gehaßt haben, daß sie gegangen ist. Und wenn sie nicht nachweisbar ermordet worden wäre, würde ich sagen, daß sie den Vodoo-Tod gestorben ist, den psychogenen Tod: Unsere Flüche und ihr Schuldgefühl haben wie ein Gift gewirkt.»

Plottka zuckte mit den Schultern. «Das wohl weniger, aber wenn die Kripoleute anfangen, so zu denken wie du, dann sind wir ja alle potentielle Mörder...»

«Das doch ohnehin. Weil wir's gewünscht haben, ist es so gekommen...»

«Quatsch ist das», wandte Plottka ein, «wenn's ein externer Mörder war, der von unseren Gefühlen und Gedanken ja auf keinen Fall was gewußt haben kann. Logisch nur, wenn es einer von uns hier gewesen sein sollte... Der Vollstrecker sozusagen...»

«Ich glaub nicht, daß der Ulli...» Verena verbot sich weiterzusprechen. «Dieser Hundt war sich ja ganz sicher, daß man sie erschlagen hat... Doch wenn es nur einen kleinen Hinweis auf einen Selbstmord gäbe, dann würde ich ja sagen: Vagus-Tod...!»

Plottka hatte was von Vagina verstanden und sah sie ratlos an. «Für ein Sexualverbrechen gibt es doch aber keinerlei Hinweise...?»

Trotz aller Tragik konnte sich Verena ein gewisses Grinsen nicht verkneifen. «Ich wollte doch mal Zoodirektor, ...-direktorin werden: Vagus-Tod, das kommt bei Tieren vor, wenn sie sich in einer völlig aussichtslosen Lage befinden, beispielsweise im Netz gefangen sind. Und wenn Gisela nun Angst gehabt hatte, nach Kenia zu gehen, alle Brücken abzubrechen hinter sich, doch lieber hiergeblieben wäre...? Warum ist sie denn nach Feierabend noch mal hergekommen, als alles schon gegessen war...?»

Plottka stand auf, um wieder in sein Zimmer zu gehen. Es war ja, mit zwei Kollegen weniger, unendlich viel zu tun. «Warum wohl...? Und sich hier ermorden zu lassen...»

Die erste Klientin nach seiner wohlverdienten kleinen Pause war vergleichsweise unproblematisch. Eine 36jährige Aussiedlerin aus Polen, sie und ihr Mann noch ohne feste Arbeit, fragte nach, ob es Geld für die Instandsetzung einer gerade angemieteten, ziemlichen Bruchbude gäbe. «...uns fallen Putz auf Essen. In die Küche ein Brett, wenn du trittst drauf, dann bricht durch, no-h! In Wand, Leitung siehst du. Wenn Strom, Kind fäßt an, Kind tot, no-h?»

Plottka nickte. «Renovierungsbeihilfe, klar, und sogar Tapetengeld für die Küche ist drin, damit die wenigstens den Bau zusammenhält. Bloß 'n Hofmaler bezahlen wir nicht, da müßt ihr schon selber was tun...»

Dies war schnell erledigt, und Plottka ging auf den Flur hinaus, die nächste Nummer aufzurufen, mußte sich aber noch ein wenig gedulden, denn die Klientin, die nun an der Reihe war, hatte erst ihr fünf Monate altes Baby zu Ende zu wickeln. Dies im brechend vollen, raucherfüllten Flur unweit der Stelle, wo sie die Roggensack gefunden hatten.

Plottka bekam die vollen Pampers zum Halten gereicht, und das Publikum grölte, zumal nach seiner Bemerkung, daß er gerne so lange warte, bis sie ihr nächstes Kind bekommen hätte. Sein Ekel vor der Kinderkacke hielt sich in Grenzen, würgend übel wurde ihm erst, als Mi-mi-mi, übereifrig wie immer, die gutgefüllte Windel nahm und dahin warf, wo die Roggensack gelegen hatte. Er eilte in sein Refugium zurück, hatte für Freund Blaubacke, der auch mal wieder angetreten war, nicht mehr als ein kurzes Lächeln übrig.

Kurz darauf saß die angepunkte Jungmutter bei ihm am Schreibtisch, ihr Büblein an der Brust, und stellte den Antrag auf Übernahme ihrer Waschmaschinenreparatur durch das Sozialamt. «Mit 248 Märkern mußte da mal rüberkommen...!»

Plottka fragte zwar erst, ob sie von der Existenz öffentlicher Waschsalons noch immer nichts mitbekommen habe, gab dann aber nach, weil bei diesen AL-nahen Typen immer zu befürchten war, daß sie zur Presse rannten, der *taz* im besonderen, oder aber, was viel schwerer wog, zum Bezirksbürgermeister, um da «Brust zu machen», was im Slang sowohl bedeutete, sich in die Brust zu werfen, wie auch, den Mann durch diesen erogenen Körperteil zu becircen. Wenn der dann auf Populismus machte und ihre wohlüberlegten SozAmts-Entscheidungen mit einem Federstrich wieder verwarf, war die Kacke immer am Dampfen.

Gerade hatte er sein «...na, dann in Gottes Namen...» gemurmelt, als draußen auf dem Flur ein mittleres Inferno losbrach. Er stürzte raus und stellte fest, daß sich Krücken-Kutte, wohl gerade erst gekommen, mit großem Schwall erbrochen hatte. Hockte nun in eingeschliffener Bettlerpose am Boden und zitterte am ganzen Leibe. Symptome eines abrupten Alkoholentzuges. Hatte wohl wieder mal beschlossen, trocken zu werden, war bei den Anonymen Alkoholikern gewesen, nun das. Während die Klienten die Tür aufrissen, um ins Freie zu gelangen, alarmierte er zuerst die Feuerwehr und lief dann in den Keller hinunter, den immer bereitstehenden Eimer mit Streusand zu holen. Der war bestens geeignet, Erbrochenes so zu binden, daß man es fast mühelos entsorgen konnte. Das war absprachegemäß Aufgabe des Pioniers Klinke, Christian, ihres amerikanisierten Footballers («...wer mit dem Ei immer so schnell zum Touchdown laufen kann wie du, der schafft es auch, mit dem Eimer zur Mülltonne zu kommen, ohne daß er vorher selber kotzen muß...!»). In tradierter Rollenteilung fiel es ihren Damen zu, kollabierenden Klienten mit einem stets bereitgehaltenen Tuch den Mund zu säubern und die Stirn zu kühlen. Da die dicke Terletzki ja fehlte, mußte sich Verena diesmal selber als Samariterin bewähren («...die Leitenden sind immer auch die Leidenden...!»).

Das war Routine, fast schon wieder vergessen, als Freund Krücken-Kutte noch mit Blaulicht ins Krankenhaus verfrachtet wurde («...Glück für ihn: wenigstens mal 'n paar Tage 'n anständiges Bett und was Vernünftiges zu essen...!»), denn sein nächster Fall, ein Widerspruch, setzte ihm gehörig zu. Mechthild Thombansen war 65 Jahre alt und seit dreizehn Jahren erwerbsunfähig. «Damals konnte ick nich mehr: Bronchialasthma. Inne Baustoffhandlung, imma det schwere Heben und der Staub...» Plottka blätterte in der Akte herum. Atteste eines Lungenfacharztes und eines Orthopäden. Okay. Sie hatte sich mit Unterstützung einer Selbsthilfegruppe gegen den Widerstand der Roggensack einen Mehrbedarfszuschlag wegen ihrer Behinderung erkämpft.

«Danke sehr...! Nett, du...» Verena hatte ihm in fürsorglicher Pflicht seinen braunen Kaffeetopf gefüllt und schnell hereingebracht.

Ein Schluck, dann weiter in der Akte. Soz III hatte der Thombansen zudem ihre Hausrats- und ihre Lebensversicherung abnehmen müssen. Er erinnerte sich noch genau daran, wie sehr sich die Roggensack deswegen aufgeregt hatte («...ich weiß doch genau, daß die alte Vettel viermal in der Woche heimlich putzen geht, da hustet sie nicht, da hat sie Kraft dazu, und im Sommer mit dem *Rollenden Hotel* sogar in Israel gewesen ist...!»), dann sogar geplatzt war, als ihre liebe Mechthild auch noch den Antrag gestellt hatte, in eine neue und weniger schadstoffbelastete Wohnung umziehen zu dürfen. Natürlich abgelehnt, und nun der Widerspruch.

Plottka griff diesmal gerne auf das zurück, was er vor Jahren einmal in seiner glorreichen Fachhochschulzeit über die drei Essentials von Widersprüchen abgespeichert hatte: f-f-f. Formlos, fristgerecht und folgenlos. «Ja, liebe Frau Thombansen», sagte er daraufhin mit kunstvoll geheucheltem Mitleid, «ich würde Ihnen ja von Herzen gerne helfen, aber ich kann es leider nicht: diese dreimal verdammte Bürokratie. Sie haben leider die Frist nicht eingehalten, und ein Widerspruch, der nicht innerhalb von vier Wochen erfolgt, ist leider null und nichtig. Tut mir leid...»

Da nahm sie seinen noch mehr als halbvollen Kaffeetopf und schmiß ihn gegen die Wand. «Penner, ihr!» Damit war sie denn auch auf den Flur gestürmt, und die Tür krachte derart heftig zu, daß sich oben am Rahmen der Putz noch weiter lockerte, bei der nächsten Attacke ganz sicher auf den Boden fiel.

Plottka hockte da, zwang sich zur Ruhe und summte ganz leise: «So ein Tag, so wunderschön wie heute...» Was hätte er auch tun sollen? Die Polizei rufen...? Da war sein Bürgermeister strikt dagegen («...die Welt läßt sich nicht durch Polizisten reparieren...!»). Oder bei seinem Dienstherren beziehungsweise zivilrechtlich den Ersatz des Kaffeetopfes einklagen plus Schmerzensgeld...? Vergiß es! Lieber griff er sich sein Gewerkschaftsblättchen und erfreute sich an einem Bericht aus Bremerhaven, wo ein Polizeiobermeister bei einem Test gescheitert war, mit dem man hatte feststellen wollen, ob er für den Übergang vom mittleren zum gehobenen Dienst geeignet sei. Und warum das Aus? Weil der Mann einen Symboltest zwar hunderprozentig gelöst hatte, aber von der Prüfungskommission statt der erwarteten Höchstpunktzahl nur ein «Ungenügend» erhalten hatte. Begründung: Der Beamte habe die ihm gestellte Aufgabe viel zu schnell gelöst und sei daher nicht in der Lage, einen ihm zur Verfügung stehenden Zeitraum optimal zu nutzen. Zweck der Arbeit sei es schließlich nicht, eine Höchstleistung zu erbringen, sondern seine Kräfte im Rahmen der zur Verfügung stehenden Zeit sorgsam einzuteilen.

Da kam dann wieder Freude auf, und Plottka hätte gerne weiter Zeitung gelesen, wenn es nicht im Raum über ihm erheblichen Radau gegeben hätte. Es wurde heftig getrampelt und geschrien, Stühle fielen um, ein herabgerissenes Telefon ließ sein Todesklingeln hören. Er stürzte nach oben, den Kollegen zu helfen.

Was war passiert? Die von ihm abgewiesene Mechthild Thombansen hatte sich mit einem gehbehinderten, etwa vierzig Jahre alten ehemaligen Fernfahrer zu einer Bürobesetzung entschlossen. Mit einem dolchartigen Messer in der Hand stand der Mann an Klinkes Schreibtisch und schrie, daß er diese menschenunwürdige Behandlung nun satt habe, während Frau Thombansen gerade ein Feuerzeug aufflammen ließ und drohte, den Aktenberg auf Niedergesäß' Tisch kurzerhand in Brand zu stecken.

«Was ist denn los?»

«Ick hab höflich jebeten, det ick meine Sozialhilfe ooch uffs Konto überwiesen kriege. Aba wat sagt ihr Kollege da: ‹Nee, nich solange Sie noch loofen können...!›»

«Mensch, Kinder...!» Plottka probierte wieder die bewährte Mischung aus Pfarrer, Therapeut und Liebling Kreuzberg. «Nu habta Dampf abjelassen, und wir werden sehen, was sich machen läßt. Der eene soll seine Knete uffs Konto kriegen, zwee Monate uff Bewährung sozusagen, mal sehn, ob er dann ooch noch bis ans Monatsende reicht damit. Und Frau Thombansen, Sie rücken jetzt janz still und leise hier ab, sonst rufen wir die Polizei. Aber nicht nur, um hier für Ordnung zu sorgen, sondern auch, um sich mal ihren Sparstrumpf anzusehen und ihre Konten. Also Schluß eurer Vorstellung und dafür: keine Polizei...!»

So geschah es denn auch, doch als Plottka wieder unten war im Warteflur und gerade in sein Zimmer wollte, kam Verena auf ihn zu. «Du, die Polizei ist da... Für dich...»

Plottka war von jener heiteren Gelassenheit erfüllt, die sich buddhistische Eleven stets so sehnlich wünschen, verspürte den Nirwana-Hauch, von dem Bergsteiger erzählten, die aus großen Höhen abgestürzt waren, aber überlebt hatten. Stand er kurz vor diesem sogenannten psychogenen Tod, von dem Verena vorhin berichtet hatte, dem Vagus-Tod, wenn ein Lebewesen keine Chance mehr hatte...? Na und...!? Alles kam, wie es kommen mußte, und alles hatte sein Gutes. Das wenige, was er zum Leben brauchte, bekam er in diesem Lande immer, zumal er wie kein zweiter all die Tricks kannte, die Sozialamtsleute zu schröpfen.

Lustig fand er auch das Kripopärchen. Dieses Schoßhündchen von Mann: Mama, ist der Milchreis fertig, sonst schreib ich schnell noch ein Gedicht zu Ende. Neue Innerlichkeit: Wurm im Gedärme meiner Sinne, kriech hervor und geh zum Arzt, dich registrieren lassen. Dazu auch noch, als hätten sie einen Golf an einen Laster gekuppelt, dieses Panoptikumsweib, Abteilung Schwerathletik. Unterfrau für fünfzehn Zirkusmänner bei der Pyramidennummer.

«Sie haben das sicher im Radio gehört von der Sache mit Schulze-Weißagk, Schulle mit der Ratte...?»

Hundt sah beim Eröffnungszug gelangweilt ins leere Nebenzimmer hinüber. «Nein...»

«Wir waren in einer Rauschgiftsache hinter ihm her, und als er uns entkommen ist, hat er am Bahnhof Wilhelmsruh auf den S-Bahn-Gleisen oben an die Stromschiene gefaßt...»

Plottka lachte. «Ich hatt einen Klienten, einen besseren findest du nicht...»

Die Zechow lachte mit. «Das ist immer Scheiße, was, wenn einem vorher einer abgeht...!?»

«Wie meinen...?» fragte Plottka.

«...daß du dich zu früh gefreut hast, mein Süßer, denn an sich wär er zwar auf der Stelle tot gewesen, aber leider hat der Aufseher auf'm Bahnhof das mitgekriegt, was da Sache war, und 'n paar Sekunden früher den Strom abschalten lassen...»

«Weil ich vorher dem Busfahrer unten Bescheid gesagt hatte», fügte Hundt hinzu.

Die Zechow kam zu Plottka und kitzelte ihm den bierdicken Bauch. «Na, Herr Kollege Stadt-Oberinspektor, womit wird er uns wohl anschließend 'ne kleine Freude gemacht haben...?»

«Hat er 'n Geständnis abgelegt...?»

«Ja...» antwortete Hundt.

Plottka nickte. «Und warum hat er die Gisela...?»

Die Zechow mischte sich ein. «Die Roggensack hat er nicht, dafür hat er 'n Alibi, auf das er stolz sein kann: Zur Tatzeit ohne Führerschein und Ausweis in 'ne Mausefalle geraten und bei uns uff 'm Revier gesessen...»

«Was hat er denn nun gestanden: den Reichstagsbrand...?»

«Mann, du bist ja so witzig, daß de glatt Politiker werden kannst...!»

Hundt brachte ein feinsinniges Loriot-Lächeln zustande. «Was seine Normenverstöße und die Erpreßbarkeit betrifft, da...»

Plottka wußte, daß der Blitz nun eingeschlagen hatte und ein fürchterlicher Donner folgen würde, doch er erschrak nicht im allergeringsten, fand es eher schön.

Die Zechow holte einen Zettel hervor. «...die hat uns der Schulze-Weißagk alle genannt: Blaubacke, Suppenhuhn, Pizza, Mi-mi-mi, Krücken-Kutte und Zwiebel-Else... Sagt Ihnen das was...?»

«Alles Klienten von uns...» Plottka verdrehte zwei Büroklammern zu einer Paragraphenschlinge.

Hundt setzte sich aufs Fensterbrett und dozierte monoton wie ein dienstergrauter Oberstudienrat. «Schulze-Weißagk hat uns zu Protokoll gegeben, daß er Sie seit einem halben Jahr erpreßt, erpreßt hat. Und zwar deswegen, weil Sie schon seit mindestens 1985 für die obengenannten Personen den Mäzen gespielt haben sollen... Mit

Steuergeldern aber! Obwohl es sich zum Teil um Nichtseßhafte gehandelt hat, Leute ohne Personalausweis und festen Wohnsitz, haben Sie ihnen Sozialhilfebeträge überwiesen, und viel zu hohe dazu. Statt ihnen, wie vorgeschrieben, Kostenübernahmescheine auszuhändigen, haben Sie Ihren Freunden Bargeld in die Hand gedrückt. Und Sie haben ihnen immer wieder Leistungen gewährt, auf die sie nicht den geringsten Anspruch gehabt haben. Nach ersten Schätzungen sind das sicher fünfzig- bis sechzigtausend Mark, die Sie da veruntreut haben...»

Plottka hatte dem geradezu schläfrig gelauscht, wie vor dem Fernseher, wenn sie die Lottozahlen zogen, die Ziehung zelebrierten, er aber keinen Spielschein abgegeben hatte, und er schwieg ebenso provozierend wie standhaft.

Bis die Zechow ihn derart kräftig anstieß, daß sein Drehstuhl fast zum Karussell geriet. «Mensch, laß doch endlich laufen, deine Blase ist doch voll bis oben ran!»

«Wenn ihr mich abhalten wollt, müßt ihr aber noch 'n bißchen arbeiten...!»

Hundt bewies nun sein ganz besonderes Gedächtnis. «Paragraph 266 Strafgesetzbuch – Untreue. ‹Wer die ihm durch Gesetz, behördlichen Auftrag oder Rechtsgeschäft eingeräumte Befugnis, über fremdes Vermögen zu verfügen... mißbraucht, wird mit Freiheitsstrafe bis zu fünf Jahren oder mit Geldstrafe bestraft.› Bei einem Beamten heißt das: Dienstvergehen bei Amtsausübung. Oder genauer gesagt: Verstoß gegen die Pflicht zur Ehrlichkeit und Redlichkeit nach Paragraph 36 Satz 2 Beamtenrechtsrahmengesetz – und damit sicher wohl: ein förmliches Disziplinarverfahren mit – wahrscheinlich – Rückzahlung des Geldes und Rückstufung in die nächstniedrige Besoldungsgruppe, wenn nicht gar Entfernung aus dem öffentlichen Dienst...»

Plottka nickte. «Hab ich auch mal gelernt, Öffentliches Dienstrecht, und 'ne Eins dafür gekriegt. Schön, nun weiß ich's ja... Aber was soll denn das eigentlich: Ihr seid doch von der Mordkommission...?»

Die Zechow klatschte sich mit der flachen Hand gegen die Stirn. «Bei deiner Intelligenz...! Aber bitte: Schulze-Weißagk war sich sicher, daß auch die Roggensack davon gewußt hat, wie du hier als Penner-Pate...»

«Bitte, ja...! Dieser Ton geht mir nun doch langsam auf 'n Keks, und vielleicht gibt's dann auch noch 'n zweites Disziplinarverfahren...»

«Sieh an, jetzt zeigt er Wirkung! Hab ick ihn endlich hochgekitzelt!»

Hundt schob sie sanft zum Fenster hin. «Petra, bitte...!»

Plottka hatte sich wieder besser im Griff. «Okay, ich geb ja zu, daß ich denen mehr geholfen hab, als ich hätte tun dürfen... Was soll's...?»

Hundt blieb wieder vor ihm stehen. «Sie sagen jetzt: Egal, was mit mir passiert. Aber weiß ich, wie echt das ist? Die Roggensack ist jedenfalls in ihren letzten Tagen Amok gelaufen und hat überall ganz furchtbar rumgewütet, reinen Tisch gemacht, allen Leuten die Wahrheit gesagt und ihnen gedroht, zur Polizei zu gehen und alles anzuzeigen, was irgendwie gesetzeswidrig war. Und für Sie, Herr Plottka, wäre das doch sicher die Katastrophe gewesen.»

«Wäre es nicht!»

Die Zechow griff schon wieder an. «...so 'n Motiv, das hat früher schon öfter mal für 'n Strick gereicht!»

Plottka steckte es diesmal ohne Wimpernzucken weg: «Und außerdem: Ist denn sicher, daß sie wirklich was gewußt hat von allem...?»

Hundt überging diesen Einwand. «Kommt natürlich von unserer Seite gleich die Frage nach dem Alibi. Haben Sie eins, sind wir sofort wieder draußen, haben Sie keines, das hinreichend ist, dann... Mittwoch, 21. September, 16 Uhr 30 bis 18 Uhr...?»

«Keine Ahnung, wo ick da gewesen bin, welcher Tag das überhaupt...»

«Mensch, der Tag nach Giselas Ausstand hier...!»

«War ick doch sicher wieder besoffen, Filmriß und Blackout!»

Hundt gab ihm die Hand. «Tut mir leid, aber wenn Sie sich nicht bis morgen abend erinnert haben sollten, müssen wir uns leider in der U-Haft wiedersehen, da wird kein Richter zögern, einen Haftbefehl gegen Sie...»

11.

«Liebe Frau Großmann...» Joana hatte zwei Semester an einer Schauspielschule verbracht und jahrelang in der entsprechenden AG ihres alten Gymnasiums alles mögliche probiert, versuchte jetzt, den Franziskanerweg als Bühne zu nehmen, bemühte sich, ihre Augen so zornig-kalt funkeln zu lassen wie Sue Ellen, wenn sie J. R. mit einer anderen im Bett erwischte, war gut und litt zugleich darunter, daß sie zu einer so bieder-netten Frau so häßlich reden mußte. «Begreifen Sie doch bitte, daß Onkel Herbert Sie um alles in der Welt nicht sehen möchte! Er hat uns ausdrücklich gesagt, daß wir Sie nicht reinlassen sollen, befohlen geradezu...»

Gottfried nickte nur dazu, hatte Angst, daß sie ihn trotz am Telefon verstellter Stimme doch erkennen könnte. Außerdem ging ihre Strategie generell dahin, wegen eben dieser Gefahr bei Außenkontakten, wo immer es ging, Joana agieren zu lassen.

«Da bin ick aba baff!» Gerda Großmann sah auf ihren Nelkenstrauß. Die hatte er früher immer so gemocht.

«Die alten Wunden, die verheilen nie», fügte Joana hinzu. «Das ist seine stehende Wendung...»

Gottfried hielt den Schlüssel in der Hand, unschlüssig, denn wenn er aufschloß, bestand die Gefahr, daß die Großmann, resolut wie sie schien, sofort aufs Grundstück stürzte, um intensiv nach Dolgenbrodt zu suchen.

«Das soll er mir mal selber sagen!» So schnell gab eine Gerda Großmann nicht auf. Wat ick mir mal in 'n Kopp gesetzt habe, det mach ick ooch!

«Es tut mir leid für Sie...» Joana machte nun auf einfühlsam. «Und wenn ich Sie jetzt auch verletzen sollte... Aber er hat gestern wörtlich gesagt... Ich zitiere ihn da nur...» Sie stockte, schien es nicht zu schaffen, das über die Lippen zu bringen.

«Na, wat denn nu...!?»

«...daß er die Polizei ruft, wenn Sie nicht aufhören würden, ihn weiter zu belästigen...»

Gottfried verdrehte hinter Gerda Großmanns Rücken die Augen: Die Polizei zu erwähnen, du bist doch beknackt. Wenn die nun...!

Joanna korrigierte sich schnell. «...nein, nicht direkt die Polizei, nur so. Aber was er dann über Sie so gesagt hat... Solche Ausdrücke, die... Daß Sie schon damals die Männer nur ausgenutzt hätten, dauernd einen anderen, und daß Sie jetzt nur auf sein schönes Geld scharf seien...»

Da schmiß sie dann endlich ihre Blumen auf die Erde und rief: «Dann kann er mir mal...!» Drehte sich um und lief zur S-Bahn zurück.

Gottfried kletterte halb auf den Gartenzaun, um ihr lange hinterherzublicken. «Die wäre abzuhaken...»

Joana stöhnte auf. «Gemein irgendwie...»

«Wenn der Preis nicht höher ist, geht's ja noch. Obwohl... Überschrift: Die Welt als eine grandiose Schmierenkomödie...!»

«Nehmen wir die Räder und fahren wir ein wenig in der Gegend umher...»

Es ging quer durch den Tegeler Forst und über dessen höchsten Hügel hinweg, den Ehrenpfortenberg, dessen Wahnsinnshöhe von 69 Metern sie gehörig schwitzen ließ und schließlich zum Absteigen zwang.

Gottfried spielte wieder einmal Wanderführer. «Als Kurfürst Friedrich III. endlich König wird in Preußen und von der Krönung in Königsberg heimkehrt nach seinem geliebten Berlin, werden hier Ehrenpforten für ihn aufgestellt...»

Joana klatschte in die Hände. «Sehr schön! Nur vergessen Sie zu erwähnen, welch Hundeleben die Leute hier geführt haben, vor allem nach dem Dreißigjährigen Krieg. Wolfsrudel hier im Wald, in den Dörfern ein Elend wie heute in der Dritten Welt...»

Sie saßen wieder auf und sausten ins Tal, überquerten, sie kräftig verfluchend, die neue Hamburg-Autobahn, und erreichten alsbald Heiligensee, das in Teilen schon ein bißchen märkisch-ärmlich wirkte, Bausparer verriet, die mit dem Pfennig knapsen mußten und ohne hohe Eigenleistung nie ans Ziel gekommen wären.

Am Elchdamm kletterten sie die sylthohe Wanderdüne hinauf und ließen sich hinunterrollen wie die Kinder, trotz der französischen Warnung «Domaine militaire». Auf der Brücke, die den Verbindungsgraben zwischen der Havel und dem herbststillen See überspannte, spielten sie ein Pilgerpaar, das auf dem Weg zum Heiligen Blut zu Wilsnack war, um Vergebung ihrer schweren Sünden bemüht.

«Nun, Gevatter, hörst du auch die versunkenen Glocken auf dem Grunde des Heiligensees...»

«Ja, Gevatterin, sie rufen dumpf dir zu: Dolgenbrodt, Dolgenbrodt!»

Sie fuhren zurück, um bei *Dannenberg* zu essen, Blick hinaus auf den Nieder-Neuendorfer See, einen Havelbauch, Havelschlauch, am gegenüberliegenden Ufer eben noch gerahmt vom Mauerbeton, den kapitalistischen Räubern den Zugriff aufs nahe Hennigsdorf zu verwehren, wo man Stahl erzeugte, hatten ja im Westen gewaltigen Mangel daran, haha, und Lokomotiven.

Zanderfilet bestellten sie sich und einen weißen Württemberger.

Gottfried hob sein Glas. «Die Pflicht geböte die Entsagung? fragt Feuerbach. Wie töricht! Die Pflicht gebietet den Genuß: prost!»

«So kann's weitergehen bis ans Ende unserer Tage: das Leben wieder als Rokoko-Spiel...» Joana prostete zurück. «Die Welt den Hedonisten und nicht mehr den Obristen!»

Wieder zu Hause, holten sie sich aus dem Keller Schlafsäcke und Liegen und plazierten sich unter den Weymouthskiefern im Garten, drusselten dahin, projizierten sich lustvolle Bilder herbei. Gottfried, wie er auf der Frankfurter Buchmesse stand und sein *Einmal Vollring und zurück* gar nicht so schnell signieren konnte, wie es ihm die Leute aus den Händen rissen, den Bestseller der Saison. Joana, wie sie, unter großen Drachenschwingen hängend, vom Kilimandscharo-Schnee hinunter in die Steppe glitt.

In diese Stimmung hinein hörten sie es, die Küchentür stand offen, im Hause klingeln, und ihr Blick ging durch die Zweige hindurch nach vorn zum Gartentor. Ein Paar stand draußen. Ein hochgewachsener, schlanker Mann und eine ziemlich korpulente Frau.

«Wer is 'n das...?»

«Nie gesehen...»

«Ich geh mal...» Joana schälte sich aus ihrem Schlafsack, ihrer

Decke, stand auf und ging nach vorn, glaubte auch diesmal wieder an fromme Werber irgendeiner Sekte, an Leute, die ihr das Kochen mit dem Mikrowellenherd vermitteln oder billigen Torfmull, Bienenhonig und dergleichen unter Ladenpreis andrehen wollten, hatte das Nein-danke auch schon vorgeformt, fragte aber, höflich wie sie war, doch erst mit einem schon abwehrenden «Ja, bitte...?»

Und da kam der Schlag auch schon.

«Hundt mein Name... Frau Zechow, meine Kollegin. Die 7. Mordkommission...» Die golden-ovale Kripomarke in die sinkende Altweibersonne gehalten.

Joana konnte nur noch registrieren, wie die Welt auf einmal eine andere wurde, sich die Sekunden bis zu Ewigkeiten dehnten, alles derart träge floß, daß es schon Stillstand war. Mittendrin der Film gerissen, das letzte Teilbild plötzlich eingefroren. Nur die Tonspur lief noch richtig. Die Eichhörnchen schimpften mit schnalzenden Zungen, die Amseln markierten mit stolzen Fanfaren ihre Wipfelreviere. Frau Dr. Füllmich übte, die Fenster geöffnet, das Französischsprechen: « *Voilà l'ambulance et le médecin. On a fait de son mieux, docteur...*»

Und in der leeren Blechkapsel ihres Kopfes nichts als blöde Phrasen.

Das ist das Aus!

Ich hab's ja kommen sehen!

Das konnte ja auch nicht lange gutgehen!

Jetzt suchen sie ihn!

Hätten wir doch bloß nicht...!

Zu ihrer großen Überraschung war sie aber noch fähig, Worte zu formen: «Oh, das überrascht mich aber! Haben wir denn was...?»

Sie saß in der ersten Reihe des Parketts und sah sich oben auf der Bühne tapfer agieren.

«Nein, nein, es geht nur um Herrn Dolgenbrodt...»

Also doch. Sie glaubte, im nächsten Augenblick mit einem Kreislaufkollaps umzusinken, so sehr fühlte sie sich schwanken, mußte sich an der halb geöffneten Pforte festhalten wie in der rüttelnden U-Bahn am Griff.

«Onkel Herbert...?» Es kam ihr albern vor, dies Onkel Herbert, und ob es taktisch richtig war, das konnte auch bezweifelt werden. Zugleich mußte sie an die vielen Filme im Kino und Fernsehen denken, wie druckreif und bewundernswert alle Leute da sprachen, ihr selbst in extremsten Situationen immer noch imponierend erschienen, während sie selber nur dumm und stammelnd dastand, wieder kleines Mädchen war, dringend Pipi machen mußte, hatte aber zugleich, idiotisch in dieser Alles-oder-nichts-Situation, ein Aha-Erlebnis, das alles erklärte: Klar, die Dichter und die Drehbuchschreiber hatten ja, wenn sie vor Papier und Schreibmaschine saßen, Stunden, Tage, Wochen Zeit, sich wunderbare Dialoge einfallen zu lassen, stoffgerechte Auftritte ihrer Personen, waren auch in keinster Weise involviert in alles, ganz direkt und körperlich, voller überschießender Emotionen oder aber furchtbar gelähmt, wurden zudem noch von Dramaturgen, Redakteuren und Lektoren überwacht und korrigiert. Sie aber, sie hatte keine Zeit zur Perfektion, hatte selber zu fechten, mußte spontan alles schaffen, verbrauchte schon den Großteil aller Energie, um sich überhaupt auf den Beinen zu halten. Und wenn es ihr auch dreist gelungen wäre, für sich selbst ad hoc eine glanzvolle Rolle zu schreiben und im selben Atemzug zu spielen, ihre Partner entzogen sich ja weithin ihrer Kontrolle, waren ja nur in Maßen zu steuern, wenn überhaupt.

Kein Wunder also, daß ich schwach bin!

Laß sie reden, Zeit gewinnen!

Mit Anstand verlieren!

Auf alle Fälle das Gesicht wahren!

«Was soll denn Onkel Herbert...? Der ist doch schwerbehindert, fast gelähmt...» Langsam gewann sie wieder Boden unter den Füßen.

Hundt schien das zu kennen, wie schnell die Kriminalbeamten ehrbare Bürger aus dem Gleichgewicht brachten, und wollte ihr ganz offenbar zu Hilfe kommen. «Mordfall Roggensack... Da sind wir unterwegs... Haben Sie doch sicher gehört von...?»

Nein, hatten sie nicht, waren viel zu sehr mit Dolgenbrodt und sich beschäftigt gewesen. Sonst hatten sie auch morgens mit den Brötchen zusammen immer den *Tagesspiegel* oder die *Berliner Morgenpost* gekauft, nicht aber in den Wochen nach dem Tag X, auch kaum das Regionalfernsehen verfolgt. Dies wahrscheinlich auch als Teil ihrer allgemeinen Verdrängung, nicht nur Dolgenbrodts Tod aus dem Bewußtsein auszublenden, sondern die gesamte Wirklichkeit ringsum in ihrer Stadt.

Aber den Namen Roggensack, den mußte sie doch irgendwann schon mal...

Die Zechow half ihr auf die Sprünge. «Eine Kollegin Ihres Onkels. Muß er doch sicher mal was abgelassen haben über die...»

«Ah, ja, als er da Amtsleiter war... Über die hat er immer nur geschimpft, soweit ich mich erinnere. Weil die immer so harsch mit den Bürgern umgegangen ist. Hat sogar mal 'ne kleine Anfrage im Abgeordnetenhaus deswegen gegeben. Und jetzt ist die ermordet worden...?»

Hundt nickte. «Mittwoch, den 21. Sept., zwischen 16 Uhr 45 und 18 Uhr.»

«In ihrer Wohnung oder wo...?»

«Im Sozialamt selber.»

«Dann kann's doch nur 'n Klient gewesen sein, der sich...»

«*Nur* nicht...» Die Zechow zerklatschte eine späte Mücke, die auf ihrem Oberarm Blut fürs Überwintern bunkern wollte. «Auch ein bis zwei ihrer sehr verehrten Kollegen hätten ein schönes Motiv... Und genau darum sind wir hier niedergekommen bei Ihnen: Daß uns Ihr Onkel mal auf die Schiefertafel schreibt, wer sie ganz lieb gehabt hat und wer weniger; so als Background bloß.»

Joana glaubte die Sirenen zu hören, wie sie den Entwarnungston laut übers Städtchen schickten. «Macht er sicher gerne... Nur ist er gerade beim Arzt. Wenn er Sie später einmal telefonisch...» Das bekam Gottfried sicher hin.

«Ist geritzt...!» Die Zechow reichte ihr die sehr amtliche Visitenkarte hinüber, richtiges Berlin-Layout, und warf einen leicht neiderfüllten Blick über den Zaun. «...'n schönen Garten ham Sie hier, is ja bald 'n halber Park...»

«...Parkfriedhof eher...!»

Da war es ihr entfahren, reflexhaft, unaufhaltsam, wie ein Schluckauf vom Willen nicht beherrschbar. Kam es aus der Tiefe, wo Verdrängtes abgelagert war, blubbernd hochgeschossen, zerplatzte wie eine giftige Blase? Oder nur, weil alles so eingeschliffen war mit Gottfried und ihr, daß sie jedes ihrer Worte unwillkürlich in Computerschnelle daraufhin abchecken, überprüfen mußten, ob es nicht eine witzige Assoziation, einen Gag hergab? Vielleicht auch nur, viel einfacher, weil die Dame Zechow ihrer Tante Dora zum Verwechseln ähnlich sah, wie eine Tochter fast; und diese Tante hatten sie vor einer Woche auf dem Neuköllner Parkfriedhof zu Grabe getragen.

Wie auch immer, nun war es heraus, Selbsttor, Selbstmord, Hang zum Untergang, und sie fühlte sich sterbenselend, glaubte so bleichgezeichnet auszusehen wie ein lungenkrankes Mädchen auf einem alten Stich.

War nahe am Zusammenbrechen, als die Zechow nun sagte: «Aha, da liegt der Hund begraben...»

«Ich muß doch bitten!» lachte Hundt. «Wer soll mich hier begraben haben...?»

«Entschuldigung!» Die Zechow hieb ihm so auf die Schulter, daß er sagte, sein Orthopäde hätte gerade Urlaub und sie solle das lieber lassen. «Ich mein ja nur, ob Sie vielleicht Ihre Träume hier begraben haben, haben müssen, in der grünen Einöde hier...?»

«Ganz im Gegenteil...»

Der zweite Fehler, und es schien ihr unabwendbar, daß die Zechow nun endgültig hellhörig wurde.

12.

Hagen Plottka war am glücklichsten, wenn er hörte, daß man ihn als einen liebenswerten Chaoten bezeichnete. Zwar geschah das nicht oft, da er vielen als zu schmuddlig, ja als schmierig galt, doch es blieb sein großer Lebensentwurf, sein Ziel. Dazu gehörte es denn auch, daß er den Vergeßlichen mimte, es in der Tat zu einer regelrechten Kunst kultiviert hatte, nicht mehr zu wissen, wann was gewesen war. Es war ein Stück Freiheit für ihn, nicht von x Daten belastet zu sein. Kein Kind in seinen schönsten Jahren, bevor die Schule einsetzte, brauchte ja einen Kalender, um glücklich zu sein, es reichte, sich in etwa nach Weihnachten, Ostern, der Sommerreise und ein paar Geburtstagen zu richten. Zudem fehlten ihm fast völlig die üblichen Zeitmarkierungen und die kleinen Großereignisse eines echten bürgerlichen Lebens: Konzertbesuche, Theater, Partys bei diesem und jenem, Sport – mittwochs und freitags 20–22 Uhr, Elternabend in der Klasse des Sohnes, die Tochter zum Mandelnrausrupfen ins Krankenhaus gebracht, Heizöl bestellt, mit der Ehefrau nach Dienstschluß neue Tapeten gekauft. Was er tat, wenn er sein Sozialamt verließ, war immer ganz spontan, hing von solchen Stimmungen und Zufällen ab, die sich später kaum noch nachvollziehen ließen. Schließlich und endlich trank er nahezu jeden Abend soviel, daß das Bier die Erinnerungen aus den Gedächtnisbahnen alle wieder fortspülte, so als würde man mit einem nassen Schwamm über eine Tafel wischen und nachher noch die Kreideschrift erkennen wollen.

Vor diesem Dilemma also stand er, als das Hundt/Zechow-Gespann unbedingt sein Alibi wollte. Wie ein Archäologe hatte er in den Trümmern seiner vergessenen Tage nach Spuren zu suchen. Sechs, sieben Wochen, welche Ewigkeit für ihn, trojafern das alles, längst bedeckt und überwuchert von neuen Schichten, Geschichten vor allem, den Schicksalen seiner vielen Klienten.

Angst machte ihm, daß er nicht nur als potentieller Mörder galt, sondern insgeheim auch fürchten mußte, es wirklich gewesen zu sein. Denn sicher hatte er die Roggensack gehaßt, und ebenso sicher konnte er, total besoffen, aggressiv und grausam sein. Es ging also um einiges für ihn. Sosehr er auch vom Äußeren einem Tegel-Knacki glich, so unerträglich war der Gedanke für ihn, tagsüber nicht mehr sein Sozialamt zu haben und abends und nachts sein Fledermausleben.

Eine halbe Nacht hatte er gebraucht, um eine etwaige Rekonstruktion der Tatwoche zu schaffen (bezogen auf die Zeit von 16 Uhr 45 bis 18 Uhr); und so sah sein kleiner Zettel mit den Merkposten aus:

Mo – Frohnau
Die – Abschied Gisela Roggensack
Mi – Mit Hotte Wanderung Müggelberge, dann *Gerhard's Gruft*

Do – Mit Krücken-Kutte neue Schuhe kaufen (Müllerstraße)
Fr – Mit Ehepaar Saftic zum Eishockey, Preußen gegen ? (kann aber auch erst So gewesen sein)

Da es letztlich nur auf den Mittwoch ankam, war er am frühen Morgen zum Bahnhof Friedrichstraße gefahren, um hier auf besagten Hotte zu warten und sich von ihm, und zwar gerichtsverwertbar, bestätigen zu lassen, daß er die Roggensack unmöglich getötet haben konnte.

Dieser Hotte, genannt: der Perlenwerfer, hätte eigentlich gut in die Ehrengalerie seiner SozAmts-Typen gepaßt, hatte aber den Sturz ins Reich der Stütze bislang immer gerade noch eben so zu vermeiden gewußt. Vor Jahren Psychologiedozent an der Hochschule für Öffentliche Verwaltung (HÖV) in Bramme gewesen, Herr Prof. Dr. Horst-Rüdiger Yablonsky, wegen seines Vornamens und der Silbe am Ende wie auch seiner Profession öfter mal verwechselt, hatte er entnervt den Bettel hingeworfen («Warum noch länger Perlen vor die Säue werfen...?»), als immer weniger Studenten bereit gewesen waren, seinen links-ideologischen geistigen Höhenflügen zu folgen. Alles schrie nach größerem Praxisbezug und verwarf ganz rigoros, was nicht direkt am Arbeitsplatz von Nutzen war, hatte zudem fast ganz die Fähigkeit verloren, auch einmal trockenen Texten zuhören zu können, wollte nur noch, mit der *Sesamstraße* groß geworden, Entertainment beim Lernen, Amüsemang. Und das war unter seinem Niveau, das verabscheute er. Zum großen Krach mit der Studentenschaft war es schließlich gekommen, als sich einige geweigert hatten, sein Buch «Reaktanzpotenzierung in autopoietischen Systemen» zu lesen (These: Je selbstorientierter und autonomer eine Organisation, desto allergischer reagieren die Mitglieder auf die Beschneidung ihrer Freiräume von außen). Da hatte er sich im Lande Niedersachen auszahlen lassen und war, hier aufgewachsen, 1987 nach Berlin gekommen, um einen KEB zu gründen, einen Kapitalistischen Einmann-Betrieb, den KEB DDR-Wanderungen «Fontanes Erben». Für ein angemessenes Honorar arbeitete er die schönsten Routen aus, studierte die Fahrpläne, die im Westen schwer erhältlich waren, machte sich anhand von Materialien aller Art ausreichend kundig und führte zwei- bis dreimal in der Woche eine Fußwanderschar von etwa fünfzehn Köpfen von Königs Wusterhausen zum Wolziger See, vom Wandlitzsee nach Birkenwerder oder vom Tiefensee durch den Gamengrund bis nach Strausberg hinunter, an die dreißig Kilometer zumeist. Das Geschäft ging gut, denn immer mehr wollten damals vor der Wende die DDR, das unbekannte Wesen, auch für sich entdecken, und Perlenwerfer-Hotte hatte endlich ein Publikum, das stets mit Kopf und Herz bei der Sache war und mit Beifall (Akzeptanz) nicht geizte.

Plottka hatte, seit das Kripoduo abgezogen war, immer wieder versucht, Yablonsky telefonisch zu erreichen, doch nur dessen Scheißanrufbeantworter sein Verslein säuseln hören, war dann am Mittag extra zum KEB-Büro nach Kreuzberg gefahren, wo ihm von der Perlenwerfer-Oma verraten worden war, daß der Wanderprofi selten nur nach Hause käme, am besten wohl am morgigen Tage gegen 6 Uhr früh am Bahnhof Friedrichstraße abgefangen werden könne, von wo aus es mit einer Wandergruppe zum Scharmützelsee ginge («...wenn bei die offenen Jrenzen jetze überhaupt noch eena mitmachen tut...»).

Noch aber, 5 Uhr 55 war es schon geworden, ließ Hotte auf sich warten. Plottka nahm's gelassen, gab es doch in Griffweite den früheren *Intershop*-Kiosk mit Alkohol en masse, wenn auch nicht mehr duty-free. Und wenn sich der Perlenwerfer erdreistete, erst gegen Mitternacht zu kommen: Es galt, hier auszuharren, denn wenn er den fraglichen Mittwoch wo verbracht haben sollte, dann mit Yablonsky in den Müggelbergen. Hatte er noch alles genauestens vor Augen. Auf der S-Bahn-Mörder-Strecke, das war alles ganz genau geschildert worden, über Karlshorst, Köpenick und Hirschgarten bis nach Rahnsdorf hin, dann mit der Fähre über den östlichen Ausläufer des Großen Müggelsees gesetzt, die Berge hinauf, knapp über hundert Meter, dann Einbruch der Dunkelheit mit Picknick und Fontane-Gedicht. *Wie zu Zeiten der Semnonen, / Unsrer Urahnen, die hier im Eichenwaldschatten / Ihre Gottheitsstätten hatten.* Wenn er das diesem feinsinnigen Kripomenschen erzählte, dem Hundt, dann beölte der sich ganz bestimmt, wohingegen die Zechow sicher erst bei der Geschichte mit Perlenwerfer-

Hottes Notlandung ihren Orgasmus bekam. Mußte der im Finstern plötzlich scheißen und hockte sich an einen Grabenrand. Ging auch alles gut, nur vermißte er nach dem Abwischen plötzlich sein teuren Rucksack. Im Schein mehrerer Taschenlampen zeigte sich dann, daß das gute Stück vorher unbemerkt abgerutscht war... Na, wenn das nicht ein vollkommener Beweis seiner Teilnahme war! Zurück dann nach Wendenschloß und mit der Straßenbahn, der 83 wohl, nach Köpenick zur S-Bahn-Station.

Plottka liebte diesen Bahnhof Friedrichstraße irgendwie, hatte in den Jahren von Mauer und Teilung mit seinen Freunden von der Berber-Szene gerne am *Intershop*-Tresen gestanden und die Desperado-Stimmung genossen. Verloren sind wir alle, doch nur wir, wir wissen es. Ihr anderen alle, ihr seid Heuchler, ihr betrügt euch selber, spielt euch nur was vor. Wir sind die Größten, weil wir die Wahrheit kennen und weil wir ehrlich sind. Er kaufte sich einen Flachmann, Whisky, und begann zu trinken, sah sich um.

Sozialamts-Look, echt deutsch-deutsch. Der Bahnhof noch immer in alter DDR-Tristesse. Die Wände in Uniformfarben verkleidet: grau und grün. Die Pfeiler und Treppen mit Kacheln geschönt, deren gemuscheltes Braun ihm wie eine Mischung von SA, SS und alter Müllabfuhr erschien.

Vor einem Jahr noch hatten sich hier die Menschen gestaut, Ausweise und Passierscheine gezückt, das Eintrittsgeld parat, geduckt und schwitzend, um sich vor dem Grenzübertritt beäugen und filzen zu lassen.

Plottka stieg hinauf zum Zwischengeschoß, um dort nach den Wanderern Ausschau zu halten. Oha! O nein! Von der Stadtbahn kam gerade sein alter Kunde Klaus-Peter Z. herabgeeiert, seit einiger Zeit aber von einem anderen SozAmt betreut.

«Wie geht's, wie steht's, haste auch 'n Schluck für mich...?»

Plottka schenkte ihm den Rest seines schottischen Trunks. «...'n bißchen vergnatzt siehste mir aus...?»

Ein hastiger Schluck. «Haste nich jelesen...?»

«Nee, erzähl mal jenauer...»

Weil es ihm in einem Wohnheim für Obdachlose nicht gefallen hatte, war er bei seinem Sozialamt um eine Übernahmebescheinigung nachgekommen. «...für Maklerkosten und Kaution, vastehste. Sonst hätt ick doch nie 'ne Wohnung jekriegt. Und ohne Wohnung keene Arbeit als Pinselschwinger...» Als er endlich eine Bleibe gefunden hatte, war ihm die Kostenübernahmebescheinigung verweigert worden. «Hundertfünfzig Mark Miete, det war denen zu hoch. Aber für wenija, da kriegste ja hier nich mal 'n Rattenloch.»

«Und...?»

«Da hab ick denn jesagt, det der Leiter da 'n Amtsarsch is... Und so weiter... Als 'n Reporter da rumjeloofen is, in't Mikrofon rin, wie mir der Schnabel jewachsen is. Und jetz haben se 'ne Verleumdungsklage einjereicht gegen mich... Tausendsiebenhundert Mark Strafe soll ick zahlen...!»

«...von deiner Sozialhilfe!» Plottka lachte. «Aber wenn de det beantragst, dann übernehmen sie das...»

«Kannst du det nich einfädeln...?»

«Im Augenblick nich. Ick bin erst mal beurlaubt worden, bis mein eigenes Verfahren... Du, entschuldige...!»

Plottka hatte endlich die anrückende Wandergruppe Yablonsky erspäht und stürzte sogleich auf Perlenwerfer-Hotte zu, begrüßte ihn und bat, daß er sich seiner erinnere. «Die Müggelberge... Als du im Dunkeln auf deinen eigenen Rucksack raufgeschissen hast...»

«Ja, sicher...» Perlenwerfer-Hotte war vom langen Marsch durchs Berliner Nachtleben noch sichtlich erschöpft und konnte nicht mal mühsam lächeln. «Ich hab aber inzwischen 'n neuen. Was gibt's denn...?»

«Ich brauch 'n Alibi von dir...»

«Nicht lieber 'n Belibi oder 'n Celibi...?» Langsam kam der Wander Entertainer wieder in Schwung.

«Mensch!» Plottka fuhr ihn an. «Mir ist es Ernst: Mir wollen se 'nen Mord anhängen!»

Yablonsky stellte seinen Rucksack ab und machte erst mal «Puuuh!», versuchte, seine langen grauen Haare, um nicht ganz so unbürgerlich zu wirken, rübezahlähnlich, zu einem Zopf à la Lagerfeld zusammenzuraffen.

Plottka drängte nach. «Mittwoch, 21. September, die Müggelberge bei Nacht...!»

Yablonsky hatte erst mit seinem Allergiehusten zu tun, fand dann aber seinen Terminkalender in einem Seitentäschchen seines Rucksacks. «Mal sehen…»

Plottka schaute ihm beim Blättern mit so starren Augen zu, wie sie sonst nur Hunde hatten, wenn sie am Tisch ihres Herren gierig auf den Bissen warteten. «Na, was ist…!? Kannste bezeugen, daß ich da mit war mit euch…?»

Das Urteil: «Mit warste da schon, aber die Müggelberge, das war nicht Mittwoch, der 21., das war Montag, der 19. …!»

Zwei der umstehenden Mitwanderer konnten das mit Sicherheit bestätigen, und Plottka blieb ausgeknockt zurück, als die Yablonsky-Truppe nach oben sprang, den Zug nach Königs Wusterhausen, nur alle zwanzig Minuten im Plan, noch zu erreichen.

Schließlich schlich er sich wieder in den Nord-Süd-Bahn-Tunnel hinunter und fiel auf eine der hölzernen Bänke, umweht von den Gerüchen vollgepißter Pfeiler und Wände. Hier sitzen bleiben und langsam ins große Nichts hinüberdämmern… Ihm war nur allzu klar, daß er sich, so wie er war, geradezu anbot, ein Frauenmörder zu sein, hörte schon den Staatsanwalt dröhnen: Als der Angeklagte im menschenleeren Amtsgebäude versucht hat, mit dem späteren Opfer den Geschlechtsverkehr auszuüben, ist er aufgrund seines abstoßenden Äußeren von Frau Roggensack brüsk zurückgewiesen worden und hat dann aus dieser Demütigung heraus wie zur Befriedigung seines Geschlechtstriebes auf sie eingeschlagen, um sie sich gefügig zu machen.

Ein Zug nach Wannsee wurde gerade wie eine Rohrpostkapsel zischend aus der engen Tunnelröhre in die Bahnhofshalle katapultiert, und es war schon ein ziemlich starker Impuls, der ihn hochschnellen ließ: Spring, und du bist von allem erlöst!

Doch einen knappen Meter vor der Kante verhielt er wieder, nahm es fast gelassen hin, daß der Organismus überleben wollte, kämpfen.

Als er sich den nächsten Flachmann gekauft hatte, ging es wieder. Wenn er am Mittwoch nicht gewandert war, wo hatte er sich dann herumgetrieben…? Der Dienstag war ein Fixpunkt, unverrückbar: die Abschiedsparty. Ebenso der Freitag, der Eishockey-Tag. Blieben

Montag und Donnerstag, die er mit dem Mittwoch verwechselt haben konnte. Der Schuhkauf mit Krücken-Kutte... Aber wo mochte der stecken? Aus dem Krankenhaus hatten sie ihn ja sicher bald wieder entlassen. Aber was war dessen Aussage groß wert? Da wäre es ihm schon lieber gewesen, wenn er den Montag und den Mittwoch miteinander vertauscht hätte...

Er setzte sich wieder und versuchte, die Hände vor die Augen gepreßt, die Bilder auf die filzbraune Leinwand zu zaubern. Mit der S-Bahn nach Frohnau... Franziskanerweg... Der schwarze Gartenzaun... Hinten im Garten, in den Hang gebaut das weiße Haus... Er greift über den Zaun, öffnet das Tor, als sich auf sein wiederholtes Klingeln hin Dolgenbrodt nicht meldet... Hatte das früher immer getan, als der Chef auch mal am Wochenende eine Sache schnell erledigt haben wollte... Hat seine Sätze schon alle im Kopf: Sie müssen mir helfen; die Roggensack will mich hochgehen lassen. Sie sind der einzige, der... Alle werden sagen, daß ich niemals ohne Ihr Wissen... Darum müssen wir beide zusammen eine Strategie entwickeln, mit der sie uns...

Dann war Dolgenbrodt gekommen und hatte ihn hinausgeworfen, ohne sich auf irgend etwas einzulassen. Raus hier, ich will von diesem verdammten Sozialamt nichts mehr hören und sehen!

Genau so hatte es sich abgespielt. Fragte sich nur, ob am Montag- oder Mittwochnachmittag...?

Da hatte er eine Idee und Glück damit. Beim Kramen in der Gesäßtasche seiner Hose fand er nämlich nicht nur Bonbonpapier, eine Präserhülle, einen zerknickten Bierfilz, einen Zehnmarkschein und ein Stück Toilettenpapier, sondern auch eine zum Rummellos gerollte Sammelkarte für U-Bahn/S-Bahn/Bus zu 11,50 DM – und auf der befand sich ein Stempeldruck, der womöglich seine Rettung war: 18:20 Mi 38 S-Frohnau. Uhrzeit seiner Rückfahrt in die Stadt, Wochentag und laufende Woche des Jahres. Ein Blick in seinen Taschenkalender bestätigte es: Der 21. September hatte in der 38. Woche des Jahres gelegen.

Gerettet! Den Kopf noch einmal aus der Schlinge gezogen!

Nun brauchte er sich nur noch von Herbert Dolgenbrodt bestätigen zu lassen, daß alles so gewesen war.

Der nächste Zug nach Frohnau war gerade eingefahren, und er schaffte ihn dicke.

Am Zielort angekommen, kaufte er, um Dolgenbrodt eine kleine Freude zu machen, im Bahnhofsgebäude die neueste Ausgabe des *Eisenbahn Journals* («... statt Blumen ...»), schlängelte sich dann in mäßigem Tempo durchs Frohnauer Straßenlabyrinth, fragte sich beim Gehen immer wieder, ob sich denn, wenn er die Roggensack wirklich getötet haben sollte, eine solche Tat derart verdrängen ließ, daß man objektiv von nichts mehr wußte, es höchstens als Wille und Vorstellung nahm. Ja, ich hätte sie manchmal *in der Tat* umbringen können. Wegen ihrer faschistoiden Äußerungen und Handlungen, wie sie die Leute immer abgekanzelt und gedemütigt hat. Und weil ich manchmal scharf auf sie gewesen bin, sie mich aber immer abgewiesen hat («... vielleicht, wenn du dich mal wieder gewaschen hast, nächstes Jahr Weihnachten ...»), mir durchaus schon vorgestellt hatte, ihr mal den Hochmut aus den Leib zu bumsen.

Nein, befand er schließlich, auch total besoffen nicht, kein Totschlag, kein Mord, eher schon der Witt mit seinen, wie sie es nannten, Affektstürmen, die er ab und zu bekam, siehe sein «Attentat» auf den sehr geehrten Herrn Magistratsdirektor Haiduck. Oder, viel wahrscheinlicher, ein verspäteter Klient mit einem Racheakt, überaus verständlich. Wenn nicht gar der Taxifahrer selber. Verena hatte das erzählt. Das Gespann Zechow/Hundt habe den jetzt in die Mangel genommen. Von der Roggensack in seiner Taxe angemacht, sei er ihr hinterhergegangen.

Plottka wurde abgelenkt, weil in der Benediktinerstraße, die er gerade kreuzte, die ganze Nachbarschaft mit ihren Rädern aufzubrechen schien, um einen entlaufenen Collie-Rüden namens Mac zu suchen, Macduff genauer. Ob er ihn irgendwo gesehen hätte? Nein, es täte ihm leid.

Weiter stapfte er durchs Laub, sang etwas von Melancholie, schrak dann aber gewaltig zusammen, als plötzlich neben ihm ein Panzerschützenwagen stoppte und ein Dutzend Soldaten herabgesprungen kam. Jetzt kesseln sie dich ein, und dann wirst du standrechtlich erschossen, alliiertes Recht! Doch die jungen Franzosen hasteten lediglich zur nächsten Ecke, um sich dort ins Gras zu werfen und den angenommenen Feind zu erwarten.

Plottka trollte sich, doch kaum hatte er den Sigismundkorso überquert, starrte er erneut in den Lauf einer Waffe, einer bildschönen Walther-P-38-Pistole.

«Hände hoch! Und du bist tot! Peng, peng!»

Wütend riß er einem Vorschulknirps das täuschend echte Plastikdings weg. «Auf Menschen schießt man nicht! Kriegste erst nachher wieder, wenn ich zur S-Bahn zurück...»

Schönes Spielzeug. Es verschwand in der weiten Seitentasche seiner schmuddelgrauen Windjacke, und er kümmerte sich nicht mehr um das Gejohle der Kinder.

Als er den Franziskanerweg erreicht hatte, war es ein wenig dämmrig geworden, ohne daß die Straßenlaternen und die Lampen an den Häuserfronten schon eingeschaltet wurden.

Ein älterer Herr mit einem kecken Hütchen auf dem Kopf lief hinter einem Schäferhund her, der alterskrank hinkte, um mit einer Müllschippe, wie das Gesetz es seit kurzem befahl, dessen Exkremente zu bergen.

Vor Dolgenbrodts Grundstück stand mit tuckerndem Diesel ein weiß-roter Tankwagen, und durch das offene Tor zogen sich der schlangendicke Heizölschlauch und ein dünnes Kabel durch den langgestreckten Garten.

Plottka wäre nicht Plottka gewesen, wenn er nun noch geklingelt und per Gegensprechanlage um die Erlaubnis nachgesucht hätte, doch bitte schön nähertreten zu dürfen. Festgenagelt auf sein Image, immer und überall der Unkonventionelle zu sein, ging er natürlich querbeet der Terrasse entgegen, um hinten an die Küchentür zu klopfen, seinen alten Vorgesetzten auch ein wenig zu schrecken. Im Heizungskeller hörte er Stimmen, doch die von Dolgenbrodt schien nicht dabeizusein.

Als er nun auf einem gewundenen Gang, wie in einer kleinen Festung, von Trockenmauern umgeben, nach oben stieg, war er sich ziemlich sicher, auch am Tattag hiergewesen zu sein. Na, in ein paar Minuten würde Herbert Dolgenbrodt ihm ja letzte Gewißheit verschaffen.

Von der Terrasse aus konnte man, das wußte er, durch jeweils eine Tür die Küche und Dolgenbrodts Arbeits- und S-Bahn-Zimmer erreichen. Ansonsten durchbrachen noch zwei kleine Badezimmer- und ein großes Schlafzimmerfenster die weiß gestrichene, damals Stein für Stein gemauerte Wand. Hier hatten sie nicht nur an einer langen Tafel bei Dolgenbrodts Abschiedsfeier gesessen, sondern auch des öfteren samstags zu sogenannten Arbeitsessen: viel Arbeit, wenig Essen, meist nur Schusterjungen mit Schmalz. Für Dolgenbrodt waren diese Sondereinsätze in den letzten Monaten seines Dienstes immer mehr ein Mittel gewesen, seine Leute zu ärgern, zu piesacken, zu schurigeln, und Plottka hörte ganz deutlich sein aasiges Hahaha, wenn er sagte: «Der Beamte hat sich seinem Beruf mit voller Hingabe zu widmen! Paragraph 54 Bundesbeamtengesetz. Und wer sich mir nicht hingibt, der kann auch nicht damit rechnen, daß ich mich für eine gute Beurteilung mal hergebe...» Dabei hatte er zuletzt das von allen geforderte Tempo selber nicht mehr durchhalten können, war fast jeden Tag nach der Mittagspause bei sich am Schreibtisch eingeschlafen, und er, Plottka, hatte ihn dann immer wecken müssen, wenn Kollegen aus anderen Ämtern zu Besprechungen kamen. Ganz schlimm war es nach seinem Unfall geworden, seit er die steife Hüfte hatte, auch fürchtete, multiple Sklerose zu haben. Immer öfter hatte er da abschalten müssen und war im Sitzen eingenickt.

An diese Bilder fühlte sich Plottka auch in dieser Sekunde erinnert, als er Dolgebrodt im Schlafzimmer sah, offensichtlich in seinem Rollstuhl, o Gott, ein wenig eingeschlummert.

Und da das Fenster einen Spaltbreit offenstand, griff er hinein und stieß, genau wie früher, Dolgenbrodt an.

«Aufwachen, Chef...!»

13.

Gottfried und Joana standen im Heizungskeller und hatten Mühe, das Gefecht mit ihrem Heizölbringer durchzustehen, einem dickbäuchigen Wichtigtuer von der Art jenes häßlichen Deutschen, wie ihn die Republikaner im Hinblick auf das Reinheitsgebot der Menschen so liebten.

«So wat von Schrott, Ihr Tank! Ick laß ihn jetz volloofen, jut, aba wenn't zur Katastrophe kommt, dann hab ick keene Schuld...! Wir vastehn uns doch!»

«...'n Atomreaktor ist es ja schließlich nicht», wagte Gottfried einzuwenden.

«Nee, aba wenn det hier ausloofen tut und in Ihre Wanne rin, denn saugt sich det allet voll hier...! Is ja nich mal vasiegelt, det Mauerwerk! Det zieht Ihnen denn in't Mauerwerk rin – und abreißen könn'n Se allet, det janze Haus!»

«Der hat dreißig Jahre lang gehalten, der Tank, und warum sollte der gerade jetzt...?»

«Ick mein et ja nur jut mit Ihnen. Wat Sie brauchen, is 'n Tank draußen in 'n Jarten...»

«Nun ja...» Bei Gottfried krampften sich die Herzkranzgefäße zusammen.

«Passen Se uff: Ick hab da 'n Freund, und mit dem zusammen mach ick Ihnen det janz billig! Morjen abend rücken wa an und jraben Ihnen det Loch – und nächsten Morjen haben Se denn den neuen Tank drinne. Doppelwandig, astrein. Und bis an Ihr Lebensende keene Angst mehr, det wat...»

Joana hörte mit Erleichterung, daß die Pumpe draußen auf der Straße schwieg, ihr Tank nun vollgelaufen war, und nutzte die Chance, dem Mann unmißverständlich die Tür ins Freie aufzuhalten. «Nein, danke, wir machen das schon selber...»

«Bitte...» Der Mann zog beleidigt von dannen, und sie gingen sicherheitshalber beide mit nach vorn, um zu vermeiden, daß er ihnen in einer Art Racheakt ein paar hundert Liter zuviel auf den Auftragszettel schrieb.

Trinkgeld gab es nicht, und als er seinen Schlauch wieder eingerollt hatte, wußten sie, daß sie den Typen garantiert zu ihren Feinden rechnen durften.

Gottfried sah ihm hinterher. «Wenn der nun wirklich zur Behörde geht und die uns zwingen, 'n neuen Tank...»

«Geht denn das...?»

«Mit den neuen Umweltgesetzen sicher. Und dann schließlich: Ersatzvornahme, da gibt es kein Entrinnen mehr, da schicken die 'ne Firma her und lassen hier den Garten aufgraben. Notfalls mit polizeilicher Hilfe...»

Joana schüttelte sich. «Na und: Müssen wir ihn vorher eben umbetten...»

Ihr Dialog wurde abrupt unterbrochen, als Frau Dr. Füllmich angeradelt kam, vollbeladen vom Einkaufen, und beim zu kühnen In-die-Kurve-Gehen kurz vor ihrem Gartentor ins Rutschen geriet, hinditschte, daß es eine Slapstick-Freude war, und Gottfried auch entsprechend loswieherte. Die Milchtüte geplatzt, Orangen und Zitronen kullernd auf der Straße, die legefrischen Eier alle zermatscht und das dröge Kampfblatt der deutschen Tiefsinnsschickeria, *Die Zeit*, von ausfließender *Nutella*-Masse besudelt.

Joana war schon hingestürzt. «Ist Ihnen was passiert...!?»

«Nein, Gott sei Dank wohl nicht...!» Sie war schon dabei, sich wieder aufzurappeln, möglichst elegant.

«So hab ich mir meine Studienrätinnen immer gewünscht...» Das konnte sich Gottfried nun doch nicht verkneifen, während er aber andererseits auch schon am Boden kniete, um der Dame beim Einsammeln ihrer Sachen kavaliersgerecht zu helfen. Nicht nur das, anschließend bog er sogar die Schutzbleche ihres Rades wieder zurecht und schob das gute Stück in die Garage hinein.

«Das ist aber nett von Ihnen... Wie kann ich das nur wieder...?»

Joana erschrak: Bloß keine engeren Kontakte zu ihr, bloß keine Fragen, wie es Dolgenbrodt wohl ginge und ob es nicht allmählich an der Zeit wäre, sich einmal bei einem kleinen Gläschen Sherry «niederzuhocken» und so richtig auszusprechen, die alten Geschichten endlich zu vergessen; schließlich kannte niemand Tag und Stunde... «War doch selbstverständlich, Frau Dr. Füllmich...»

Hoffentlich kommt bald mal einer und füllt dich, dachte Gottfried zwanghaft sexistisch, ehe du völlig eingetrocknet bist, und sagte, weil der Gedanke, dies zu tun, ein eher schrecklicher war, dementsprechend hastig: «Den Dank, edle Dame, begehr ich nicht!»

Womit sie wieder zurückgingen in den eigenen Garten, um gleich die *Berliner Abendschau* bläulich aufflimmern zu lassen, nicht nur, um zu hören und zu sehen, was es im Mordfall Roggensack wohl Neues gab, sondern auch, weil sie begriffen hatten, daß sie einfach mehr fernsehen mußten, um bei den Nachbarn kein Mißtrauen aufkommen zu lassen, denn Dolgenbrodt war ja diesem Spaß fast suchtähnlich verfallen gewesen; und was sollte ein Mann im Rollstuhl ansonsten auch tun.

Sie kamen vom Eingang, vom Keller herauf, und als sie Dolgenbrodts Arbeits- beziehungsweise S-Bahn-Zimmer betraten, stand da ein Mann hinter dem Mauervorsprung, einen Revolver im Anschlag.

Joana schrie auf, dann fror alles ein, die Zeit, ihr Körper.

Gottfried, ebenso gelähmt, stürzte durch einen Zeittunnel in seine Kindheit zurück, fühlte die Tränen aufschießen: Mutti, ich will raus hier! Glaubte aber auch, in einem entführten Flugzeug zu sitzen.

Bei allem aber war ihr Verstand hellwach: Die Villeneinbrüche andauernd. Jetzt hat's auch uns erwischt. Der Mann war genau der Typ dafür. Hatte geglaubt, sie seien nicht zu Hause, während sie bei Frau Dr. Füllmich drüben…

«Guten Abend, die Herrschaften…! Hagen Plottka mein Name. Bitte kein Geschrei, keine Menkenke…»

Wer sagt schon Menkenke, dachte Gottfried, und wie gehoben der spricht; das ist doch kein…

Joana stützte sich am Schreibtisch ab, war sich sicher, den Namen Plottka schon irgendwann einmal… Von Dolgenbrodt, ja. Klar, das war Herbert Dolgenbrodts Mörder, und er war zurückgekommen, um zu sehen, warum denn nichts in den Zeitungen… Keine Leiche, keine Fahndung, keine Traueranzeige…

Plottka fixierte sie nach Art eines vertrottelten, aber bösartigen Lateinlehrers: Wer hat denn heute wieder keine Vokabeln gelernt. «Brevi manu, ihr Lieben…»

Joana zuckte zusammen, und auch Gottfried mußte einsehen, daß die These vom gewöhnlichen Villeneinbrecher so nicht haltbar war; und wie ein Drogenabhängiger, Kliniken hatten sie einige hier, sah er, fett wie er war, nun auch wieder nicht aus.

«...ohne Umstände zur Sache...» Plottka ließ sich in den Fernsehsessel fallen, ohne aber den Lauf seiner Waffe zu senken. «Ich hätte gerne Herrn Dolgenbrodt gesprochen...?»

Joana fand als erste zur Stimme zurück. «Der sitzt im Rollstuhl... Nebenan... Todkrank, mit viel Morphium im Körper... Der kann jetzt nicht...»

Plottka lachte. «Ach, Kinder, ihr seid ja so wat von süß! Sieben Jahre ist der Mann mein Chef gewesen, und da meint ihr, ick könnt ihn nich von 'ner Puppe unterscheiden...»

Gottfried fiel in sich zusammen, glaubte, im Zeitraffer zu einem Mann von Dolgenbrodts Jahren gealtert zu sein. «Sie wissen also...?»

«Ja, Entschuldigung...» Plottka richtete sich wieder etwas auf. «Und warum habt ihr ihn nu ermordet...?»

Joana hatte den Mut: «Wir doch nicht: Sie...!»

Jetzt war es Plottka, dem deutlich anzusehen war, wie sein Kopfcomputer nicht anders konnte, als die momentane Überforderung mit einem inversen *Bitte warten!* zu vermelden.

Gottfried war klar, daß der Mann die Dolgenbrodt-Attrappe im Rollstuhl nebenan entdeckt hatte, und da Joana nun bereits so eine Art Geständnis abgelegt hatte, was er idiotisch fand, viel zu schnell geschehen, konnte er sich nicht mehr auf die Linie zurückziehen, daß das mit der Puppe nur ein Scherz sei, Herbert Dolgenbrodt natürlich noch lebe, aber gerade in Leipzig bei seiner Cousine weile, der Margot, der guten. Oder doch...? Er mußte es versuchen.

Plottka hörte zwar zu, tippte sich dann aber gegen die Stirn. «Gottfriedchen, hörste bitte auf, mich zu verscheißern! Sonst mach ich hier aber mal knallhart auf crash! Meinste nicht, ich hätte längst gecheckt, was ihr hier spielt: Ihr habt Onkel Herberts Tod überall verschwiegen, um tüchtig abzukassieren. Genial, Congratulations. Nun denkt mal beide, daß wieder Hochzeit ist, und sagt laut und deutlich: Ja...!»

Sie taten es, was blieb ihnen denn anderes übrig.

Plottka nickte. «Fragt sich jetzt bloß, ob *ihr* ihn umgebracht habt... oder ob er selber... oder ob es ein Dritter war...? Erzählt mal...! Eure Version also bitte...»

Joana begann. «...als wir am Mittwoch nach Hause gekommen sind, lag er hier auf der Erde, mit 'ner gewaltigen Wunde am Kopf, alles voller Blut...»

Gottfried fuhr fort, und Plottka hörte sich alles aufmerksam an. «Okay... Nun mal genauer, warum ich hier bin, weshalb sie mich für den Mörder der Roggensack halten und warum ich Dolgenbrodts Angaben so dringend brauche, wenn ich nicht lebenslänglich kriegen will...»

Er brauchte zehn Minuten für seine Geschichte, und Gottfried war es dann, der das Fazit zog. «Ist ja herrlich: Wir drei stehen also alle unter Mordverdacht, was Dolgenbrodt betrifft, und Sie wird man zusätzlich noch anklagen, auch diese Roggensack...»

Plottka nickte. «Du sagst es...» Damit warf er seinen 38er Smith & Wesson auf das Fernsehtischchen. «Ist eh nur Plastik, und ich muß ihn nachher einem unserer Cowboys hier wieder zurückgeben... Wenn ihr mich wirklich umbringen wollt, dann habt ihr keine Chance, Perlenwerfer-Hotte weiß, wo ich bin, und die Kripo ist eh hinter mir her...»

«Warum sollten wir Sie umbringen wollen...?»

«Weil ihr durch mich doch nun leider die ökonomische Grundlage eures Lebens einbüßen werdet...» Plottka freute sich, mal wieder beweisen zu können, daß er in Deutsch/mündlich nie schlechter als 1–2 gewesen war, fast ein Rhetorik-Genie. Was hätte aus Ihnen nicht alles werden können, Plottka...!

«Mußt du denn wirklich zur Polizei gehen...» Joana hatte nun auf den kordialen Kumpelton geschaltet, für den dieser Plottka ganz offensichtlich eine Vorliebe hatte.

«Freiwillig gehen ist gut! Hahaha!» Plottka lachte wie Alf, der Außerirdische. «Sie sind hinter mir her, sie jagen mich...»

Gottfried faßte langsam wieder Tritt. «Noch ist nichts verloren... Ich hab doch diesen Hundt, diesen selten dämlichen, vorhin mit verstellter Stimme angerufen, als Dolgenbrodt, und ihm verklart, daß ich nicht in der Lage sei, im Hinblick auf den Roggensack-Mörder zweckdienliche Hinweise zu geben. Und das hat er treu und brav zu Protokoll genommen und sich vielmals bedankt. Von daher droht uns also keine Gefahr...»

Plottka klinkte die Terrassentür auf. «Na schönchen... Aber in meinem Falle...? Angenommen, du funkst ihn noch mal an und sagst ihm, ja, Herr Oberkommissar, der Plottka ist in der Tatzeit Roggensack bei mir gewesen, alles paletti, null problemo, dann wird er selber kommen oder seine fürchterliche Amazone schicken, um das amtlich abzuchecken. Da wird's Telefonieren nicht reichen. Abgesehen mal davon, daß der Dolgenbrodt dann sowieso vor Gericht auftreten müßte, egal, wen sie vor den Kadi schleifen werden: den Ulli Witt, Schulle mit der Ratte, den Taxifahrer oder mich.»

Da blitzte es bei Joana kreativ auf. «Mensch, ich hab's: Wir beide beschaffen dir dein Alibi! Mit uns hast du hier gesessen und gequatscht, von 16 Uhr an, zwei Stunden und länger. Dazu brauchen wir doch unsern Onkel Herbert gar nicht; der kann doch da ganz außen vor bleiben!»

«Das ist es!» Gottfried umarmte seine Frau. «Da haben wir doch 'n Agreement, wie es im Buche steht: Du hältst den Mund, was Dolgenbrodts Tod und unser Spielchen betrifft – und wir verschaffen dir dafür 'n lupenreines Alibi!»

Plottka zögerte, mußte offensichtlich erst wie ein Schachspieler alle mit diesem Zug verbundenen Konsequenzen durchdenken.

«... außerdem haben wir ja noch den Trumpf in der Hand, daß du ja wirklich hier gewesen bist, also durchaus auch als Dolgenbrodts Mörder in Betracht kommen kannst», fügte Joana hinzu.

«Was aber auch umgekehrt gilt, daß ihr es ebensogut gewesen sein könntet», gab Plottka zurück.

Gottfried ging mit ausgestreckter Hand auf ihn zu. «Ein Grund mehr, daß wir den Pakt jetzt schließen...!»

Plottka stand auf und schlug ein. «Also gut: Ich sei, gewährt mir die Bitte, in euerm Bunde der Dritte!» Dann kam Joana an die Reihe, sogar mit Küßchen, Küßchen. «Dann mal: Alors, ab in *Gerhard's Gruft*, die Sache begießen! Mann, da haben sich vielleicht welche gesucht und gefunden...!»

14.

Ohne Rücksicht auf seinen hellen Hosenboden saß Thomas Hundt auf der algengrünen Bank, leicht gekrümmt wie der Rodinsche Denker, hatte die Augen geschlossen, suchte gegen die Wirkung von zuviel Sekt und Bier anzukämpfen wie ein Deichgraf mit bloßen Händen gegen die Flut, alles erst nach Dienstschluß genossen, und nahm die Welt als Hörspiel war, im O-Ton, was das Treiben in seiner Nähe betraf, aber auch mittels nachhallender Stimmen, schon vor Stunden gespeichert…

Im Sommer 1987 haben sie in Osterholz-Scharmbeck auf 'ner Mülldeponie 'ne Wasserleiche gefunden.

Erzähl mal…!

Herzlichen Glückwunsch, liebe Kollegin, liebe Petra, wachse, blühe und gedeihe.

Wißt ihr, wer nachher noch kommen soll: unser guter alter Mannhardt!

Das kann ich mir einfach nicht vorstellen, daß die ihn hier…!

Na prima, ich hab direkt schon Sehnsucht nach ihm.

…verstümmelter Leichnam in einem braunen Ledermantel. Grobe Verletzungen an Extremitäten, Rumpf und Schädel. Bis zur Unkenntlichkeit entstellt. Deutlicher Fäulniszustand. Der Fahrer eines Mülltransporters hat ihn entdeckt. Das heißt sie, weil's 'ne Frau gewesen ist.

Und als kleines Geschenk für dich, von uns allen, ein herrliches Buch, illustriert von Tomi Ungerer: *Der Furz.* Vom Urknall bis heute.

Und da hab ich dann Verdacht geschöpft, Herr Kommissar, und angerufen.

Im Mordfall Roggensack seid ihr auch noch nicht weitergekommen?

Nein, nachdem der Plottka nun auch noch ein absolut wasserdichtes Alibi hat.

Happy birthday to you.

Nicht so doll mit dem Spaten!

Und an der Kleidung Wasserpflanzen, mußt du dir mal vorstellen!

Also, der Plottka ist nun wirklich aus dem Schneider...?

Ja, Chef!

Wenn man sich überlegt, was die in Genf bei den Barschel-Ermittlungen so geschludert haben.

Mensch, Idiot, jetzt hast du die Lichtleitung hier...!

Gott, wenn die auch nicht achtzig Zentimeter tief in der Erde drin ist!

Der Mannhardt ist da!

Extra deinetwegen aus Bramme gekommen.

Da denkt man nun, man wohnt quasi im Paradies hier draußen, und dann so was...!

Crepitus, der Gott des Furzes... Mann, was die alten Römer nicht alles hatten!

Lieber gut gefurzt als schlecht gefickt.

Petra, bitte!

Hat mein Verflossener immer gesagt.

Also Schlammanhaftungen sowie Teile von Wasserpflanzen in der Kleidung. Dazu ein Wasserpflanzenblatt im Magen. Ja: Wie kommt die Wasserleiche auf den Müll? Ganz einfach: Die Wörpe, das ist ein kleines Flüßchen da, hatten sie ein paar Wochen zuvor ausgebaggert, und der Greifer hatte dabei den Leichnam einer 83jährigen Frau aus Lilienthal unbemerkt erfaßt und dann... Die Verletzungen stammten alle von einem Radlader, der 'n paarmal über sie hinweggerollt war. Aber kein Zweifel: Selbstmord durch Ertrinken.

Ja, so kann's kommen, wenn man zu vertrauensselig ist.

So 'n Schicksal hätte er nun wirklich nicht verdient gehabt, obwohl er ja 'n ziemlicher Stinkstiefel war.

Der Furz ist grundsätzlich in zwei Kategorien einzuteilen: den ungehemmt laut werdenden, mit Schall und Donnerhall entweichenden und den verklemmt schleichenden leisen Furz, den stillen hinterfurzigen Stänker... Warum is 'n das im Buch hier unterstrichen...?

Ich halt's immer noch für ausgeschlossen!

Herrschaften, zurücktreten bitte! Wolfgang, zieh mal 'n Plastikband hier!

Stell dir mal vor: Um 12 Uhr 44 hat der *stern*-Reporter bei Barschel im Zimmer fotografiert, und erst um 13 Uhr 35 ist die Polizei dann von dem Leichenfund benachrichtigt worden.

Und keine kriminalistisch einwandfreie Beschreibung des Tatortes; die haben sich da ganz und gar auf die Journalisten verlassen: Wahnsinn!

Da bin ich dann doch stutzig geworden, Herr Kommissar, und hab mal in Leipzig angerufen. Bei der Margot, ja. Wir kannten uns auch von der Buddelkiste her.

Ich komm in Bramme an der Hochschule wunderbar klar, aber Berlin bleibt eben doch Berlin.

Paß auf, die Erde rutscht nach!

Macht doch mal einer die Lampe an!

Ich muß da noch mal von der Seite fotografieren.

Bitte.

Ich also mit der Margot noch mal raus und geklingelt. Wieder dieselben faulen Ausreden. Da sind wir dann zur nächsten Telefonzelle und haben angerufen.

Achtung, da kommt was Hartes!

Zwei so reizende junge Menschen – und dann das!

Frau Dr. Füllmich sagt, daß sie schon 'n volles Geständnis abgelegt haben.

Daß sie ihn ermordet hätten ...?

Na sicher!

Mir ist das gleich so komisch vorgekommen, Herr Hundt ...

Ja, Frau Großmann, wir werden ja sehen.

Wir haben ihn!

Frau Zechow, kommen Sie mal!

Tatsächlich, im Bauernschrank drin!

Thomas, aufwachen!

Ja ...

Im Protokoll, das sie später fertigten, las sich das dann so: Gegen 16 Uhr wurden wir im Restaurant *Knüppeldicke*, wo wir uns nach

Dienstschluß zusammengefunden hatten, um den Geburtstag der Kollegin Zechow zu feiern, von einem Kollegen des Abschnitts 11, Ruppiner Chaussee, 1/27, angerufen und dahingehend in Kenntnis gesetzt, daß bei ihm zwei Rentnerinnen aus der ehemaligen DDR ein angebliches Kapitalverbrechen in Frohnau zur Anzeige gebracht hätten. Es handelte sich dabei um die 63jährige Gerda Großmann aus Oranienburg, Kreis Oranienburg, und die ein Jahr jüngere Margot Mohr aus Leipzig. Beide gaben ihrer begründeten Vermutung Ausdruck, daß der Cousin der letzteren, der 62jährige, wegen eines Hüftleidens früh pensionierte, Oberamtsrat Herbert Dolgenbrodt, Franziskanerweg 82, 1000 Berlin 28 (Frohnau), von seinen Untermietern, den verehelichten freiberuflichen Schriftstellern bzw. Studenten Gottfried und Joana Mörz (geb. 3.2.1950 in Berlin bzw. 12.6.1955 in Achim bei Bremen), ermordet worden sei. Sie hielten sie ständig mit alle möglichen Ausreden zurück, würden ihnen das Betreten des Grundstücks verwehren und ahmten am Telefon Dolgenbrodts Stimme nur nach. Da der Name Dolgenbrodt im Verlauf unserer Ermittlungen im Mordfall Roggensack des öfteren gefallen war (Dolgenbrodt war der frühere Chef der Ermordeten), wurde von den Kollegen des Bereitschaftsdienstes ein diesbezüglicher Zusammenhang konstruiert und uns Mitteilung gemacht. Bei unserem Eintreffen auf dem Grundstück des Dolgenbrodt machte das Ehepaar Mörz anfangs auch uns gegenüber die von den beiden Rentnerinnen Großmann und Mohr geschilderten Ausflüchte, daß Dolgenbrodt schlafen würde beziehungsweise mit unbekanntem Ziel «in die Stadt» gefahren sei. Nach einer Wartezeit von einer Stunde und nachdem wir bei der Durchsuchung der Räume eine Schaufensterpuppe mit den Kleidungsstücken des Vermißten gefunden hatten, bequemten sie sich dann zu einem Geständnis und bezeichneten uns die Stelle, wo sie Dolgenbrodt vergraben hatten (siehe Anlage 1). Daraufhin wurden sofortige Maßnahmen zur Bergung des Leichnams eingeleitet (siehe Anlage 2).

Noch am Abend war ein Haftbefehl erwirkt worden, gegen Hagen Plottka, nicht gegen Gottfried und Joana Mörz, des Inhalts, daß er, um seine Veruntreuungen nicht ans Licht kommen zu lassen, sowohl die Roggensack wie auch den Dolgenbrodt erschlagen habe, gleichviel ob nun sorgsam geplant oder jeweils im Affekt. Die Zechow hatte das gewollt und es ausgezeichnet verstanden, die Vorgesetzten auf ihre Seite zu bringen. Gegen Hundts Widerstand. Der glaubte eigentlich nie, daß ein Mensch den andern töten konnte, hielt das für Märchen oder Konstruktion, schloß dabei stets von sich auf andere und hatte möglicherweise schon von daher seinen Beruf ein wenig verfehlt.

Am nächsten Morgen wurde kräftig nachgekartet.

«Ich weiß nicht so recht...» Zwar litt er selber unter seinem Hamlet-Syndrom, schaffte es aber selten, sich um des besseren Ansehens wegen als Hardliner zu geben. «...wegen einer solchen Bagatelle gleich zwei Menschen...?»

«Bagatelle...? Du bist gut! Der disziplinarrechtliche Hammer, der kommt doch jetzt herabgesaust, von 'ner Geldstrafe mal ganz abgesehen: Degradierung, bis zum Jahre 2010 garantiert keine Beförderung mehr, und der Traum vom Sozialstadtrat, wenn die AL mal eenen kriegen sollte, der is ja nu ooch ausjeträumt, wa...!?»

Hundt trank seinen Milchkaffee aus. «Mit 'ner Flucht nach vorn hätt er 'n Volksheld werden können...»

«Mir is lieber, wir haben ihn unter Kontrolle. Und außerdem wird uns nun niemand vorwerfen können, wir täten nichts...»

«Lieber nichts als was Falsches. Blinder Aktivitismus, der...»

«Wat is 'n da det Jegenteil: sehende Lahmarschigkeit, wa...?»

Da kamen zwei ihrer Leute aus Frohnau zurück, eine Anwärterin gepaart mit einem greisen Obermeister, und erstatteten Bericht, was denn den Nachbarn noch so aufgefallen war. Danach konnte zweierlei als Datum gelten:

a) Beide Nachbarn, Herr Pukas zur Rechten und Frau Dr. Füllmich zur Linken, waren sich in hohem Maße sicher, Plottka zur fraglichen Zeit, Mittwoch, dem 21. September, zwischen 17 und 18 Uhr im Garten von Herbert Dolgenbrodt gesehen zu haben; deswegen so ohne große Zweifel, weil das der letzte Tag gewesen sei, an dem sie Dolgenbrodt sozusagen öffentlich gesehen hätten, auf der Straße draußen. Er sei kurz vor 18 Uhr aus der Richtung des S-Bahnhofs

Frohnau gekommen. Auch habe man den Flachmann gefunden, von dem Plottka angegeben hatte, ihn beim Warten in die Hecke geworfen zu haben. Herr Pukas hatte zu Protokoll gegeben, um 16 Uhr 55 die ZDF-*Heute*-Sendung eingeschaltet und dabei aus dem Fenster in den Nachbargarten gesehen zu haben, wo Plottka gerade dabei gewesen sei, etwas in den Goldfischteich zu werfen.

b) Damit schied er als Täter im Mordfall Roggensack mit hoher Wahrscheinlichkeit aus, denn die war exakt zwischen 16 Uhr 45 und 18 Uhr getötet worden, und auch im schnellsten Auto brauchte man zu dieser Zeit (Rush-hour) vom Sozialamt Farchanter Straße bis nach Frohnau hinaus doch eine knappe halbe Stunde.

Das war der Sachstand, als sie ihn ins Vernehmungszimmer holen ließen.

«Der Mann ist über neunzig und hatte keine Brille auf, will Sie aber anhand Ihres Fotos hundertprozentig wiedererkannt haben», sagte die Zechow.

«Ich war bei Dolgenbrodt draußen!» wiederholte Plottka ebenso scharf wie voller Langeweile. «Ich kann die Roggensack nicht...»

«Wenn de gern 'n Selbsttor schießt, Kollege!» lachte die Zechow.

«Wieso 'n das?»

«Wenn de nich ihr Mörder warst, geht dir doch det als Alibi flöten...!»

Hundt bemühte sich um die Versachlichung ihres Gespräches. «Weil die Nachbarn ringsum 'n heftigen Streit zwischen Ihnen und Dolgenbrodt gehört haben...» Das stimmte zwar so nicht, denn die Anwärterin hatte lediglich von einem etwas lauteren Wortwechsel berichtet, doch diesen kleinen Bluff hielt er schon für legitim.

«Schön, ja, Streit hat's gegeben, denn der Alte ist furchtbar grantig gewesen, bösartig schon, und statt mich zu entlasten, was die zuviel gezahlten Gelder an meine Berbertruppe angeht, hat er mich rausgeschmissen.»

«Hat er Sie rausschmeißen wollen, und da haben Sie dann zugeschlagen!» Die Zechow nahm ihren Taschenschirm vom Tisch und holte aus.

«Nicht doch!» Hundt fiel ihr in den Arm.

Plottka lachte. «Eure Logik, Mann! Erschlag ick den da und buddle ihn ein...! Und allet in zwei Stunden, ohne det et eena sieht!»

«Das ist doch nun wohl keineswegs ganz ausgeschlossen», sagte Hundt. «Bis Viertel neun, als die Mörzens wieder zurück waren... Und, was die Nachbarn betrifft, die können Sie doch durchaus für den Klempner gehalten haben, der da an den Tagen zuvor...»

Plottka kratzte sich mit dem rechten Daumennagel einen Popel aus dem Nasenloch, verzwirbelte ihn mit Hilfe des benachbarten Zeigefingers und ließ das kleine harte Kügelchen so auf den Linoleumboden prallen, daß es einen ganz leisen Plopp-Ton erzeugte, was ihn sichtlich erfreute. «Prima! Und vorher hab ick noch den Bauernschrank auseinandergenommen und 'n Sarg draus jebaut...! Mensch, leid ick denn unter Verfolgungswahn: erst die Roggensack, dann den Dolgenbrodt...!»

Hundt dachte nach. «Mir scheint das alles ein geniales Ablenkungsmanöver zu sein...»

«Ja», fiel die Zechow ein, «zu dritt habt ihr die Sache geplant und zur Ausführung gebracht...!»

«...die beiden haben Sie überrascht, wie Sie nicht wußten, wohin mit dem Toten, und da ist dann einer von Ihnen auf die Idee gekommen, einfach so zu tun, als wäre nichts geschehen, sich mit der Pension des Ermordeten ein schönes Leben zu machen und den Leuten mit Hilfe einer Attrappe und einer täuschend nachgemachten Stimme vorzugaukeln, daß er noch immer...» Hundt war regelrecht begeistert von seinen Gedanken. «Wirklich, eine schöne Sache. Von dieser Gerda Großmann konnten Sie ja keineswegs was wissen.»

Plottka stöhnte auf. «Dann möchte ich doch lieber ein volles Geständnis ablegen...»

«Ja...»

«Die Nachbarn haben sich geirrt: Ich war gar nicht bei Dolgenbrodt draußen, sondern habe die Roggensack erschlagen...»

Über die Einschätzung dieser Worte konnten sie sich auch Stunden später noch nicht einig werden. Während die Zechow eher der Ansicht zuneigte, daß Plottka sie lediglich verunsichern wollte, wahrscheinlich sogar verscheißern, kam das Hundt doch eigentlich ganz logisch vor.

«Er bringt die Roggensack um, versteckt die Leiche schnell unter der Treppe und fährt dann irgendwie mit 'ner Taxe oder 'nem Leihwagen, von dem wir nichts wissen, zu Dolgenbrodt raus, um sich durch den das Alibi zu verschaffen... Hatten wir doch neulich schon alles durchgekaut. Was die Zeiten betrifft: Alle können sich doch da um einiges geirrt haben: der Taxifahrer mit der Roggensack, die beiden Nachbarn draußen mit seiner Ankunftszeit, daß Plottka da wirklich im Garten...»

«Scheiße!» Die Zechow nahm ihren Südtiroler Pausenapfel und schmiß ihn mit solcher Wucht gegen den Schrank, daß er als Mus zu Boden klatschte. «Ich weiß auch nicht mehr weiter. Ich will nach Hause! In die Badewanne, ins Bett!»

«Unser Totengräber-Pärchen wartet doch noch draußen. Lassen wir se reinkommen...?»

«Ja. Törö, törö, törö!»

Doch auch Gottfried und Joana brachten sie nicht weiter, beharrten darauf, schon alles über Dolgenbrodts Tod und ihren Coup zu den Akten gegeben zu haben.

«...also Unfall oder der berühmte Unbekannte, der Einbrecher, der von Dolgenbrodt überrascht worden ist...?»

Joana nickte. «Warum hätten wir ihn denn umbringen sollen: Uns ging's doch blendend mit ihm. Warum denn die Henne schlachten oder die Kuh...?»

Hundt nickte. «Das allein ist ja auch, was Sie bislang noch vorm Haftbefehl bewahrt: das fehlende Motiv.»

«Wenn Dolgenbrodt nun aber gedroht hat, Sie rauszuschmeißen, Ihnen irgendwie ... den Geldhahn abzudrehen ...? Aus einem Grund, den wir nur noch nicht kennen...» Petra Zechow hatte provozierend laut gedacht. «Bösartig soll er ja gewesen sein, gemein... Vielleicht haben Sie da nur vorbeugen wollen...?»

Hundt nahm den Faden auf. «Möglicherweise hat er Ihnen auch

gesagt, daß er diese Gerda Großmann heiraten wolle und für Sie alle kein Platz in seiner Hütte sei...?»

«Er hat uns wie seine eigenen Kinder behandelt!» schwor Joana.

«Kinder sollen auch gelegentlich mißhandelt werden...»

Gottfried griff nun ebenfalls ein. «Wenn, dann hätten wir doch ganz sicher vorher etwas getan, was ganz entscheidend ist: für ein Testament in unserm Sinne gesorgt. Entweder ihn unter Druck gesetzt oder das irgendwie kunstvoll gefälscht. Und ihn dann ganz anders sterben lassen, sozusagen offiziell mit Leiche und Begräbnis. Aber konnten wir ja nicht, da wir ihn an diesem Mittwoch ganz überraschend aufgefunden haben: tot, in einer gewaltigen Blutlache, mit einer entsetzlichen Wunde seitlich am Kopf...»

«Abpfiff!» rief die Zechow. «Lassen wir's beim Unentschieden. Ich will unter die Dusche. Verlängerung, wenn wir den genauen Obduktionsbefund vorliegen haben.»

15.

«Eine neue Liebe ist wie ein neues Leben...» Blaubacke bemühte sich um profihaften Gesang.

«Nun...» Mannhardt sah aus dem Fenster des ausrangierten S-Bahn-Wagens hinaus, starrte auf die graffitibunte Mauer, die seinen Blick begrenzte, und stellte sich vor, im Zug zu sitzen und zum Baden zu fahren, zu den Strandbädern draußen, Müggelsee, Grünau, thirty years ago, Lilo an seine Schultern gekuschelt, reagierte mit einem Buchtitel seiner alten Kultfigur Fontane: «*Unwiederbringlich* wäre wohl besser, aber was soll's... Neu ist nichts mehr bei mir, und ein neues Leben kann keiner mehr anfangen, wenn er über fünfzig ist...» Vielleicht sah er es aber alles zu skeptisch, denn sie hieß Heike Hunholz, war über zwanzig Jahre jünger als er und schrieb fürs *Brammer Tageblatt*. Hatte beim Lokalteil begonnen, dann aber ihre wahre Liebe und Berufung entdeckt: die Gerichtsreportage – und damit ihn. Irgendwie neurotisch, so wie der Nekrophile vom Verwesenden, war sie von allem angezogen, was vom Verbrechen handelte, und von denen, die es zu bekämpfen hatten.

Kam hinzu, daß sie, den Erfolg so mancher Killer-Lady vor Augen, zu gerne niedergekommen wäre mit einem Kriminalroman der authentischen Sorte, weshalb sie ihn auch pausenlos nach Beruflichem fragte, ausquetschte hoch drei. Klar, daß er da nur Instrument für sie war. Doch umgekehrt galt das ja ebenso. Nachdem sich Lilo von ihm getrennt hatte, wäre kein Heilmittel besser gewesen. Mal wieder jemanden streicheln können, über oder unter sich zu haben, wenn einem danach zumute war, lachen, reden, schimpfen, gemeinsam durch die Nächte ziehen, Kneipen und Theater. Sich gegenseitig therapieren. Er mit seinen Lebens- und Versagensängsten, sie mit ihrer Fixierung auf ältere Männer, voller Furcht, wenn die jungen Bullen angestürmt kamen.

«Und – dein neuer Job... Wie kommste klar mit dem...?»

«Ausgezeichnet...» Mannhardt zog die Unterlippe hoch, markierte Wohlbehagen. Lehrbeauftragter für Kriminalistik an der Hochschule für Öffentliche Verwaltung (HÖV) in Bramme, im Hörsaal Chef im Ring, erfolgreicher Dompteur, wußte mit dem Zuckerbrot ebensogut umzugehen wie mit der Peitsche, konnte mit seiner langen Erfahrung genügend Entertainment bieten, die Generation der *Sesamstraßen*-Seher mit Anekdoten köstlich amüsieren, Pleiten, Pech und Pannen, aber auch mit schlechten Prüfungsnoten drohen und schon mal jemanden durchfallen lassen. Galt aber auch als einfühlsam, hatte manche/manchen durch bloßes Drüberhinwegsehen gerettet, war in Bramme immer mehr jener Mannhardt geworden, der er schon immer hatte sein wollen. «Vor allem aber, weil ich nun weiß, daß man sich im Zweifelsfalle schon mal auf 'n echtes Wunder verlassen kann...»

«Stand doch überall in den Zeitungen drin: Als der junge Autonome da die Skins in die Luft sprengen wollte und dann von denen eingesperrt worden ist, so daß er euch nicht mehr warnen konnte. Kein Trauma...?»

«Nee, eher Kraft und Zuversicht. Mein zweites Leben, nicht nur, weil ich jetzt mit Heike...»

«In Berlin biste aber nur aus privaten Gründen, nicht um wieder in den Dienst zurück...?»

«Um Gottes willen...!» Nein, nur weil seine Tochter am Freitag zum Standesamt wollte, sich einem Bodybuilding-Meister ins Ehebett werfen, einem jener ölglänzenden IQ-80-Typen, dem die nußbraune Haut zu platzen schien, wenn er den Bizeps spannte. War selber dieser Sportart verfallen, mit diesem Menschen im gemischten Doppel aufgetreten. Gemeinsam wollten sie nun ein Fitneßcenter errichten.

«Solchen Typen mußte sie ja wählen, um endlich mal von ihrem Vater loszukommen!» lachte Blaubacke, nachdem er dies vernommen hatte.

«Du, ich bin nicht mehr der, der ich mal in unserer Laubenzeit gewesen bin...!» Mannhardt konnte es nicht oft genug betonen.

Blaubacke nickte. Am Tegeler Fließ hatten sie einmal Laube an Laube gehaust, damals, als das Eheopfer Mannhardt aus seinem Beamtenheimstätten-Werkshäuschen in Panik ausgerissen war. «Lang, lang ist's her...»

«Und wie geht's dir denn so...?»

«Es treibt das Schiff dahin, kennt keinen Hafen irgendwo...» Blaubacke schob das Fenster wieder nach oben, denn trotz der herrlichen Oktobersonne war es etwas kühl geworden. «Sofern man meinen alten S-Bahn-Wagen als Schifflein nehmen will. Auf alle Fälle hab ich jetzt 'ne ABM-Stelle... ‹Schreiben als Therapie›... Nicht für mich, vor allem für angeknackste Damen mittleren Alters. Läuft aber gut. Aber vorher bin ich durch meinen alten Freund Hagen Plottka auch ganz gut über die Runden gekommen. Fragt sich nur, ob und was ich nun alles davon wieder zurückzahlen muß, was er uns da illegal... Du kennst den Fall?»

«Ja, so in etwa, ich war ja beim Geburtstag der Zechow dabei, als Stargast sozusagen...» Mannhardt grinste. «Die scheinen so die Klasse wie Blau-Weiß 90 zu haben... Zweite Liga, Abstiegsgefahr... Aber: keine Nestbeschmutzung weiter...!»

Blaubacke sah zu einem umgestürzten Wachtturm hinüber, zum Todesstreifen, in dessen windgerilltem Sand jetzt Kinder buddelten. «Wie meinste'n das...?»

«Die kommen doch nie zu Potte, die beiden, so wie die das alles angehen. Plottka einzusperren, das war doch 'n reiner Akt der Verzweiflung, weil sie nicht den Durchblick haben. Zwei Leichen – und sie verstehen von allem nicht mehr als ich vom Inneren eines NASA-Computers, wenn die da 'ne Rakete hochschießen. Das ist doch 'ne Laienspielschar. Diese Zechow sollten sie abstellen, um die Handballcrinnen des PSV in die Bundesliga zu bringen, und der Hundt könnte 'n guter Ghostwriter werden beim Polizeipräsidenten... Ist aber auch alles furchtbar schwer zu durchschauen...» Mannhardt konnte nun doch nicht anders, als sich ein wenig schützend vor seine beiden Kollegen zu stellen. «Der Thomas Hundt war schließlich mal in seiner z.-A.-Zeit Mitarbeiter von mir...»

«Daher also!» lachte Blaubacke los.

«Komm...!» Mannhardt zeigte sich, im Brammer Deutsch, wie angefaßt.

«...n'tschuldigung! Ich will dich ja nur aufrütteln, daß du dich mal umhörst und was unternimmst, damit sie Plottka nicht weiter so malträtieren...»

«Das ist die 7. Mordkommission, und ich hab da nichts mehr zu sagen.» Mannhardt zeigte noch immer nicht die rechte Begeisterung.

«Nein, aber du kannst doch hingehen, 'n paar dumme Kommentare abgeben und mal sehen, ob sich nicht doch was drehen läßt daran: daß Plottka wieder aus der U-Haft kommt... Deus Mannhardt ex machina, Mensch, kam aus Bramme, sah und siegte. Welch Triumph, welche Genugtuung für dich: Den besten Mann habt ihr in die Wüste geschickt, Arschlöcher ihr! Und ich sorge dann dafür, daß sie – zumindest in der *taz* – deinen alten Freund, den Dr. Weber, mal wieder ganz gehörig zur Sau machen. Und mir tust du 'n Riesengefallen. Na...!?»

«Why not...?» Mannhardt stand auf.

Im akademischen Taxi seines Sohnes, für ein paar Stunden ausgeliehen, fuhr er zur Farchanter Straße und betrat das dortige Sozialamt mit demselben Hochgefühl wie ein kerngesunder Mensch, der einen Leidenden im Krankenhaus besucht: Dich hat's erwischt, mich nicht, und darum will ich auch so richtig vor Mitgefühl triefen. Er wollte sich nur mal umsehen, den Tatort Roggensack in Augenschein nehmen, Atmosphäre schnuppern, ein Gefühl für die Stimmung hier kriegen und die Mitarbeiter beäugen, diesen Ulli Witt vor allem, der ja auch in Verdacht geraten war. Er genoß es, sich als Superdetektiv zu fühlen, frei und klug, Gefühl und Härte, und nicht als simpler Amtsverwalter, automatisch schon für tumb gehalten.

Im Warteflur roch es, als hätten sich die Leute zum Festival deutscher Schwerstausdünster getroffen, das Ganze noch gemixt mit soviel Zigarettenqualm, daß Mannhardt sofort zu husten anfing.

Das moderne Proletariat war angetreten, sich bei der Bourgeoisie und ihren Handlangern aus der Dienstklasse der Beamten ihr Existenzminimum zusammenzubetteln. Ohne jedes Bewußtsein und den Impetus, die Verhältnisse auch mal ändern zu wollen. Von *BILD* und *BZ*, Radio 100,6, SAT 1, RTL und ZDF alle ausreichend ruhiggestellt. Mannhardt, du alter Sozi, halt's Maul! Tat er natürlich. War ja sein lebenslanges Elend. Kampf als Wille und Vorstellung. Der Kopf ist wach, das Fleisch ist schwach. Immer noch derselbe Arsch, trotz allem. Aber eines Tages, da...! Wart's nur ab!

«Wo kann ich'n Herrn Plottka finden?» fragte er in die dösende, quackelnde, amorphe Menge hinein.

«In Moabit!» rief einer, dessen Gesicht auch ihn an eine Schinkenpizza denken ließ, gut belegt. «U-Haft...»

«Was hat er denn verbrochen...?»

«Seine Kollegin erschlagen...!» Im Chor erhielt er diese Auskunft, und bei vielen war es nicht nur die klammheimliche, sondern eine ganz offene Freude, daß er das getan hatte, sozusagen stellvertretend für sie. «Dieset Aas hat jar nischt anderet vadient jehabt!» Sie erzählten ihm von den kleinen bürokratischen Grausamkeiten der Roggensack und zeigten ihm das Kabuff unter der Treppe, wo sie so lange gesteckt hatte. «Bis se jestunken hat...»

Er ging hinunter in die Toiletten-Katakombe, teils weil er selber mußte, teils um sich mal ein bißchen in den Kellerräumen umzusehen. Träge mußte er sein, unendlich schläfrig, wenn er so etwas wie Intuition erhoffen wollte. Doch nichts war außer seinem Grauen, vielleicht einmal auf so einer Toilette zu enden, als Drogentoter, mit einem Schlaganfall oder einer Kugel im Herzen.

Ein paar feldgraue Blechschränke standen herum, und der Schnüffler in ihm ließ ihn mit einer zurechtgebogenen Büroklammer so lange in den Schlössern spielen, bis er eines aufbekommen hatte. Wieder Fehlanzeige, nur Besen, Feudel, Eimer und Putzessenzen aller Art, blaue Kittel, alte Clogs. Auffallend lediglich ein rotweißes Jersey der Berliner Eishockey-Preußen: *18 Schwindt*. Er sah es mit ambivalenten Gefühlen. Als eingeborener Berliner freute er sich schon, daß diese Mannen wieder so im Aufwind waren, andererseits aber fand er das schwarzweißrote Gehabe vieler Fans nun gar nicht gut, das Deutschland-Deutschland-über-alles, die wehenden Fahnen der kaiserlichen Zeit. Ein Trost, daß die Hertha-Fans noch schlimmer waren, viel Nazi-näher.

Wieder oben bei den Wartenden, fragte er, wer denn hier Eishokkey spiele oder danach süchtig sei, der Hausmeister wahrscheinlich.

«Nee, die beiden Jugoslawen, die hier saubermachen, der Mann vor allem, der Saftschiß...»

«Wie...?»

«Saftic!»

«Ah, ja...»

Einer, den sie Trabbi nannten, wußte noch mehr. «Da hab ich schon beim Stadtrat 'ne Eingabe gemacht, daß die rausgeschmissen werden. Zweimal war das in diesem Jahr, daß das Montagmorgen hier immer noch 'n Dreckstall war; hatten die nicht saubergemacht. Und warum? Immer wenn die Preußen hier 'n Heimspiel haben, Freitagabend, dann kommen die nicht her, weil sie sonst nicht früh genug in'er Jafféstraße sind, in'er Eishockeyhalle. Dafür treten sie denn Sonnabendvormittag hier an oder auch erst am Sonntag. Neulich aber sind sie mal mit den Preußenfans zum Auswärtsspiel gefahren, ganz spontan, verstehen Sie, und dann ist der Dreck hier liegengeblieben...»

Mannhardt hörte diese und viele andere Geschichten, lernte auch die Amtsleiterin kennen, eine sehr adrette Dame, und die dicke Terletzki, nur dieser Ulli Witt ließ sich nicht blicken: Ob irgendein Instinkt ihm sagte, daß da draußen einer stand, der ihm gefährlich werden konnte...?

Mannhardt stach der Hafer, und so riß er kurzerhand die Tür zu Plottkas Zimmer auf, in dem der Witt, so die Wartenden, jetzt residieren sollte. Ein Trümmerfrauen-Mütterlein hockte zusammengesunken auf einem der Besucherstühle, und der SozAmts-Mann war offenbar dabei, ihren Antrag auf ein elektrisches Heizgerät («...zusätzlich, mit meinem Kachelofen hab ich doch nie mehr als 16 Grad im Zimmer, und das Kohlenschleppen, das...») abschlägig zu bescheiden.

«Werden Sie der alten Dame das mal bewilligen!» schnauzte Mannhardt los. Zwar war das eigentlich als Test gedacht, doch seine Emotionen wurden ihm schon wieder gefährlich. Er war ja nach Bramme strafversetzt worden, weil er im Affekt mit einem Stein auf seinen Vorgesetzten eingeschlagen hatte. «Sie Schubiack, Sie!» War das Lieblingswort seines Großvaters gewesen. Gleichzeitig hob er den zweiten Besucherstuhl in die Höhe und schwang ihn wie ein Beidhänderschwert.

Ulli Witt riß seine Schreibtischschublade auf, federte vom Drehsessel hoch und hielt ihm eine Spraydose entgegen. «Halt! Und raus hier!»

«Danke...!» sagte Mannhardt und lief zu seiner Taxe hinaus.

Nee, übermäßig aggressiv war der ganz sicher nicht, zog sich eher in die sichere Deckung zurück. Schön, von Hundt wie auch von Blaubacke wußte er, daß sie Witt beschuldigten, einen seiner Oberen beim Fußballspiel mit Absicht kaputtgetreten zu haben, aber daß er deswegen nun gleich ein Mörder sein sollte...?

Aber wenn er es nicht war und der Plottka ebenfalls nicht in Frage kam, wer dann? Doch ein Klient? Oder der Taxifahrer vielleicht? Die erste Möglichkeit schien ihm wenig wahrscheinlich. Wenn ein Klient, dann im Affekt, in der ersten Wut, wenn ihm wieder etwas verwehrt worden war, aber nicht nach Feierabend. War also der zweiten Spur einmal genauer nachzugehen, vielleicht über seinen Sohn mehr über diesen Taxi-driver zu erfahren, ob ihm zuzutrauen war, einer Frau wie der Roggensack ins Dienstgebäude zu folgen und da handgreiflich zu werden.

«Hallo, Taxi!»

Ein deutscher Geschäftsmann sprang auf ihn zu, herrlich gestylt, vorschriftsmäßiger Anzug, Politikerblau mit bordeauxroter Krawatte, das Haar messergeschnitten, Tatkraft im Gesicht, karibikgebräunt. Ein Auto kaufte man von dem, vertraute ihm Chemiefirmen, Atomreaktoren und Großbanken an, wußte sich von ihm in allem bestens vertreten.

«Tegel!»

«Flughafen oder Knast?» entfuhr es Mannhardt.

«Köstlich!» Der Mann stieg ein, bevor ihm Mannhardt auseinandersetzen konnte, daß er gar kein echter Taxifahrer war, keine Lizenz und dererlei besaß, und wieherte los. «Die Berliner Taxifahrer sind schon 'ne Klasse für sich... Wollen Sie nicht Ihre Uhr einstellen...?»

«Für Sie 'n Sonderpreis, Herr Doktor: zehn Mark pauschal!»

«Bitte...!»

Mannhardt fuhr los und erfuhr, daß der Herr eine Pharmafirma vertrat, die ihren Medikamentenschrott nach Afrika verscherbelte, obwohl sie's ja, weil vom lieben Norbert so schön geschont («Hahaha!»), eigentlich gar nicht nötig hatte.

Mannhardt hatte seinen Sohn nur immer klagen gehört, daß die Fahrgäste sein Auto vollkotzten; nun war er nicht mehr weit entfernt davon, es auch mal als Fahrer zu tun. Gott, auch kein schöner Job, wenn man nicht gerade den Schönhuber liebte und sein Republikaner. Nun ja...

Wieder von seinen Emotionen gepackt und dadurch abgelenkt, konnte er nur mit einer Vollbremsung verhindern, gegen den Kinderwagen einer jungen Türkin zu fahren.

Erschrocken drehte er das Fenster nach unten. «Bitte vielmals um Entschuldigung...»

«Wär doch nicht so schlimm gewesen: gleich zweie weniger!» lachte der Deutsche hinter ihm.

«Raus!» schrie Mannhardt, sprang auch gleich auf die Straße hinaus, zur Tür nach hinten, fetzte sie auf. «...sonst...!»

Froh war er nicht, als er wieder weiterrollte, und doch erleichtert. Sicher, so war keiner zum Umdenken zu bringen, im Gegenteil, so was schürte nur den Haß, andererseits aber tat es not, deutlich Flagge zu zeigen, rechtzeitig Widerstand zu leisten, auch im Kleinen. War er also wieder innerlich zerrissen; das alte Mannhardt-Dilemma.

Weiter nach Frohnau.

In Hermsdorf erblickte er jenen Pappkarton-Palast, in dem er über zwei Jahrzehnte lang um ein nachrufgerechtes Leben bemüht gewesen war: Allein die Liebe findet überall den Weg. Als Folge einer heimtückischen Krankheit ist mein herzensguter Mann, unser treusorgender Vater und unser hochgeschätzter Kollege, der Kriminalhauptkommissar Hans-Jürgen Mannhardt, für immer abberufen worden. Liselotte Mannhardt, geb. Plessner, Margot Mannhardt, Michael und Elke, Dr. Weber (Leitender Kriminaldirektor), Borowski (für den Personalrat). Statt Kranzspenden bitten wir im Sinne des Verstorbenen um Überweisungen auf das Konto von *amnesty international.*

Fremde Kinder liefen nun im Garten umher, eine fremde Frau harkte Birkenlaub zusammen, ein fremder Mann bastelte am Gartenzaun herum. Sicher gab es noch Indizien, daß das einmal seins gewesen war, Eintragungen im Grundbuchamt und bei anderen Behörden, Fotos, Filme und dergleichen, und dennoch hätte er schwören können, nie an diesem Ort gelebt zu haben. Alles nur Phantasie und Konstruktion. Das Leben ein Traum. Nicht nur, was das Morgen betraf, auch das wirklich Gewesene geriet dazu. «Mannhardt», ein Film, und er saß zu Hause vor dem Fernseher und identifizierte sich mit diesem Mann, *war* er.

Über die Brücke und die beiden Plätze erreichte er Frohnau, kannte alles von seinen Radtouren her, die Kinder nacheinander vorne auf dem Rad. Guck mal, die schöne Kirche da, bimm-bamm-bimmbamm, und die Husch-Bahn unten, tu-uuut! Und diese Tochter heiratete morgen, einen Superarsch von Mann, bei dessen Anblick er ständig Lust bekam, die Handschellen zuschnappen zu lassen. Zwanzig Jahre zurück, bitte, noch einmal alles von vorne beginnen. Eine Minute nur! Sehen, prüfen, die Gewißheit haben, daß es diese Zeit gegeben hatte. Denkste! Unwiederbringlich vorbei. *Immer enger, leise, leise / Ziehen sich die Lebenskreise. / Und ist nichts in Sicht geblieben / Als der letzte dunkle Punkt.* Da hatte er sich mit seinem geliebten Fontane mal wieder so richtig eingestimmt auf den heutigen Tag... Und Morgen würden Berliner *BZ* wie *Brammer Tageblatt* dieselbe Überschrift haben: Beim Detektivspielen fand er den Tod.

Richtig, was mischte er sich ein in diese ganze Scheiße hier. Dem alten Freund Blaubacke zu helfen? Nun ja. Den andern zeigen, daß er der Größte war? Das war es wohl. Dazu die reine Lust am Spiel. Also...!

Er fand den Franziskanerweg und umkreiste das Areal einige Male, um sich einen Eindruck zu verschaffen, die Stimmung des Ortes zu erfahren, zu erfühlen. Verstreute Häuser, durch Büsche, Sträucher und Bäume abgeschottet voneinander, abisoliert. Eremiten-Menschen darinnen, vornehm autistisch. Guten Tag und guten Weg. Was hinter meinem Gartenzaun passiert, hinter meinen vier Wänden erst recht, ist tausendmal tabu für dich.

Zwangsläufig fast, daß es auf dieser Bühne ein Stück wie «Herbert Dolgenbrodt» gab.

Er parkte seine Taxe am Sigismundkorso und ging zum Grundstück Dolgenbrodt zu Fuß zurück.

Vor der Garage, gleich hinterm Zaun, sah er einiges an Kartons und Möbeln aufgestapelt, Kleidungsstücke obenauf, Schuhe, Wäsche, Bücher, Drucke; und zwei jüngere Leute trugen sie nacheinander hinein. Sich einen Reim darauf zu machen war nicht schwer: Dolgenbrodts Cousine und diese Gerda Großmann, resolut, wie sie waren, hatten das Zeugs aus dem Haus raushaben wollen, Gottfried und Joana aber erlaubt, es einstweilen in der autolosen Garage zu lagern.

Das also waren, live, die bewundernswerten Protagonisten dieser Tragikomödie mit den zwei Toten und einer Handvoll Tatverdächtiger, das gemischte Doppel Mörz/Mörz (Berlin), das ausgezogen war, sich die ertragreiche Leichtigkeit des Seins auf Dauer zu sichern, wie die *taz* geschrieben hatte. Respekt! Ihm hätte es leid getan, wenn sie als Folge seiner Recherchen zum Schafott... Lebenslänglich Tegel für dieses prachtvolle Paar...? Sicher sehr bedauerlich, aber was hätte er da beim Prozeß für einen Riesenauftritt gehabt, und Heike in Bramme eine Story, die ihren Marktwert ungemein gesteigert hätte. Statt eines Diamanten schenk ich dir, nein, keine Tulpen aus Amsterdam, sondern Informationen aus allererster Hand.

Er ging auf die beiden zu und stellte sich vor. «Grüß Gott...!

Hunholz mein Name, ich bin Korrespondent mehrerer westdeutscher Blätter und hätte mich gerne einmal ein wenig mit Ihnen... Sie sind doch das Ehepaar Mörz...?»

«Ja, sicher...»

Mannhardt fand sie in zwiespältiger Stimmung. Einerseits, so schien es ihm, apathisch-depressiv, weil sie ihr schönes Spiel verloren hatten, auch von den Ängsten gepeinigt, doch noch des Mordes angeklagt zu werden, andererseits aber auch so high und überdreht wie Leute, die gerade einen Film beendet, abgedreht hatten, von dem sie wußten, daß er großartig war.

«...rausgeschmissen sind Sie worden, dürfen die Garage aber als Zwischenlager...?»

«Sehen Sie doch...» Gottfried trug gerade seine Schreibmaschine hinein und plazierte sie in der Mitte zwischen Rasenmäher und Gartenhäcksler.

Mannhardt, doch kein Fragekünstler, wußte nicht mehr weiter und wühlte in den Büchern herum, die auf einem Gartentischchen ausgebreitet waren, fand den *Faust* und blätterte ihn durch, den I. und den II. Teil, suchte nach einem passenden Vers, mit dem sich ihr Dialog wieder ankurbeln ließ. «Mephisto: Viel klüger, scheint es, bin ich nicht geworden; / Absurd ist's hier, absurd im Norden... Im Norden Berlins, haha! Ist eben hier ein Mummenschanz, / Wie überall, ein Sinnentanz... Na, Gratulation meinerseits für Ihren Einfall da...! Wo bin ich denn? Wo will's hinaus? / Das war ein Pfad, nun ist's ein Graus... Für Sie denn auch?»

Joana nahm ihm das schmale Bändchen aus der Hand und warf es in einen Umzugskarton. «Abgesehen mal davon, daß wir ja noch unter Mordverdacht stehen: Unsere Behausung sind wir los und unsere Zukunft... Von den kleineren Verfahren gar nicht zu reden: Urkundenfälschung, Verstoß gegen das Bestattungsgesetz, Betrug am Land Berlin und so weiter...»

Gottfried nahm die Betten von einer abgewetzten Liege hoch. «Aber trotzdem: Wir bereuen es nicht. Es war schon 'n Abenteuer, wie man's sonst nicht kaufen kann. Wozu habt ihr Kopf und Hände, denkt euch selber mal was aus... Sesamstraße...»

Mannhardt lachte und griff sich die stählerne Gehstütze, die am

Garagentor lehnte. «Haben Sie schon vorgesorgt...? Wollen Sie jetzt mit den Krücken betteln gehen...?»

«Das ist doch die von Dolgenbrodt, die eine, rechts... Weiß der Kuckuck, wie die hier...? Aber seine Cousine oben...» Joana zeigte zum Haus nach hinten. «...die ist ja so im Brast, daß sie alles auf die Terrasse rausgeworfen hat, was ihr in die Hände gekommen ist.»

«Warum hat denn Dolgenbrodt eigentlich die Krücke hier...?» Mannhardt benutzte sie als Schlagballkeule, drosch einen murmelgroßen Stein weit über die Straße hinweg, wo sein Aufprall mehrere Hunde zum Kläffen anregte. «Oh...!»

«...'n Autounfall. Ist ihm vorne einer rein, so schräg von der Seite, wo's keine große Knautschzone gibt. Die Hüfte im Eimer...»

«Ah, ja... Darum ist er dann auch früher in Pension geschickt worden, als es...?»

Joana nickte. «Ja, der große Bruch in seinem Leben. Von da ab ist er dann der Sonderling geworden, als den ihn alle in Erinnerung haben. Immer den drohenden Rollstuhl vor Augen, da...»

Mannhardt bedankte sich für die Informationen, die sie ihm... «Ja, ich geh denn mal rein, die beiden Damen... Wenn wir später noch mal zusammen...?»

«Wir müssen sowieso noch warten. Die Kripo ist da drin im Haus und will uns noch mal sprechen...» Gottfried verzog das Gesicht.

«Wie heißen die beiden...? Hundt und...?» Mannhardt hatte am Bluffen und Schauspielern beträchtliche Freude.

«Zechow... Petra... Diese Kugelstoßerin mit den Anabolika-Armen...»

«Und, was halten Sie von diesen beiden?»

«Brave Beamte, die so ihren Dienst versehen, wie das Gesetz es befiehlt.»

«Ich guck sie mir mal an...»

Mannhardt trat noch einmal auf die Straße hinaus, um sich mit Hilfe von Klingelknopf und Gegensprechanlage bei den neuen Hütern des Hauses landesüblich anzumelden, konnte sich auch, da

Gottfried und Joana zu weit entfernt waren, um es hören zu können, als Mitglied der 7. Mordkommission («...abgeordnet sozusagen...») der Cousine zu erkennen geben und wurde anstandslos hereingebeten.

«Frau Mohr, meinen Glückwunsch zur Erbschaft...» Er drückte der kleinen und leicht verhuschten Leipziger Dame die Hand, wußte, daß sie Opernsängerin war, wenngleich auch nur im Chor, einem Chefarzt-Manne angetraut, dem es an nichts gebrach, was das Materielle betraf, und merkte auch, wie sie der versteckte Spott in seiner kleinen Bemerkung leicht zusammenzucken ließ. Klar, die treibende Kraft, die war allein die andere, die Großmann, gewesen.

«Ja nun, die Gerda...» Die Bestätigung kam schnell.

«Ich hab das gleich gespürt, daß hier ein Verbrechen, ein Mord... Gott, der arme Herbert! Und hat so an seinen S-Bahn-Sachen gehangen! Die Knipserzange hier, die Mütze, die Schilder, die abgeschraubten Aschenbecher...» Sie plante, das alles einzusacken und bei den Berliner Nahverkehrsfreunden für gutes Geld loszuschlagen, hatte auch schon den Anruf eines gewissen Speiche entgegengenommen. «Hat mir Margot alles geschenkt. Den Fernseher und die ganzen technischen Sachen... Aber glauben Sie mir, Herr Kommissar: Viel lieber wär ich hier eingezogen und hätte unsern Herbert noch ein paar Jährchen gepflegt...»

Mannhardt nahm es ihr ab und fragte nur noch, ob sie das Haus alsbald verkaufen würden.

«Ja, sobald Ihre Kollegen hier...»

«Ah, ja...!» Das Stichwort war gefallen, und er ging ins Haus hinein, um sich den beiden und ihrem Team als Gehilfe anzudienen. «Wieder mal ein bißchen Praxis schnuppern... Werdet ihr mir doch nicht abschlagen wollen...»

Die Zechow sah ihn an. «Hier wird generell nischt abgeschlagen, weder Kopf noch Wasser.»

Auch Hundt sah keinen Grund, ihn nicht mitmachen zu lassen. «Da oben auf dem Dachboden liegt einiges an Schriftstücken, an Briefen, Überweisungsformularen und so, was wir bis jetzt noch nicht. Wenn Sie, wenn du...» Er wußte nicht so recht, was angemessen war.

Sie standen in Dolgenbrodts Arbeitszimmer, Museum oder Archiv, die Bezeichnung wechselte ständig, und Mannhardt besah sich die nach oben führende Aluminiumleiter, an deren Fuße Gottfried und Joana Mörz den früheren SozAmts-Chef tot aufgefunden haben wollten. «Mit einer Eisenstange erschlagen oder von seiner Leiter gestürzt und mit dem Kopf auf eine der Schienen unten gefallen... Die Gerichtsmediziner kommen nicht weiter, verwest wie er gewesen ist...»

Mannhardt ging zum Schreibtisch, der noch immer unverändert war, da man den Beute machenden Frauen das Betreten dieses Zimmers noch immer untersagt hatte, sah den aufgeschlagenen *Tagesspiegel* mit Dolgenbrodts Gekrakel *Ich wollte, es wäre Nacht*, das Tenderlok-Modell, Klees Eisenbahngeschichte und Haffners Preußen-Buch und murmelte: «Wie ist der denn auf die Idee gekommen, da nach oben zu klettern...? Mit der steifen Hüfte, so körperbehindert...»

«Das wissen die Götter», sagte die Zechow.

Mannhardt lachte. «Dann müßte ich's ja wissen...»

«Fall man bloß nicht runter, wenn de oben bist: Denn Hochmut kommt ja bekanntlich vor dem Fall...!»

«Ich werd mir alle Mühe geben...» Mannhardt stieg auf den Dachboden hinauf, um in Dolgenbrodts alten Sachen und, wie er hoffte, auch Geschichten zu wühlen.

Drei Stunden später saßen sie dann zum Mahle bei *Beri Baffone*, dem netten Italiener an der Donnersmarckallee, und Mannhardt trug ihnen, bevor die Pizza kam, nach Art der großen Detektive die Lösung ihres Falles vor, seine Thesen:

«Der Tragödie erster Teil: Ein Sommertag im Jahre 1985, lang, lang ist's her. Ein Mann, vor einiger Zeit Witwer geworden, sitzt mit einer attraktiven Frau beim Champagner auf der Terrasse seines Hauses und ist ihr schon sehr nahe gekommen...» Er bückte sich nach einer vollgestopften Plastiktüte und entleerte ihren Inhalt auf den Tisch. «Ich habe hier die Briefe und Tagebuchnotizen, in denen das alles steht... Ein Mann und eine Frau, wie gesagt... In diesem Falle ist das aber so einfach nicht, denn sie ist seine Mitarbeiterin, und die beiden haben bislang alles geheimhalten müssen. Er liebt sie über alles, ist nicht nur im Bett ausgesprochen happy mit ihr. Sie jedoch zögert noch ein bißchen, will ihre Freiheit behalten, vor allem nicht in ein anderes Amt versetzt werden, wie sie es bei Ehepaaren machen und bei allzu engen persönlichen Beziehungen. Sie sitzen also auf der Terrasse und reden über alles... Da wird sie von einer Biene gestochen, ist, was sie nicht wußte, hochallergisch gegen Bienengift und erleidet einen anaphylaktischen Schock, absolute Lebensgefahr. Er rast mir ihr in Richtung Krankenhaus, ins Dominikus, an sich keine drei Minuten weit. Aber an der Kreuzung Frohnauer Straße/Welfenallee rast ihm ein anderer Autofahrer vorne rein, also: von der Seite her, von links, voll in seine Tür. Ihr passiert wenig, und sie wird gerettet, er aber erleidet schwerste Verletzungen an der Hüfte, links, sowie am Bein, wird das, was man früher einen Krüppel nannte. Ihr ahnt die Namen der beiden...?»

«Die Roggensack und Dolgenbrodt, sag bloß...?»

«So ist es!» Mannhardt trank einen Schluck *Budweiser* vom Faß. «Nun der Tragödie zweiter Teil, fünf Jahre später... Wir haben diesen ominösen Mittwoch, den Tag, an dem sie sterben sollte. Die Roggensack hat ihre Wohnung aufgelöst, alles verkauft und verschenkt, mit dem Nachmieter ist alles geklärt. Von ihren Verwandten, zwei entfernten Cousinen, hat sie Abschied genommen; da ist nur Haß. Ihre Sachen sind schon per Luftfracht unterwegs, die letzten Tage wohnt sie im Hotel ‹Humboldt› in Tegel. Das ist alles abgecheckt...» Er schob Hundt ein paar fotokopierte Belege hinüber. «Gebucht hat sie den Flug PA 657 nach Frankfurt, Abflug in Tegel um 19 Uhr... Sie schläft über den Mittag hinaus, bezahlt dann ihre Rechnung und will mit ihrem Handgepäck, wirklich nicht viel, noch einmal zum Ku'damm, um dort zu essen und ihren Erinnerungen nachzuhängen. Da kommt der Anruf von Dolgenbrodt, ob man sich nicht noch einmal...? Und zwar im Sozialamt, da wo alles einmal...? Er weiß von Plottka, daß sie weg will für immer und in welchem Hotel sie bis zur Abreise noch... Nach kurzem Zögern sagt sie ja. Sie muß es tun... Sie hat sich ihm gegenüber sehr schäbig benommen, fühlt die tiefe Schuld...»

«Halt mal!» Die Zechow blickte überaus skeptisch. «Und die

beiden – Gottfried und Joana – sollen nichts gewußt haben von seiner Affäre mit der Roggensack, mit ‹Gisela, ich lieb dich, du bist schön›...?» Sie summte den Text des alten Schlagers vor sich hin.

Mannhardt zerklatschte eine Mücke auf dem linken Unterarm, besah sich angeekelt das – wessen? – Blut. «Nein, das war ja noch vor ihrer Zeit, bevor sie rausgezogen sind, und er hat ihnen nichts erzählt davon. Da wird sich sicher noch mehr finden lassen drüber, ich hab nur mal eben die eine Stelle hier...» Er schlug Dolgenbrodts Kladde da auf, wo eine verblichene Theaterkarte als Lesezeichen steckte.

> ...sie wissen nichts von meinem Schicksal, und ich will es ihnen auch nicht anvertrauen, warum ich derart verbittert bin. Da ist eine unsichtbare Grenze, eine Sperre zwischen uns. Ich schaffe es nicht, mit ihnen über Gisela zu sprechen. Warum? Sie würden nur spötteln und spotten darüber. Vielleicht nicht einmal. Aber so junge und unerfahrene Menschen wie sie werden mich nie verstehen können. Sie pflegen mich, sie helfen mir – und ich bezahle sie dafür. Nichts weiter. Ansonsten lebt ein jeder sein eigenes Leben. Aber ich brauche immer dringender einen Menschen, den ich anfassen kann. Einmal wieder die Haut einer Frau auf der meinen spüren, jemanden küssen und umarmen können... Gisela! Nicht nur immer reden...

Mannhardt schlug das Tagebuch, das lang und schmal war, maisgelb und abgegriffen, wieder zu. «Er hat ihr viele Briefe geschrieben, aber keinen abgeschickt. In einigen hat er sogar gedroht, sie umzubringen...»

«Und warum wollte die ihn nicht?» fragte Hundt.

«Sie war lachend, strahlend, lebensfroh – wie aus der Werbung für Bacardi... So 'n Typ. Voller Hunger nach Leben und immer in Bewegung. Wandern, Skilaufen, Surfen. Doch mit ihm, da ging das nicht, in ihren Augen war er doch das, was man früher einen Krüppel nannte... Hier ist ein Brief von ihr...»

Lieber Herbert! Ja, die Buschtrommel hat recht, ich war in Amalfi mit einem Italiener zusammen und auf Hydra mit einem Griechen, während Du noch immer mit Deinem Gipskorsett im Krankenhaus liegst. Ich bin so, wie ich bin, und niemand wird mich ändern können. Wer mich liebt, muß mich so nehmen, wie ich bin. Was geht Dir verloren? Wenn Du wieder gekonnt hättest, wäre es mit uns im Bett gewesen wie in der ersten Nacht. Du aber nennst mich eine Nutte, Du aber schreibst, daß Du eine Frau ‹besitzen› möchtest, und wenn Du Dir schon eine Freundin ‹anschaffen› würdest, dann müßte sie aber auch voll und ganz für Dich dasein. O Gott! Ich bin doch kein Möbelstück, das man sich anschafft und es dann ein Leben lang besitzt!!! Wenn Du das aus der Tatsache herleitest, daß Du mich zum Krankenhaus gefahren hast, dann irrst Du Dich. Das war Deine Pflicht, andernfalls wärst Du wegen unterlassener Hilfeleistung ganz schön bestraft worden. Dankbar bin ich Dir schon, und ich bedauere auch, daß das mit dem Unfall so gekommen ist, doch das kann mich doch nicht zwingen, Dir ewig zu Willen zu sein, wie man das früher nannte, und Dir zu gehören. Nein: Schluß, aus, vorbei! Wir passen nicht auf Dauer zusammen. Du bist und bleibst ein Mensch, der nicht viel über seinen Tellerrand blickt, sprich: über seinen Schreibtisch hinweg, ein typischer Beamter. Pingelig bist du, phantasielos, ein Tyrann im kleinen. Du denkst, daß alle nur nach Deiner Pfeife tanzen müssen. Aber nur weil Du Haus und Grundstück hast und mal der Chef einer kleinen Dienststelle gewesen bist, bist Du noch lange kein Fürst! Laß uns also in Frieden auseinandergehen und...

«... und so weiter, und so weiter...» Mannhardt stopfte Gisela Roggensacks Brief in den Umschlag zurück. «Trotz allem und trotz der Jahre dazwischen: Da war noch ihr Gewissen, ihr Schuldgefühl. Sie kommt also mit der Taxe noch einmal ins Sozialamt gefahren. Und Dolgenbrodt hofft noch immer, sie umstimmen zu können. Schön, mit Gottfried und Joana als Personal kommt er über die Runden, aber natürlich will er mehr als Pflege. Wir haben es gelesen eben… So wird diese Begegnung, diese Aussprache zum Alles-oder-nichts für ihn. Er hat ihr das Leben gerettet und ist dafür zum Krüppel geworden. Schon allein deswegen dürfe sie ihn nie und nimmer verlassen. Doch nicht allein das, er malt es ihr aus in den rosigsten Farben: ein Leben zu zweit bei sich in Frohnau, im Paradiese draußen. Bitte, Gisela, ich flehe dich an! Doch sie lacht nur auf: Was ist das alles schon gegen ein neues Leben im geliebten Afrika. Ihre Tanja Blixen und *Jenseits von…* hat sie x-mal gelesen. Lächerlich dagegen: dieser Kissenpuper mit seinen Krücken, seiner grünen Einöde da draußen. Da schlägt er zu, im Affektsturm, verständlich, und als sie tot ist, gerät er in Panik. Wohin mit der Leiche? Ein Auto hat er nicht, ist mit der Taxe gekommen. Das Ehepaar, das im Sozialamt saubermacht, kann jeden Augenblick kommen, die beiden Jugoslawen, Saftic und Frau. Also deponiert er die tote Roggensack erst einmal in dem kleinen Verschlag unter der Treppe, den in seiner ganzen Amtszeit noch nie einer aufgemacht hat. Da ist sie zunächst einmal sicher. Das Blut kann er ausreichend gut von den Fliesen wischen. Er hinkt und humpelt zur nächstgelegenen S-Bahn-Station. Nur keine Taxe von hier, das wäre gefährlich. Wahrscheinlich fährt er ein Stückchen stadteinwärts, bis Gesundbrunnen vielleicht, und nimmt sich erst von da einen Wagen, läßt den auch nicht direkt am Franziskanerweg halten. Kurz vor sechs ist er dann hier und sieht Plottka bei sich im Garten sitzen. Schickt den natürlich schnellstmöglich weg. Ist immer noch ziemlich im Ausnahmezustand; Plottka hat das ja bestätigt. Seine Angst ist klar: Wenn nun die Reinemacheleute die Roggensack doch finden sollten und es trotz all ihrer damaligen Vorsicht einen gibt, der von ihrer Liaison etwas weiß…? Sie wird nichts aufgeschrieben haben, ein solcher Typ war sie nicht, bei ihm auf dem Dachboden aber gibt es Beweise genug. Er zögert, denn mit seiner steifen Hüfte kann er doch unmöglich… Sitzt er also in seiner Verzweiflung am Schreibtisch und hat den Saftic vor Augen, wie er im rot-weißen Preußen-Hemd, die Nummer 18 auf dem Rücken, Gary Schwindt, die kleine Tür unter der Treppe aufzieht und… Preußen… Preußen im Eishockey, seine preußische Lok, die beiden Bücher über Preußen… Gott, fährt es ihm durch den Kopf, wenn doch bloß Freitag wäre, dann würden die beiden Jugoslawen nicht zum Saubermachen kommen, sondern zum Eishockey gehen! Und so kritzelt er mit dem roten Filzer auf den *Tagesspiegel*, wo ein Bericht über die Eishockeyspieler steht, das hin, was er sich so erwünscht und erfleht: Ich wollte, es wäre Nacht... Schafft die letzten Worte schon gar nicht mehr: Ich wollte, es wäre Nacht und die Preußen kämen. Die Preußen in die Eishockeyhalle an der Jafféstraße, damit er die Leiche in aller Ruhe... Klar! An sich ja: *Ich wollte, es würde Nacht oder die Preußen kämen!* So Wellington 1815 in der Schlacht bei Waterloo beim Warten auf Blücher. Aber egal. Die Preußen kommen nicht, ist ja erst Mittwoch, und so muß er auf den Boden klettern, um all das zu vernichten, was ihn belasten könnte, alles, was ich heute über ihn und die Roggensack gefunden habe... Er klettert also hoch, stürzt sich zu Tode und... Und da beginnt dann die Tragikomödie mit Gottfried und Joana...»

Erschöpft hielt er inne, erwartete den Beifall der beiden Kollegen.

Doch der blieb aus. Hundt schwieg mit einem «Du armer Irrer»-Blick, und die Zechow murmelte nur, ob er in Bramme an der HÖV auch Krimis schriebe.

«Von der Phantasie dazu haste ja 'n bißchen ville...»

«Und Ihr habt zuwenig davon. Tschüs dann!»

Draußen war er.

16.

Das große Gericht hatte sein Urteil gesprochen: Gehet zum Sozialamt hin und lernet es, demütig um die Staatsalmosen zu bitten. Armselig fühlten sie sich, geschlagen, verlassen und verloren, arme Sünder, wie sie da im Warteflur auf einer harten Holzbank saßen, Gottfried und Joana Mörz, deplaziert und dennoch im Wissen, daß das für den Rest des Jahrhunderts ihr Zuhause sein würde. Schöne Welt, ade... Sitzen, warten, dösen, betteln; und es war für Joana schon ein Grund zum Heulen, wenn sie sich anhand ihres Taschenkalenders, mit Kürzeln alles hingekritzelt, zu erinnern suchte, wie genau vor einem Jahr ihr Leben ausgesehen hatte... Am Montag: *Der Schrei nach dem Turmhaus*, Ausstellung des Bauhaus-Archivs über die Arbeiten der Turmhaus-Aktiengesellschaft von 1921, deren Vorreiter Ludwig Mies van der Rohe war. Am Dienstag: *Malerei aus der DDR* – 180 Bilder von 13 Malern im «Neuen Kunstquartier» des Technologie-Innovations-Parks. Am Mittwoch: *Tempodrom*, Black Uhuru, Reggae. Am Donnerstag: Kino am Steinplatz, *Uhrwerk Orange*. Am Freitag: Freie Theateranstalt Berlin, *Ich bin's nicht gewesen, Adolf Hitler ist es gewesen*. Am Sonnabend: Wühlmäuse, Kabarett mit Martin Buchholz, *Wahnsin schon mal in Berlin*. Am Sonntag: mit Freunden im Café Einstein.

Mochte sie da dreist den einen oder anderen Tag verwechselt und manches arg verdichtet haben, das aber war ihr Wochenrhythmus gewesen, abends, wenn sie Frohnau verlassen und ins Urbanere gezogen waren, bis weit nach Mitternacht die Stadt und ihre Szenen zu genießen, in Pinten zu sitzen und Menschen in sich aufzusaugen, Multikulturelles, von einer innerstädtischen Insel zur anderen zu ziehen, mit genügend Geld in der Tasche und allein der Lust, am nächsten Morgen ausschlafen zu können, nicht als Lohnabhängige um sieben Uhr früh irgendwo zur Sklavenarbeit antreten zu müssen.

Nun der tiefe Fall, der schmerzhafte Aufschlag ganz unten. Wirklich schon ganz unten? Gottfried sah die anderen Klienten, die Alkis und die Berber, und wußte, daß es auch noch tiefer ging, siehe Plottkas Club der Deprivierten, der nun aufgeflogen war.

Und ein bißchen wie Maria und Josef fühlten sie sich auch.

Als nur in Grenzen trostreich empfanden sie die Broschüre, die sie ihnen nach dem Nummernziehen in die Hand gedrückt hatten: *Sozialhilfe – Ihr gutes Recht*.

Wenn Sie Hilfe brauchen, dann wenden Sie sich ohne Scheu an Ihr örtliches Sozialamt. Die Bürger können auf die Hilfe der staatlichen Gemeinschaft vertrauen.

Jeder Mensch kann in Not geraten... Dann gibt es immer noch die Sozialhilfe. Sie ist eine staatliche Leistung, auf die jeder Bürger ... unter bestimmten Voraussetzungen einen Anspruch hat. Darum muß auch niemand um Sozialhilfe betteln, sondern kann sie in Anspruch nehmen als sein gutes Recht, das ihm gesetzlich garantiert ist. Etwa jeder zehnte Sozialhilfeempfänger bekommt wegen Arbeitslosigkeit Hilfe zum Lebensunterhalt.

Sozialhilfe soll vor allem Hilfe zur Selbsthilfe sein...

«Nummer acht!»

«Das sind wir...»

Gottfried und Joana standen auf und folgten Ulli Witt ins Zimmer, in Plottkas Zimmer, in dem er nun, ganz datenschutzgerecht, alleine saß.

«Nehmen Sie Platz, bitte...»

Tucholsky kam Gottfried in den Sinn: Es ist der Traum eines jeden Deutschen, hinter einem Schalter oder Schreibtisch zu sitzen – und sein Alptraum, davorzustehen. Wenn ihm jemand durchs Fenster hindurch zugesehen hätte, wäre dem gar nichts weiter aufgefallen, aufrecht bis arrogant hätte er auf diesen Mann gewirkt. Doch ihm selber schien es so, als hätte er ganz automatisch eine üble Demutshaltung angenommen, einen gedanklichen Kniefall vollzogen, sei er im Sprung über viele Generationen zurück wieder leibeigener Bauer, der seinen Herrn um ein Stückchen Brot zu bitten wagt. Es steckte halt so drin in ihm.

Ein Formular hatten sie vorab schon ausfüllen müssen, und so war der Sachbearbeiter Witt schon informiert über ihre Namen und die wichtigsten Daten, lachte sie an.

«Gottfried und Joana Mörz... Ihre Geschichte ist ja durch die Zeitungen gegangen, und in der *Abendschau* waren Sie auch...»

Sie nickten, wußten nicht so recht, wie auf diese Eröffnung angemessen reagiert werden sollte.

Ulli Witt blieb beim Monolog. «Und irgendwie sind wir ja verknüpft gewesen miteinander... Sie wissen ja, daß ich auch verdächtigt worden bin, die Gisela, die Roggensack...» Er zeigte zum Flur, zur Treppe hin. «Wie Hagen Plottka... Der hat ja nun erst mal seinen Jahresurlaub nehmen müssen, warten wir ab. Nachher will er noch mal kommen, 'n paar Sachen abholen... Aber wenigstens ist er wieder aus der U-Haft raus... Tja, um ein Haar hätten wir uns vielleicht alle drei, alle vier im Knast getroffen, in Tegel, das heißt, Sie als Frau in Plötzensee...»

Gottfried nickte. «Ja, ein Dankgebet in Richtung Mannhardt wäre ganz schön...»

«Das ist nun alles wasserdicht...?»

«Absolut...!» Joana holte die *Morgenpost* hervor. «Hier steht es am genauesten drin. An der Gehstütze von Dolgenbrodt haben Sie Blut, Haare und Haut der Roggensack gefunden, winzige Reste zwar nur, aber für die Wissenschaftler völlig ausreichend, um mit hundertprozentiger Sicherheit zu sagen, daß sie damit erschlagen worden ist. Hier bei Ihnen im Flur...»

«Und erst haben sie alle gedacht, daß dieser Mannhardt 'n großer Spinner ist. Hat ja auch mal 'ne ganze Weile in 'ner psychiatrischen Klinik gesteckt...» Gottfried hatte das von Blaubacke erfahren.

«Und Dolgenbrodt ist wirklich beim Sturz von seiner Aluleiter ums Leben gekommen...?»

«Ebenso sicher, ja. Mit dem Kopf auf eine seiner original S-Bahn-Schienen geschlagen, Schädeltrauma und so weiter. Auch da hat die Spurensicherung und -auswertung Erkenntnisse gebracht, die wirklich sicher sind. Offen ist lediglich, ob er nur nach oben steigen wollte, um die Briefe zu vernichten, die ihn belastet hätten, oder ob er sich an den Deckenbalken hatte aufhängen wollen...» Joana zuckte mit den Schultern.

Ulli Witt schüttelte sich. «Bringt der alte Amtsleiter eine seiner Mitarbeiterinnen um...! Gott, ich sag ja immer, daß uns das Sozialamt eines Tages alle mal kaputtmachen wird...!» Er holte eine Whiskyflasche aus dem Schreibtisch unten rechts. «Ihr auch...?»

«Na ja...»

Drei Gläser wurden auch gefunden, und Ulli Witt goß ein. «Ohne eure Sache mit dem Dolgenbrodt und Mannhardts Auftritt draußen, da wär ich ja wahrscheinlich nie so richtig von dem Mordverdacht losgekommen; und damit leben, daß...! Danke, also indirekt – und: prost...!» Er trank sehr hastig und sagte dann, daß er ihnen natürlich helfen wolle, soweit sich die Gesetze ausschöpfen ließen. «Ermessensraummäßig und ohne daß ich nun den Plottka spiele... Also, wo wohnt ihr'n jetzt...?»

«Bei Blaubacke in seinem alten S-Bahn-Wagen, hinten Kopenhagener Straße am Bahnhof Wilhelmsruh...»

«Ah, ja, das ist die Adresse hier...!» Ulli Witt machte das erste Häkchen auf dem von Gottfried und Joana sorgsam ausgefüllten Formular. «Ja dann: Checken wir mal alles andere ab. Regelmäßiges Einkommen...?»

«Keins mehr...»

«Ersparnisse, Vermögen...?»

«Haha...!»

«Höhe der Miete...?»

«Dreißig Mark im Monat», war Joanas Antwort. «Aber wie lange sollen wir'n da bleiben...?»

Gottfried lachte. «Bei dem Wohnungsmarkt hier und heute... So lange, bis daß uns der Wagen weggerostet ist!»

«Auf alle Fälle brauch ich da aber auch 'ne Quittung drüber. Bescheinigungen vom Arbeitsamt habt ihr nicht, daß ihr dort als arbeitssuchend gemeldet seid...?»

«Ich bin ja an sich Studentin», sagte Joana.

«...und ich Schriftsteller, Kulturjournalist, und Arbeit habe ich ja, ich sitze jeden Tag 'n paar Stunden an meinem Roman... *Einmal Vollring und zurück*. Aber da zahlt mir doch keiner 'n Pfennig dafür...»

«Hm...» Ulli Witt stand auf. «Das muß ich dann alles erst mal mit meiner Chefin besprechen... Wenn ihr so Ende der Woche noch mal wiederkommen könntet. Braucht ihr 'n Bulettenschein bis dahin...?»

«Was bitte...?»

«...'n Essensgutschein für das Obdachlosenasyl hier in'er...»

«Danke, nein! Blaubacke, der...»

«Na okay. Wenn ihr nicht eh bald in'er U-Haft...?»

Gottfried nahm es von der leichten Seite. «Die Staatsanwaltschaft ist noch am Überlegen... und am Schmunzeln. Hängen wird man uns nicht. Soweit wir uns kundig gemacht haben, ist es Betrug dem geliebten Staate gegenüber, der Pensionskasse. Aber bei der geringen Summe, die wir in der kurzen Zeit... Und wahrscheinlich auch ein bißchen Untreue der richtigen Erbin gegenüber, Paragraph 266 Strafgesetzbuch. Das wird mit 'ner Geldstrafe abgehen; sollen sie mal 'nem nackten Ehepaar in die Taschen fassen...!»

«Und ‹grober Unfug›...?» fragte Ulli Witt und lachte. «Du sollst deinen Nächsten nicht im Garten verscharren...!»

«Das sind alles nur Ordnungswidrigkeiten. Bis 1975 gab's im Strafgesetzbuch den Paragraphen 367: Mit Geldstrafe bis zu fünfhundert Deutsche Mark oder mit Haft wird bestraft, wer ohne Vorwissen der Behörde einen Leichnam beerdigt oder beiseite schafft...»

«Heute aber haben sie dafür nur noch den Paragraphen 33 des Personenstandsgesetzes», fügte Joana hinzu. «Wer von einem Sterbefall Kenntnis hat, muß das spätestens am drauffolgenden Tage zur Anzeige bringen; auch wenn's kein Verwandter oder ähnliches war... Gegen das Bestattungs- und Bundesseuchengesetz sollen wir gleichfalls marginal verstoßen haben...»

«Jaja, und die Ermittlungen der Kriminalpolizei sind von uns behindert worden, aber: nebbich, da wird doch keiner 'n Drama draus machen...!»

«Warten wir's ab... Bis Freitag dann...»

Sie gingen zu Fuß zum Blaubacke-Schlößchen zurück, und der Herbst war neblig-trüb, angefüllt mit giftigem Smog, war wie der Herbst des eigenen Lebens, so Joana, der nun nach einem tagekurzem Sommer so schnell gekommen war. Das war also alles gewesen, darauf hatten sie sich über dreißig Jahre lang gefreut. Was jetzt noch kam, war Siechtum, Depression. Oben auf dem Damm rollte die S-Bahn entlang, und Gottfried meinte, daß es doch sehr stilvoll wäre, wenn sie jetzt dort beide Hand in Hand... Sagte das ganz leise und tastend und doch wohl mit einem «Bitte...» in der Stimme.

Und vielleicht hätten sie diesem Impuls beide nachgegeben, wenn nicht Blaubacke hinter ihnen Sturm geklingelt hätte, so getan, als würde er sie mit seinem Rostrad umfahren wollen.

«Hallo! Willkommen in der *Villa Abstellgleis*...!»

Sie freuten sich, jemanden zu haben, mit dem sie reden, klagen, stöhnen konnten, aus ihrem Elend mit Blödeln und Spotten noch jenen Funken schlagen konnten, den ein Mensch zum Überleben brauchte.

«Jede kaputte Uhr», philosophierte Gottfried beim Weitergehen, «zeigt zweimal am Tag, wenn sie noch Zeiger hat, hundertprozentigst die richtige Zeit, ist also jeder noch so teuren und funktionierenden Uhr darin überlegen, denn kleinste Abweichungen hat die ja immer. Klar...? Okay. Was lernen wir daraus? Daß der Stillstand das Vollkommenste ist! Daß wir in deinem S-Bahn-Wagen allen anderen hoch überlegen sind. Wir sind schon jetzt da, wo alle anderen früher oder später auch mal sein werden. Wer früher stirbt, sagte man früher, hat mehr davon, und dasselbe gilt wohl auch für das Abstellgleis.»

«Bravo!» Blaubacke klatschte, konnte tadellos freihändig fahren. «Das Mittelmaß in dieser Stadt steigt zum Regierenden Bürgermeister nach oben, die Elite aber freut sich, daß alle Züge abgefahren sind, weil die Zurückgebliebenen sämtlich drin sitzen. Die nichts Bewegenden bewegen sich, schreiten wir also zur Gründung der deutschen Stillstandsbewegung!»

Damit erreichten sie die gewesene Mauer, in deren westlichem Vorfeld Blaubacke seinen zur Laube umgebauten S-Bahn-Wagen, Baureihe 275, auf zwei Schwellenstapeln aufgebockt hatte, und zwar so, daß das Ganze auch ein wenig an die Pfahlbauten früherer Slawen- und Germanenstämme denken ließ, auch Archenhaftes hatte.

«Einsteigen bitte!» Gottfried war als erster das selbstgezimmerte Treppchen nach oben geklettert und hatte die beiden Türhälften auseinandergeschoben, half den neuen Untermietern ins Wageninnere hinein.

«Werd ich also», sagte Gottfried, «meinen großen S-Bahn-Roman in einem S-Bahn-Wagen schreiben... Wie konnte es das Schicksal besser fügen.»

«Und ich studiere statt meiner Bücher die Sonderangebote von *Aldi* und *Meyer*», fügte Joana hinzu. «Beziehungsweise das Leben als SH-Empfängerin...»

Blaubacke holte grinsend ein blau-weißes Originalschildchen unter einem der hölzernen Sitze hervor: *Abteil für Mutter und Kind.* «Wenn eure Tochter erst da ist – oder der Sohn –, dann kriegen sie das Dienstabteil vorne als schönstes Kinderzimmer der Welt.»

Joana umarmte ihn, konnte so auch ungesehen heulen. «...und du wirst dann Patenonkel...»

«Seht ihr mal», sagte Blaubacke, «daß die Armen doch die Glücklichsten sind!»

«Und darum: CDU!» fügte Gottfried hinzu.

«Ja, und Petersilie können wir noch anbauen und Schnittlauch und all das Schöne, was man als Grüner so braucht!»

Dann saßen sie beim Tee zusammen und hatten doch nicht mehr die Kraft, sich künstlich munter zu halten.

«Weißt du, wie ich mich fühle?» fragte Joana. «Als ob wir Flüchtlinge seien, Aussiedler, Asylanten, Fremde... Entwurzelt.»

Blaubacke drehte sich die nächste Zigarette. «Wir alle sind Kinder des Kosmos, und die Atome in deinem Körper haben, das ist zwangsläufig so, sonst gäbe es kein Leben auf Erden, schon in anderen Sternen gesteckt, waren bei einem Riesenspektakel dabei, einer Supernovaexplosion... Und da sagst du, du hättest deine Wurzeln verloren...!»

Von nun an saßen sie schweigend herum, wie Tiere, die langsam in den Winterschlaf fielen.

Bis Hagen Plottka kam.

«Hallo, ihr da, hoch auf dem gelb-roten Wagen! Ich war eben auf'm Amt... Und wißt ihr, was ich da gerüchteweise so gehört habe...?»

«Nein, was'n...?»

«Daß euer Antrag auf Sozialhilfe abschlägig beschieden werden wird...»

«Wieso'n das...»

Plottka griff in seine Plastiktüte, brachte eine Flasche teuren Champagner hervor und grinste so doppelbödig, daß schwer zu sagen war, ob er es ernst meinte oder nur jemanden verarschen wollte. «Na, ratet mal...»

«Keine Ahnung...»

«Weil sie im Amtsgericht Wedding Dolgenbrodts Testament aufgestöbert haben, vor zwei Jahren hinterlegt... Und demzufolge seid ihr beiden die alleinigen Erben...»